空谷足音

李菲 著

听，有风拂过山冈

郑州大学出版社

图书在版编目(CIP)数据

空谷足音. 听,有风拂过山冈／李菲著. — 郑州:郑州大学出版社,2023.2
ISBN 978-7-5645-9150-2

I.①空… Ⅱ.①李… Ⅲ.①散文集－中国－当代 Ⅳ.①I267

中国版本图书馆 CIP 数据核字(2022)第 189874 号

空谷足音·听,有风拂过山冈
KONGGU-ZUYIN·TING,YOU FENG FUGUO SHANGANG

策划编辑	李勇军	封面设计	孙文恒
责任编辑	暴晓楠	版式设计	孙文恒
责任校对	刘晓晓	责任监制	李瑞卿

出版发行	郑州大学出版社(http://www.zzup.cn)
地　　址	郑州市大学路 40 号(450052)
出 版 人	孙保营
发行电话	0371-66966070
经　　销	全国新华书店
印　　刷	河南瑞之光印刷股份有限公司
开　　本	890 mm×1 240 mm　1／32
彩　　页	12
总 印 张	22
总 字 数	489 千字
版　　次	2023 年 2 月第 1 版
印　　次	2023 年 2 月第 1 次印刷

| 书　　号 | ISBN 978-7-5645-9150-2　　总 定 价:88.00 元(全二册) |

本书如有印装质量问题,请与本社联系调换。

希望文字能追上渐远的时光

希望你我仍然是曾经的模样

自序

童年，不同样

忘了具体哪年，一个燠热的夏日。

大小门窗紧闭，没给外面的暑气任何可乘之机，人也憋闷得无趣。

少年郎活捉到一只不知打哪儿过来蹭空调的黑虫，芝麻粒大。讲究卫生的我如临大敌，他却执意搁在放大镜上，让它"坐滑梯"。那叫一个兴致勃勃！

站在少年郎身边，凝视着他的专注神情，感念顿生。

如果不是当时的政策，儿子应该和我一样有兄弟姐妹当玩伴吧？

孩子一生的孤单＝月工资单上的五块钱。

2013年，一部青春片大火。观影兴趣起初很浓，后来却被可疑的高票房和强贴的人为煽情标签稀释了。

一个容易引起各年龄段共同关注的讨巧话题，披上过度宣传的炫彩外衣，卖相十足。迫不及待地咬下去，"呸呸呸"，烂透的涩果而已。

青春已逝的我，越发习惯独处时捕捉往昔的小确幸，不屑跟风搅入臆造的群体虚无记忆。

话扯远了。

此时此刻，光着脊梁的儿子和来路不明的"小伙伴"玩得起劲。他的背影落在我眼里，最先想到的不是青春，而是童年。

我们的童年，缺衣少穿却无忧无虑。现在呢，日子富裕了，可孩子们似乎离单纯的快乐越来越远：一不小心，就有可能吃毒食、穿毒衣、吸毒气、玩毒玩具，还有打幼儿期就如影相随的学业压力……

啧啧，这种恶劣的生存环境下，健康长大就不易，哪里还谈得上快乐这种奢侈品？

可怜的小孩，他们根本无法想象吧：

脖子上拴把钥匙，自己当家作主。满大街乱窜疯玩或像连城一样乐此不疲地一趟趟坐公交，却极少遇到绑匪和人贩子。只有好心的爷爷奶奶提醒你"早点回家，别让爸妈担心"；你可以随意走进邻居家，蹭口馒头，混点粥，没准还连吃带拿；谁家难得做顿油水足的硬菜，恨不得让左邻右舍都尝尝，哪怕一丁点，也是彼此关心的见证。放学后，约上同样等爸妈下班的小伙伴，在树下玩画片、拍皮球、和泥巴……天黑了，路灯亮起，还舍不得离开。非得等到大人寻过来，被大人连拉带拽地揪回去。

是啊是啊，那时候我们很穷却很快乐。

每次我讲得唾沫四溅、津津有味，期待得到小听众的共鸣，可看到的总是他眼里的茫然。我越发痛彻地明白，那些美好的日子永远不再回头了。

对于他们这代人来说，无从体会的童年快乐才是最大的不幸和缺憾。

唉，赶紧打住！我又犯病了——怀旧病。

我们生活在"居不易"的京城，在近3000万人口引发的资源竞争战中自觉自愿地不断提升潜能和斗志，对此深感骄傲和自豪。

瞧瞧，帝都、皇城根儿，独一份的Vip尊荣！您会"享受"人团之间的亲密接触，拥挤的交通，从早到晚的噪声，林立高楼造成的光污染和各种添加剂浇灌出的美食。

当然，还有一项不能忽略的特色福利：雾霾。初遇时，如临大敌。各种功能的口罩轮番上阵，各种有用没用的措施纷纷登场，就连高层都郑重许下"治不好提头来见"的军令状。现今呢，头还在，霾也在，安之若素。

比起居不易的"北漂"们来说，我们算坐地户吧？一家人常住公婆紧挨二环的老房子里，交通便利，各项生活设施齐备。

最有优势的一点是离闹中取静的月坛公园很近。比起十几年前未经修缮的原貌来说，现在的公园多了"洋气"，少了朴实；多了外地来京人员的下一代，少了老街坊邻居的身影。不过，在高楼林立中能守住这块绿地，总是一件幸事。

更别说近在咫尺、摊在阳光下的长安菜市场。方圆数公里，只要公交能通达的范围内，无人不知、无人不晓，绝对是享誉四海八荒、风光无两的地标性建筑，也是十街八坊、各色人等——颤巍巍拄拐的、坐轮椅的、拎袋的、拉车的，男女老少、高矮胖瘦、黑白美丑——蜂拥而至的"圣地"。爸妈来京时，也不止一次遛弯过来，饶有兴趣地进去实地考察。

它早先是一家铁门长年紧闭的煤铺。偶有工作人员打开时，往里看都是黑黢黢的煤垛子。当年坐月子时，菜市场还在隔两条街的真武庙四条，连城经常去买菜和水果。拆迁后与公婆同住，颇想念它曾经的便利。诚意感天动地。没几年，它就搬过来了，让我一解"相思"之苦。名儿都没换。

相信我，没错的！

从拿上钥匙那刻算起，出门下楼、左转，快走二十步、慢走五十步，眨眼之间，你已置身于人潮涌动、叫卖声喧天的菜市场。

里面主营各色水果、肉蛋和蔬菜，还有点心、茶叶和鞋帽、布匹、锅碗瓢盆等生活用品。凡是过日子所需的，足不外出，全能置办齐。

外面的胡同也不甘示弱：长年摆摊、提筐叫卖或骑三轮穿插的商贩擅长打游击。业务涉及收旧家电、老酒、药，发放卖房小广告等。可以毫不夸张地说，两步一摊、五步一贩，生活气息绝对浓郁。

每每和人说起，总能引起意料中的羡慕和惊叹："多方便啊！"婆婆在世时常挂在嘴边的话更形象："坐着油锅，临下去买块姜都来得及。"

是啊，方便得让人不好意思计较：无论冬夏，一大早上货时车响人闹的嘈杂；中午时满地狼藉、处处菜皮果屑的脏乱；傍晚时在狭窄的胡同里随意支灶煎炒烹炸的油烟……

头些年政府花大力气、斥重金整治老旧城区。统一美化装饰后，胡同两边停满的车代替了人。菜市场于2016年彻底升级改造成"百姓菜篮子"，活脱脱一个大型自选超市。环境日新月异，那些熟悉的老面孔和无法忍受的脏乱差仍然像大宝那样

"天天见"。

小民一个，无权也无力改变什么。但起码我还能想念几百公里之外的那处乐园：房前屋后，山立岭横。山下有河、山上有洞。

一段最美的无忧时光，凝滞于青山绿水间，定格在四季美景中。

"我的老家，就住在这个屯……屯子不咋大呀，有山有水有树林……"这首歌被粤语演绎得怪里怪气，但不妨碍它成为故乡的真实写照。

对于贬讽者众的《乡村爱情》系列，甭管什么曲，我都颇具耐性地追着看，只想从中咂摸出一点点熟悉的滋味：同样敞亮的砖瓦房、同样"哗啦啦"流淌的小河、同样绿莹莹的黄瓜秧、同样结着露珠串的葱地、同样开满紫花的豆角架……直到十几年后，演员越来越肿、剧情越来越扯、风景越来越零乱，我才遗憾弃剧。

春雨绵绵、夏夜寂寂、秋阳灿灿、冬雪皑皑，一年又一年，匆匆易逝。但总有一些瞬间，感觉心里不断有东西在堆积、沉落，聚成硬硬的一小坨。平时沉默地缩在角落，偶尔跳将出来，轻硌一下，提醒你它的存在。

细微的痛与酸涩。

我知道，那是回忆结。因情而生，与乡愁交缠。

温故，更厌新。

目录

辑一　吃

辑二 喝

辑三　玩

辑四　乐

辑五　衣住行

辑
一

吃

烟火

生为女人，我很惭愧。不好打扮、不慕时尚、不图穿戴、不会化妆，有些对不起天性。人生乐事之一为吃，二是码字，三乃旅行。三足鼎立，平分天下。

我承认自己是个吃货，但有原则有底线。条件允许，绝不亏嘴。条件不够，忍着等机会。"馋猫"里的娇嗔成分不适合半百少女，否则就有"老黄瓜刷绿漆"的装嫩嫌疑。"馋鬼"呢？不爱听，格调太低。女人一馋，就容易受诱惑、被控制、易堕落。

有人说，一根不媚俗的舌头才能打造一条不软的脊梁。我倒觉得恰恰相反：人格挺直独立，自然珍惜每次得来不易的品味机会，也越发有不一般的体验与感悟。

人已半百，积累了厚厚的记忆相册。随便翻开一页，吃肯定位居其首。再正常不过。俗话云，"民以食为天"嘛！这角天空也是我专属的。

比起动辄旁征博引、滔滔不绝、知古晓今的美食文化家，我只是一个边吃边以文字对抗时间的平凡人。

将指针拨回到2017年。

那时我怀揣提前退休的梦想在熬日子，单位安安稳稳地立在北三环辅路边,少年郎早出晚归上学忙,公婆仍健在;雾霾不算太重,钱还管点用,大街上还没这么多的"北漂"和汽车,更别说 2020 年伊始突如其来、肆虐至今的新冠病毒。

总之,生活的一地鸡毛继续借风作怪,到处飞来荡去。

这事那事的,晚餐计划总是临时发生改变。早已买回的西红柿眼巴巴地在菜架上空等了几天,错过了最佳进锅机会。

在连城再一次的嘟囔声里,我决定把西红柿拿到单位。趁着残存的几分水灵,赶紧消灭掉。糟蹋东西总是罪过,还是让它们尽快了却被"受用"的夙愿吧!

"你不会是学那个谁……"他在一旁打趣道。

非也非也,那个老货的做派谁学得来?每天两次,盘着核桃、听着广播,像一头不知疲惫的骡子,四处走绺。风雨来袭?不耽误!改在走廊,来回往复,疾步不停,从西头到东头多少步、从东头到西头多少步,丈量得门儿清!

他不时拎些水果或黄瓜闭门独享,以补充食堂油水过大缺失的维生素;上医院必得做贼般偷偷摸摸;极为热衷保健知识;还在公家报纸上练一手难看的毛笔字,自称修身怡情;等等。

养生有道。

平时人际交往呢,见困难就让、逢好处就抢;遇事一推三六九;事不关己、高高挂起。偶尔技巧娴熟地给人挖坑、下套。皱巴巴的"菊花"纹,随时灿烂地开在脸上。

处世更有道。

这般"生""活"态度,自愧不如、甘拜下风。我这个人嘛,五十年来,一直尊崇本真。襟怀坦荡、不做亏心事、没存害人心。

和平常一样，很早赶到单位。卫生间刚被保洁打扫过，地面湿漉漉的。

打开水龙头，憋了一夜的水流冲破羁绊，先"嘶嘶"预报，后"哗哗"喷涌，清亮透明，却不知内容物究竟何许。仔细洗着红彤彤、硬邦邦的西红柿，对它的味道根本不抱希望。

我必须承认，现在的物质真是极大丰富。

单说蔬菜。在冬天也不是三大将（白菜、萝卜、土豆）当家的天下。想要什么，随时能打破时令限制，将其买下、吃进。

不知这些果啊菜啊是否早被人类的高科技手段折腾得颠三倒四。在催熟针、染色粉、添加剂、食用蜡等各类恶势力的集体围剿和踩躏下，无力反抗，昏昏然就从了。

逆来顺受的表象下，隐藏的却是一颗颗或圆或扁或长或短的叛逆之心。即便被生扯活剥掉皮、被利刀斩块切碎、被煎炒烹炸变软、被咀嚼成渣泥，也决不肯献出本真。

没错，黄瓜笔挺条直、翠绿细长；茄子圆溜肥硕、没疤没坑；香蕉金黄光洁、粗壮匀称；草莓娇嫩饱满、鲜红诱人……

可是，什么都不对味啊！偶尔携子去郊区采摘，仍难如愿。从田间地头到口腹也就半小时，够新鲜吧？最初一两口还行。欣喜地想再回味几下，却飘忽即逝。沓啬高冷得像难亲芳泽的美人。粗鄙农妇刘姥姥想来一筷"十几只鸡来配"的茄鲞，尚有凤姐在旁补喂。一门心思寻找食物本味的我们，比她可怜多了。

生活平淡如斯，才更想念过往的烟火气。

袅袅缕缕的，入嘴入肠，最终入脑入心。

食物的温度

先掉掉书袋。

"食色,性也"这句话快被人说滥了。它出自《孟子·告子上》,本意指人喜欢美好的事物,此乃一种天性。与敦伦、房事、交媾、性爱、情欲、"嗯嗯啊啊"无半毛钱关系。

多年来,经常被人挂在嘴边,却一直处于恶意曲解的尴尬境地。随着时光的流逝,代代以讹传讹,误人子弟。不对,没误了出轨男人拿它当最佳挡箭牌。

若想诠释人类对食物的由衷喜爱,最合适的莫过于《礼记》:"饮食男女,人之大欲存焉。"圣人很客观,将吃和性并列为身体需求的头等大事。

从我记事起到离家上军校之前,十几年成长期的多数时间忙于学习。再加上严格守旧的家教,远远接触不到男女关系这类重大品性问题。那就只剩饮食了。

都说小时候的食物会影响兼形成一生的口味喜好,所以印象深刻。

还真是,有例可证。比如,我不爱吃鱼。因为打小吃的机会少。

老家本溪享有"药都"美名,山地居多,林业矿产资源丰富。没临江、不凭海，更不像华南那样遍地沟汊、水网密布。附近也没什么人工养殖的鱼塘。这种现实环境自然缺少"吃水"的便利。

大河小湖里，倒是有鱼。野生的，味儿应该不差。估计大人嫌刺多麻烦，有卡嗓子的安全隐患，很少喂我，无形中帮我远离了那份腥气。长大后，我并不抗拒海鱼。自己来了兴致，偶尔下厨蒸道拿手的鲈鱼给家人。可内心还是喜欢吃肉。您想啊，嚼了就能咽，多省事！

记忆里，每一口奶奶喂过的粥、每一盘她炒的菜、每一下铁铲碰到灶上大铁锅的声响，和我专属的食品小筐一样，都承载着祖辈对我的关心与疼爱。瘪瘪的胃袋充盈了，敏感多思的心灵也受到抚慰，自此我不再感到被"遗弃"的孤独与无助。

回到父母身边后，一饮一啄、一餐一饭，不可取代地成为少年时期、成长、家的共用象征符号。端上桌，是一道道触手可及的真实存在。它们串联起所有的喜怒哀乐，也占据了最多的记忆篇幅。

所以，食物不单纯只为果腹，而是有了更多、更沉的内涵。潜意识里，喜欢的、不喜欢的，每种食物都带着温度和气息。哪怕缺油少盐、清淡简素、寻常得难登大雅之堂。

明月何曾是两乡

　　我一岁多时,忙于异乡谋生的爸妈又面临计划外孕育,实在分身乏术,只能把我们兄妹先后送回本溪抚养。爷奶和姥爷家离得不远。爸妈同乡同学同龄的巧合,注定我们两代人的童年在山坡、林中、洼地和田畔形成了毋庸置疑的叠加。

　　春天,冰雪消融。老沟里前山的向阳坡地上,地皮菜率先亮相,这是一种类似木耳却薄得多的地衣植物。人们吃了五个多月的萝卜白菜,嘴里早就寡淡没味,正盼着呢!大家结伴上山,笑着、忙活着,一捡就是一小筐。地皮菜本身沾泥带土,偶尔还有淘气的碎草趁机混入,清洗时很费功夫。犯懒洗不净,口感就牙碜。地皮菜可焯水凉拌。不舍得放鸡蛋的话,干炒也行。

　　再过些日子,冻硬的黑土地因春风的温柔抚摩变得松软。一种叫"先剿菜"的药材拱出地面,一挖一窝。它也叫"大脑崩儿""小根蒜"。拿回家洗净蘸酱吃或烙成菜盒子,味道十分鲜美。

　　开春后翻地时,苣荬菜接茬儿破土而出。全是带红边的绿色小嫩芽,淡苦中带有清香。生食或焯后凉拌,清热解毒，能把体内一冬积蓄的毒气除掉。一种叫"刺榆"的野生树叶也出来了，熬汤特别不错。摘时要防止扎伤手。

杏花开后，漫山遍野的山野菜都不甘落后地探出笑脸：猫爪子、蕨菜、大耳朵毛……数十种之多，采不完也吃不了，都是纯天然的绿色食品。那些天，大人孩子全家齐动员，上山挖野菜，恨不得多长两双手。采得多了，用开水烫一下，晾晒成干菜，过冬时调剂口味。

如果运气好，能找到一棵山里红树。树下仍有未融的积雪。拿根棍儿将雪扒拉开，就看到去年秋天遗落的果子。零星十几个，红艳艳的，又酸又甜，别有风味。

夏天、雨后，树林的朽木上到处长着一朵朵、一片片的木耳，不一会儿保准让人们钵满筐尖。鲜木耳和黄花菜一样不能现吃，必须先晾干再放置些时候。树下的蘑菇一堆一簇，不拘做法，怎么吃都美味十足。榛蘑炖小鸡更是一道闻名全国的传统菜肴，味美汤鲜，使人齿颊留香。

这时，整座山变成了一个五彩斑斓的大宝库：密密麻麻的野葡萄透亮得像紫水晶，摘一串尝尝，酸甜开胃；山樱桃树缀满了明媚的红玛瑙，吃得人满嘴流水；野杏树上挂着一颗颗耀目的黄宝石；还有黄花菜，一朵朵像金针，灿灿的，直逼你的眼。

夏末秋初，满山遍野的榛子逐渐成熟。有些急性人先下手为强，采些泛青的果实，只为吃嫩白的仁。将榛子从托状蒂中砸出时，汁液喷得到处都是，要用衣服挡上，否则永远洗不掉。有经验的人会不慌不忙地等到最后。放外面晒几天,再用大棒砸、碾子压或拿手轻轻拨拉,圆滚滚的果实很容易就掉出来了。

野葡萄长势正旺。它们到处纠缠攀爬,硕果累累。有时弯藤实在太高,非人力可为,索性连秧带果地扯下树梢,再以地为席,不紧不慢地摘那些紫红色的果粒,拿回家用土法酿酒。具体做法是:洗净后放入大盆,盖上厚褥子。等里面长毛发酵,再用手压碎。流出的汁液就是纯天然葡萄酒,口味清醇。

山里红也是老家的特产之一。它比同科的山楂个头小,手指肚般。

等到收获时节,熟透的红果像晶莹闪烁的宝石,又如孩子们可爱的小脸蛋,躲在碧绿如玉的树叶中,和你捉迷藏。但又不能让你没了线索,所以时不时地借助微风,在叶片轻摇的刹那,偶一露面,吸引你。红绿相间,分外诱人。大人们拎着口袋和大筐,不消半天,就能满载而归。它们是开胃助消化的佳品。冬天一到,有些人家将吃剩的放在屋外,冻成一颗颗的小冰球,像散粒的冰糖葫芦,只是没那么甜。

还有不得不提的桔梗。老家前山全是它。《桔梗谣》是朝鲜族打小张嘴就唱的民歌,可见它的重要地位。

桔梗是学名,当地土话称"狗宝"或"和尚头"。为什么呢?分别拿根和花的形状作比。实际上,桔梗根长得更像人参而不是狗的生殖器。不过壮实得多,须子少而粗。别的植物开花几乎不分瓣数,你中有我、我中有你,互相簇拥着花蕊成一个实体，由里向外打开。而桔梗呢，春天开蓝紫色的喇叭花。五个花瓣肥肥实实的，散着，从顶尖到底部合成一个中空的蕾扣在花托上，和蕊儿根本不挨，如同老和尚头顶的僧帽。

桔梗挖出后晒干，吃时用水泡上大半天回软，以去掉本身略带的毒性，之后腌渍成美味的佐餐咸菜。也可入药。

跨越三十年后，妈妈文字里提到的这些野果草花也在我的记忆里摇曳生姿。新鲜的苣荬菜、小根蒜蘸酱吃照旧清香爽口；刚采回的蕨菜卷成涡轮状，像婴儿蜷缩的小拳头，也是嫩得一碰就折；山里红、菇娘、野葡萄一样甜了我的唇齿；贪嘴吃嫩榛子时，难洗的汁水溅在身上，同样毫不留情。

还有野生猕猴桃，俗名"软枣子"。后来在网上看到一篇文章，才知道我家一直说的"圆枣子"实乃口音之误。噢，人家得名是因为果肉而非形状。

山里摘来的果实比人工养殖的小，也就红枣大吧。新鲜时，个顶个的硬邦、结实，像愣头青小伙。堆在那里，冷冷地看着你。这时不能心急。否则，"哎呀，呸"，口感滑脆的青绿果肉能让你瞬间懂得"酸涩"二字为何义。盖上棉袄捂捂，让它静静地思索逃生。耐心等个十几天，被风、温度和微生物安抚后它就从横眉小伙变身软甜小姑娘。您擎好吧！

几十年过去了，云卷云舒、花开花落。任世事变迁，一切依旧。

山沉默着，孕育的万物却热络得抢着代言。

　　它们就像久别重逢的老友,跨越时空阻隔,互相亲昵地打着招呼:"嗨,原来你也在这里!"

守着一座宝藏山

"靠山吃山，靠水吃水。"一点儿没错。先说山。

静寂的大山忠诚地扮演着恩主一角，不用你刻意提醒，主动提供清新的空气、滤过的纯净阳光、远离尘嚣的美景。每年按照大自然台历，准时无误地将山菜、野蔬、草果无私贡献出来，甚至还有珍贵的木材和岩矿。

我们本溪最有名的山叫想儿山。几百年来，有关山名的由来，当地流传过许多版本。角色不同，但故事结构相差不大。2020年2月，为宅家数日的爸妈提供最新疫情动态，同时佐证一些素材。先问妈妈，她支吾半天说："你们家的事，我哪儿知道？那得找你爸。"于是，换了优秀的语文老师李老师上场。他娓娓道来：

　　山脚下住着一对母子，相依为命。有个外来的南蛮子（当地对长江流域居民的方言称谓，无任何歧视）借宿他家。为报答主人，来客查看周围地势后，说："你们这个山里有宝藏。""怎么打开啊？""好办！我给你一粒葫芦种子，长成后摘下来。根据我告诉你的咒语，用葫芦支住山打开的裂缝，金银财宝随便拿。但是切记，只能拿一次。"

　　妈妈把种子栽进土里,每天浇水施肥。果然,小苗越长越高,后来结了一个青皮葫芦。贪心的儿子没等葫芦成熟就偷偷摘下来,然后飞快跑进山。到了南蛮子说的地方,他开始念咒语。"轰隆轰隆",山发出巨响,落石"噼里啪啦"地往下滚落,狼烟四起的。

　　等周围安静下来,儿子一看,妈啊,果然从中间裂开了一个黑黝黝的洞口,里面放射出让人炫目的金光。他赶紧拿葫芦支上,进去拿宝物。看了这个要那个,越拿越多。不料此时,山又是轰然作响,原来支撑裂缝的葫芦没长成,被压碎了,于是山就关上了。

　　妈妈天天哭喊"儿啊儿啊",后来死在裂缝跟前。大家给山起名"想儿山"。一传百传,叫白了,想儿山变成了响山,很多地名和单位也这么改过来了。沈阳到安东,噢,现在叫丹东的高速路口有指示箭头,指向咱们老家:响山子东沟。

　　2020年年初看一篇旅游推荐文章,越读,我的一双近视眼瞪得越大。这这这,和老爸讲的完全一样啊!也是南蛮子、葫芦种。字里行间还残留着东北方言的遗迹。只是移形换位了,把山从辽宁搬到了河北。再分析一下两地文化背景和历史渊源:嗯,应该是剽窃了我们的传说,在此基础上略加演绎。可见,乡土文化传播完全能跨越地域。不受山水的阻挡,顺着口、随着风就四处溜达了。

　　奶奶家门前也有山,与大名鼎鼎的想儿山相距一公里多。

就叫前山，和太姥家那座同名。我们的前山巍峨险峻、耸立入云。爸爸说，前山是典型的长白山余脉，所以比较高。小小的我仰酸了脖子也看不到顶，心里倒滋生出一种恐惧。时间一长，眼就发花。感觉面前的山就像一个沉默的天神，随时威压下来，把一切碾得稀碎。

山上有洞，分别是老虎洞和鹰洞。漫山都是茂密的柞树林。柞树是一种用途很广的经济树种。能做家具，叶和皮入药，还可以养蚕。柞蚕丝好像还挺有名的呢！

奶奶家屋后几百米，是一道起伏的荡石岭。做事认真的爸爸经过研究比对，觉得原来一直写的"当"应为"荡"。因为它盛产一种柔性岩石，适合磨刀。对于各家来说，割草、砍柴、采山货，离不开刀。磨刀可不就是来来回回、荡来荡去的？

爸爸仍清晰记得，岭的最高处生有一棵椴树。南边是响山子东沟，北边是老邢家。站在上面能远眺石桥子镇，并听到传来的人语响。旁边是大片的原始森林，每年都盛产大量口味鲜美的松蘑、榛蘑和山果。

前山、后岭。它们孕育滋养了当地百姓，营造青山绿水的生态环境。

多少年过去，鸟儿飞去飞回，树轮又长了一匝。仍旧只图奉献，从不索取。

可不就是传说中的宝藏山吗？

我家门前，一条弯弯的河

再来说水。

爷爷奶奶家门前，走不多远，有一条不宽的小河，清澈明净。长辈们说它是太子河的支流。

太子河，我从小就听过，知道它流经我们本溪各处，是辽河的支流。可到底说的哪个太子？长大后查得，噢，原来是与刺秦脱不了干系的燕太子丹！他曾在此避祸并多方筹谋救国，赢得辽东百姓的尊重，故将旧称"衍水"改为"太子河"。

不对啊！燕国，战国七雄中最没有存在感的那个？它的根据地不该在河北、天津这一带吗？2019 年 12 月末，我和连城还一路颠簸，大老远跑到房山董家林村看过燕都遗址。怎么能扯到辽东这边？太牵强附会了吧？

后来进一步查看战国地图和史实，彻底颠覆了我对燕国"厹包""菜鸡"的认知。学识浅陋啊！人家燕国也有过发展强盛时期。在乐毅的带领下，居然干翻过实力不在一个档次的"齐大壮"。实力最强时，疆域甚至远达辽东和朝鲜北部。难怪难怪！自己的地盘上，想叫啥不随便？

可是，老家门前那条清浅的河，不，不能叫河，更像溪，丝毫不带慷慨悲歌、力克国难的雄浑气势。它只是铺遍大地的辽河水系中最末梢的一根小毛细血管。可能连血管都称不上，要知道它根本没有名字。恰恰因为这份不起眼，倒添了更多的专属成分。

据说它的上游是冬暖夏凉的泉眼，冬天时也不会结很厚的冰。夏天时，无论大人还是孩童都喜欢下水纳凉、歇脚，或洗洗涮涮。

太阳正热的大晌午，那里绝对是我一个人的天堂。穿着小背心裤衩，带上铁皮肥皂盒，去河里一泡就是半天。

水很浅，形容为"清澈见底"丝毫不夸张。将手脚摊开趴着，深吸气往下坠，感觉肚皮能硌到底部大小不一的圆石头。阳光将河水表面晒得温温的，下面却清凉一片。波光粼粼。盯久了，有点刺眼。四周一片寂静。远远的，有吆喝马车的声响。很快，一切再次归于平静。

河中间有一个类似小岛的土堆，长着几株柳树。偶尔有小鸟歇脚，过一会儿就"扑棱棱"地飞走，只留下枝条一抖一抖的在颤动。有时我也上去看看，异想天开想从树下找到蘑菇之类的，次次失望。

水清却有鱼，还有极难得的小螃蟹和大脑壳的喇咕虾。比起鱼的温顺无争，后两者张牙舞爪的气势注定其结局更适合当玩具。隔一段时间，三叔就用大小不一的石块筑成低坝，将水拦阻起来，再用网子捕鱼。

"棒打狍子瓢舀鱼"，这话不夸张。三叔很少空过手，拿回家的战利品以鱼居多，都不长，不足一拃。奶奶把肚肠挤净，清洗后裹上面粉，入油锅一炸，是爷爷很不错的下酒菜。

如果赶上丰收，抓的鱼一时吃不了，奶奶就摊在院里晒成鱼干，招惹得苍蝇"嗡嗡嗡"地跑来逐腥。

爸爸回忆说，我太奶在世时最喜欢吃鱼。也不刮鳞。简单弄熟后，整条塞进嘴。没看她怎么动，过一会儿整根大刺就出来了。嘬得又快又好，从来没被嵌入肉的细微毛刺卡过。我爸那会儿还小，在旁边看得惊奇不已。再讲给我听，我也觉得不可思议。莫非满族血统的太奶天生就有吃鱼安全技能？

相比三叔的简易工具，老姨父的捕鱼设备更专业，经验更老到，水域更广，收获自然也多。老姨把个头大的挑出来，晾晒成鱼干，和扎成把的桔梗、蕨菜等山菜、自家酱腌的老咸菜一同寄来。每年的不同季节，家里都会收到来自千里之外的包裹。"运费比东西还贵，以后可别寄了。花那钱呢！"我妈总感慨弟妹们的不易。

但我知道，这些外表粗陋、内容物寻常的包裹却是她与故乡亲人之间又一个重要的联系载体。煲再长的电话粥，也不如唇齿咀嚼带来的那份乡愁实在而笃定。她嘴上婉拒，其实内心是欢喜的。

后来，爸妈上了岁数，牙口和胃口都日渐消退。可巧随着城镇化的迅猛发展和当地的过度开发，老家生态环境恶化。姨父很少能打到鱼，更别说一提满网的盛况。山菜越来越稀疏，转悠半天，大多空手而归。即使剐到几株，也是瘦弱不堪，孤零零地躲在筐里，显得无比寂寥。"不比以前，什么都不好找。正好我和你爸也吃不动了。"妈妈若无其事地讲着，我还是颇觉遗憾。

那条弯弯的小河，也许真的只能在我们的梦里流淌了。

谁家没个菜园？

关外是一片广袤肥沃的黑色原野，它蕴含着几百年未被开垦而积蓄起来的一种神奇力量。用奶奶的话说："插根筷子，就能长出树呢！"

基本上，家家户户都会在房前屋后辟出一块或几块菜园。离城镇远，加上生活都不富裕，习惯了自给自足，能不花的钱就尽量省下来。再说，守着这么容易坐果长叶、肥得冒油的黑土地，不用可惜了。

起几道垄沟，刨一溜小坑。不管什么种子，随便点两粒或者更费事，这儿那儿的，撒一把就行。根本不用主人花太大功夫，浇点水，阳光、空气和风就能回馈大片养眼的绿意和累累果实。

在我妈的记忆里："奶奶家栽的果树很多。房后山坡上有两棵山里红树，秋天能收几麻袋。房西边是成片的枣树，北边是满墙的爬山虎，交汇出一大片绿，特别养眼。墙外又是桃树、李子树和红果树的地盘；前山坡上种着樱桃树、杏树、山楂树；东边则是几棵大梨树；菜园里还点了几株紫皮葡萄。花开时节，奶奶家的房子被包围在多彩的花海中：红的、粉的、白的……如云似雾，层层叠叠。连衣缝、头发里都能沾染上丝丝缕缕的香气。"

孩童时,我对家的定义有确指:爷奶从沟里搬到街中间的荡石岭下那里。最早的草房升格成大瓦房。南北大炕有四铺,宽敞通亮、窗明几净。吃饭、睡觉、会客全在上面。

窗根下是一棵粗壮的杏树。在繁花满枝、暖意融融的春季,蜜蜂嗡鸣,蝴蝶起舞,到处流淌着醉人的花香。一些缀满白花的长枝条从开启的窗户里探头探脑地伸进去,好像在偷看。之后花落、叶萌、枝长、果生,小青杏躲在稠密的绿叶间,顽皮地躲猫猫。

出了屋门,整齐的菜地左右对应,被木条捆成的篱笆围住。地边扎着结实的豆角架。弯弯的绿秧会顺势缠绕在篱笆上,往下扯都费劲。

爷奶家的小院没有门,正对着路,很能体现"夜不闭户"的淳朴民风。

奶奶做事勤快、爱干净。在她的精心侍弄下,自家菜园一年四季都是饱满的美景。东北的春天到得晚,嫩嫩的芽苗一旦钻出地面,便攒足了劲,见风就长;夏天,则满眼青翠、绿意盎然;入了秋,放眼看去,处处五彩斑斓的硕果。即使是隆冬时节,几架豆秧早干枯发脆。披着厚绒绒的雪被,仍固执地缠绕在篱笆上,勾勒出一帧很独特的画面。拂去雪,细枝上还顽强地残留着几个瘪豆荚。早已失了水分,冻得邦邦硬,鼓突的粒快顶破了单薄的表皮。

时光流逝中,我见证了一粒豆的完美一生。

奶奶拎着小筐在窗外地头割韭菜,这个场景落在屋里硬塑料炕席上正光脚滑刺溜的我眼里，很有生活气息。我整天没什么正经事，屋里屋外瞎转悠，动不动就迈腿去菜园巡视一趟。它像一个随时都在悄然变化的自助加餐点，不限次、不限量、不限时，大方地敞着门，期待我的光临。

园子不大，生机盎然。不时有蜜蜂或蝴蝶在枝叶间盘旋着忙碌。热浪般的空气裹着泥土、青菜的清香扑面而来。当然还有不甘心被忽视的农家肥气息。

菜园里的各层住户分布得当、错落有致：高处搭着果实累累的秧架，种着黄瓜和豆角。一条条顶花带刺、鲜绿水灵的黄瓜从巴掌大的叶片间垂下，滴里嘟噜，让人看花了眼。拧下来用水一冲，或干脆只把刚萌生的嫩尖刺胡噜干净，直接塞进嘴里，"咔嚓"大嚼。

面临众多选择，嘴也势必变刁了。咬一口，又觉得另一根正挂在秧上冲我挤眉弄眼。不尝不合适啊！遂喜新厌旧。

中间的居民是芹菜、茄子、土豆、花生、小葱之类，更低矮一些的地盘，属于香菜、紫叶生菜或韭菜。刚冒出纽儿的小茄子圆溜、油亮。我很好奇，家里都是蒸或炒着吃，没生吃过。揪住啃一口，像棉花团，又艮又涩，还有一丝丝甜。如果它生命力够顽强，没有被我的小牙咬坏，也能长成。只是皮上会留一块明显的锈疤，算残次品。当然，奶奶不问，我这个公认的聪明乖巧儿童绝不主动说。即使"东窗事发"，半撒娇半耍赖，也能蒙混过关。

后来读萧红的《呼兰河传》。印象最深的是关于她祖父家菜园的大幅描写。似曾相识。

　　原来在每个东北孩子的童年记忆中,菜园都是可任意撒欢、放飞心情的宝地,像天堂。

心甘情愿的"瓜菜代"

现在一提起"瓜菜代"，总和一段特定历史时期脱不了干系。很庆幸，我这个年纪的人没赶上。但作为中华人民共和国成立后发生的重要事件之一，三年困难时期经常存在于小说、报纸、网络或父母的口中，甚至还引发过"自然"与"人为"的争论。

现在的"瓜菜代"完全冠以健康之名，成了倡导清淡饮食的时髦词，类似"轻奢"。我跟不上这潮流，骨子里爱吃肉，难改。况且半生已过，实无改的必要。管它高低贵贱，不都只活这一辈子吗？随意就好。

我喜欢的"瓜菜代"是指影响成年的特殊口味：把菜当饭吃，可能也是大多数东北人不易改变的饮食习惯。

爸妈尚在寒微时，一家人挤在平顶山市繁荣街深处的大杂院。十几户人家生活都不宽裕，紧巴巴的，看不出谁特殊。后来搬到省城，尤其住进我爸他们省工商局家属院，人员成分比较单一，彼此知根知底。除了口音，我们习以为常的另一举动也显得与众不同。

我妈提着大包小裹进了院。几乎每位邻居看到后都要好奇地发问："王大姐，家里来客人了？"

"没有啊。"

"咦,咋买恁多菜?"

"这是我们家一天吃的。"

我妈满脸含笑,像复读机一样耐心解释,然后逃也似的匆匆进楼。铁门也隔不了身后传来的议论声。也许对于"三顿面条吃不厌、弄菜干啥怪麻烦、新蒜香油就能拌、没菜照常往肚咽"的当地人来说,这是不可思议的事。

吊在房梁上的专用食品小筐是爷奶溺爱我的见证,里面从没断过货。它不仅让远离父母的辛酸化为甘甜,更是辉映了我的童年生活。拜它所赐,加上不注意口腔卫生,我有了满嘴的烂糟小黑牙。

现在专家建议早晚各刷一次牙。更有甚者走了极端,一进食就刷,恨不得把釉面刷薄了。要搁当时,都算另类。费牙膏不? 穷讲究!

吃时一时甜,龋齿苦无边啊! 酸的冷的不敢碰;磕的磨的嚼的,通通没什么兴趣。东北女性狂爱嗑瓜子,休闲社交两不误。一句句俏皮嗑和雪片状的壳同时从两片开合不停的嘴唇里飞出,沉溺于精神和口腔的双重快感。我却宁愿抱着葵花盘,吃白嫩嫩的仁。

牙不好,就偏爱软烂食物。饼干要泡、面包得蒸软。

家里常吃高粱米饭或苞米楂子。没有高压锅,这两种本身很坚硬的食材需要长时间的火候才能煮软,仍嚼劲十足。

日常主食明显与我的糟牙不匹配,于是多吃菜就有了名正言顺的理由。再说也有条件。上文说了,一年中的大多数时节,家里的菜园呈现丰收景象。品种多、不断线，个顶个的新鲜。原汁原味，绝不妥协或模棱两可、似是而非。

瓜菜代，四时皆可。初春，新长出的嫩绿榆叶密密地挂在枝头等风来。采下一捧拿回来，奶奶用来炖土豆。出锅前淋点猪油。热腾腾的一盆散发出清香，随着她的脚步，从灶台飘到眼前。尝一口，鲜甜，感觉咽下了整个春天。

夏秋是一年中瓜菜最多的季节。一根脆青的甜秆儿、一筐喷香的甜瓜、一盘水灵灵的蘸酱菜、一盆铁锅炖豆角、一锅烀茄子苞米……全方位的身心滋养，柔软而熨帖。

隆冬时分，看似没有夏秋天那么多选择。但炖锅酸菜粉条、炒盘猪油渣大萝卜，一样当饭吃。

我觉得能代的瓜菜像一群默默无言的先生，需要时挺身而出。以实际行动教人学会放下自私，选择成全。

这样的瓜菜代，谁不喜欢？

现在呢，想吃什么，动手上网一点，迈腿超市一转，都能满足。不，应该说只满足了口腹。瓜非瓜、菜非菜，本职工作都没做好，何谈育人？笑话！

零食，长在田间地头

和我一样，妈妈也是在爷奶家度过了很长的一段童年时光。太姥家是典型的务农生活。

家里有十几块大小不等的水坡地，有点像南方梯田。叫水坡地，可没水。全是大如拳头、小如鸡蛋的石头。最平坦的一块不过三个篮球场大。这种恶劣条件下，收成如何全凭老天爷赏脸。

每年开春化雪后，不等下地开锄，奶奶早早地把种植计划安排妥当：哪块种菜、哪块种粮食，有条不紊、清清楚楚，把一个十来口乃至二十几口的家治理得还算丰衣足食。韭菜、生菜、葱、土豆、豆角、大蒜要种，玉米、大豆、高粱、谷子必不可少。烙火烧、蒸豆包和打糕用的黏高粱，产量低又费地方，点两垄。大豆除了到牛心台镇榨油，还做豆腐。另外，香瓜、黄瓜、西红柿等是我们这辈孩子们的零嘴儿。

我们老李家也分过田地，在帽儿山和冰沟。爸爸说，1956年搞合作化，太爷还当了一年多的单干户。家里生产资料充足，有 22 亩山坡地。东北人少地多，工业发达，是全国唯一农业户口低于城镇户口的地区。分地时不差一户两户的。1962 年吧，爷爷从集贤回来后，借口家里没有劳动力才申请的城镇户口。

除了私田，出了家门，走不远就到达前山脚下。那里，偎着河畔，有块百余亩的冲积平原，是公有性质的前官地。

2020 年 2 月 20 日，从"李宝库"先生那里继续挖料。他老人家果然对此地发生的历史了如指掌。

前官地曾经是时任南满军区司令的萧劲光率部与国民党主力 207 师多次厮杀的战场。南满军区无论从地理位置还是经济实力上来说不是北满能比的，所以成立了规格比较高的分局。东北行政局曾经设在过安东、本溪和沈阳郊区。现在老辈人还记得当时惨烈的国共两军拉锯战。

百万大军面临比较艰苦的形势，四处辗转，站稳脚跟。不叫解放军，也不叫东北抗日联军，而是民主联军。老百姓没改口，按老习惯就叫八路军。

打仗嘛，主要打装备。咱们这边的明显不行。但我党政策好，群众普遍拥护。沈本这一带争夺比较残酷。后来中央军也学乖了，搞一些所谓的爱民措施。萧劲光的对手是谁啊？国民党中央军的五大主力之一——王牌 207 师。牛在哪儿？它是蒋经国创立的嫡系部队。他在江西赣州当专员时就提倡"十万青年十万兵"，想和曾国藩一样，建立自己的亲兵。首先一水儿的美式装备。其次是学历高。士兵都国高毕业，连排长更别说了，大学毕业。这在国民党算"蝎子尾巴——独一份"。

　　两支军队在主要活动地点辽宁展开激烈的争夺。在前官地和你姨奶家所在的尖山子,不止打一次。肉搏拼刺刀。我小时候和小伙伴们随便捡,到处都是玩具。什么60迫击炮托啦,钢盔、水壶、刺刀头还有子弹壳。"文革"初期和你妈回家时,前山还发现过骷髅呢!也不知属于哪边的,没人给它入土为安。

　　几十年过去,战火硝烟已逝,和平的鸟儿自由飞翔。曾经浸透鲜血汗水的生死场又成了集体的大田。

　　与小菜园一样,大田也是"吃机"无限:高粱、玉米、大豆。一个也不能少!散养的好处就是能自由自在地乱溜达。民风淳朴憨厚,没人计较谁家小孩渴了砍根甜秆或摘个香瓜。食物的清香从我的那双小胖手和奶奶背的筐里溢出,让童年变得有滋有味。

　　一穗穗红莹莹的高粱棒自不必提,可磨面或做米饭。得"黑穗病"而早夭的高粱叫"乌米",也是味道独特的美食。乌米外表看着没毛病,同样鼓肚结苞。用手一摸有区别:高粱苞软,乌米硬。掰开几层叶子,里面的棒棒只有手指那么长,灰不拉叽的。几个刚冒出的粒粒,干瘪得可怜。

　　乌米新鲜时,入口清甜。等步入老年,就像嚼一团棉花套子,下咽时刺嗓子。揪扯几下,一缕缕的灰粉腾空飞升,应该是霉变的产物。

　　通常在地里,高粱和苞米是近邻。鲜嫩的苞米棒是我家大铁锅里的必备美味。热乎乎的，清香诱人。乱蓬蓬的深红色须子也是我最好的玩具：编成小辫，挂在脑袋上臭美；或是给泥巴娃娃当帽子。扒下来的苞米皮也能撕成一绺一绺的细条，编东西玩。或找处阴凉坐下，两三个小伙伴像斗树根一样，互相揪扯，比谁的更厉害。

还有一种不得不提、随处可见、老少通吃的食物——"甜秆"，就是苞米秆。无从考证谁最早发现了这种美味。

人们下地干了半天活儿，又累又渴。左右看看，瞄好一棵直溜光滑、形状标准的苞米秆，撅断，"唰唰"几下，用镰刀把上面的枝枝叶叶划拉掉，像吃甘蔗一样啃掉青硬的外皮，咀嚼里面饱满的瓤。清甜的汁液一股股被吞咽入喉，特别生津解暑。也许是公允慈悲的老天爷看北方不产甘蔗，有意补偿我们的替代品吧？

至于东北人家过日子中必不可少的大豆，更值得大书特书。为表对其青眼有加，后文专门要写。

夏季也有好胃口

夏季像一个出工不出力的伙计，完全在应付差事。不情不愿地打个照面，象征性地四处晃悠晃悠。"老板，看，我来了！"之后熬着钟点，匆匆打卡下班。但遇上他心情不爽或想卖力表现时，那几天也很难挨。

灼烫的阳光晒得柳叶打了卷，看家的大黄躲在树荫下睡懒觉，蝴蝶宁可在花朵上缩着翅膀休憩也不愿随风起舞。河水被照得发白，远望过去，有虚虚的雾气在上升。

炎热把人的好胃口也炙干烤焦了。会持家的主妇就得想方设法变变花样，让老小吃下饭。

夏季，水果和蔬菜种类繁多。这也是它唯一可爱的好处。甭管哪种，自家产的，可劲造，绝对管够。不像秋收后冬藏的丰硕，这种随时撑得小肚皮溜圆的充实感似乎更能带给人安慰。

酷热时节，水饭绝对称得上是主角。

2020年3月，突发的疫情席卷全球，无疑改变了生活。处处不便。无奈无望的等待让人发烦。唯一让人欣慰的是：有大量时间可以静下心来，待在斗室里与书为伴。

吃货小宽原名赵子云。乍一听，挺像银枪白甲的常山赵子龙，并顺势展开对人物俊朗形象的无穷想象。吁吁吁，快打住！

小宽，宽在身板、大脸、胃口。和皮囊兜不住的中年油腻形成反差的，是一手清丽婉转的文字。这倒隐约配得上估计他自己都快忘了的原名。

"两口子起码能吃到一起"，对此我极为赞同。在喜好肥肠、炖吊子等粗俗下水的阵营里，除了我、生活中一边嫌弃一边不离不弃的连城，还有只见过其文的小宽。

小宽在《青春饭》一书中提到日剧《深夜食堂》的茶泡饭，说前身是咱们的水泡饭。视需要加凉开水，南北方都吃。

哈，又一处共识！

水饭一般用高粱米。20 世纪 70 年代，生活条件普遍贫困。即使在辽宁这个主产区也不能经常吃到大米。生病或去姥姥家串门，我才能享受特殊待遇。

刚煮好的高粱米饭烫得无法下嘴，勾起不了食欲。要用清冽凉甜的井水过几遍，再拿笊篱使劲压着滗干水分，就成了水饭。水滤走了黏黏的淀粉，饭粒颗颗分明，很有嚼劲。配菜呢，简单炖点豆角、茄子，或蘸酱生吃小葱、黄瓜什么的。也可合二为一。将烀熟的茄子、土豆捣碎后拌上大酱，再将略有些辛辣气息的小嫩葱揪成段，扔到里面搅匀。味道真叫妙！

十几穗热乎乎、香喷喷的嫩黄苞米是饭后溜缝的零食。炕桌边、屋地上，随便哪儿都能吃。洗涮收拾前，先来一根占嘴。再看那堆摆得老高的锅碗瓢盆，似乎也不再面目可憎。

孩子们攥着苞米，出门乱转悠。碰上小伙伴，抬起腿，"咔嚓"用力撅成两段。"给你，刚烀的。""你吃甜秆不？俺家有。"分享后再开心玩耍。吃玩两不误！

树叶沙沙响,小河哗哗流。

太阳、月亮轮流值班,东升西落。

时间一秒秒滴答而过,友情也就一点点沉淀为回忆。

猫冬

在全国人民的地域印象中，东北与炎热远远搭不上边。

您想啊，漫长的冬季赖着将近半年。即使挨着的初春和秋末时节，温度也比平均值低得多。所以一提辽阔无垠的大东北，感觉就是冰天雪地、寒冷荒凉的同义词，想起来身上直打哆嗦。

一点儿不假，但仅指室外。

落雪，将一切都搅进了混沌。这时在外面行走，寒意能穿透层层武装，直钻骨缝。无雪的夜晚，幽蓝的天幕上挂着几点疏朗的寒星。它们被风刮得瑟缩着，一闪一闪。去取存在天然冰箱里的东西要快去快回。如果贪恋清冽的空气，不妨趁机深吸一口，保证五脏肺腑顿时变得冰凉。

说起天然冰箱，恰恰是气候寒冷带来的唯一好处。不管什么，撂外面就行。冻瓷实了，两三个月都不变质。尤其除夕前要包出的许多饺子，放在室外冻硬后，再储存在大缸里。随吃随取随煮，味道不比刚包的差。

打小我就被爷奶严厉警告过：寒冬腊月的，不能伸手瞎碰乱摸。碰鼻子，鼻子会冻掉。摸铁质东西，比如马车上的挂件，手就粘上了。只能拿雪使劲搓，才能脱开，但也要扯下一层皮。吓人！

人在室外,哪怕是轻轻地呼吸,也是"一口一朵白云"。这是文艺说法,换成白色烟柱更生动。

屋内倒是相当暖和。厚实的双层玻璃挡住了寒风。大屋的中间生着炉子。正午时分,大炕被阳光晒得热,灶膛生火做饭时还会给它补充热量。到了晚上,一大家人聚在一起,再来几个串门的,满屋子人气,何来的冷?

冬天时,爷爷的下酒菜简单多了:拌酸菜心、炒鸡蛋、炸花生米或者煮个自家腌的咸鸭蛋。

酒要烫过。小口酒壶,头顶倒扣着白瓷小盅,坐在装满热水的大茶缸里。不一会儿,酒就变得温热绵滑。爷爷说,这样做,酒的醇香会提前被激发出来,口感更好。

长大后看《红楼梦》。读到薛姨妈劝宝玉不要喝冷酒那段时,觉得她说的才像正理:外面天寒地冻,聪明人自然不会用内脏去暖酒。那样里外都冷,再烈性的酒也起不到御寒作用。

要不说呢,有些习俗、做法,并未有任何交集的可能性,隔了几百年却能沿袭下来。硬道理很简单,不怕时空乱!

收拾完炕桌,离睡觉还早。忙碌一天的大人们终于能将不快、烦恼和严寒一起关到门外。放松身心,开始惬意地享受宁静的夜晚。

一笸箩烟叶、一筐炒好的花生瓜子、一把冻山里红。地下一堆乱鞋不分你我,地上几个人谈笑风生。打纸牌,聊天,逗几句玩笑,讲几个故事。通人性的大黄开始吠叫,有客人到了。他裹挟着一股寒意,一头扎进满屋的热气。大家把他拉到炕上坐好,递过烟笸箩,继续聊。

欢笑升到空中，撞击着山区的冬夜。摩擦之间，似乎它也变得温暖了。

后来，忠心耿耿的大黄不幸被一个超速的缺德司机开车撞死。后来，爷奶把家搬到了桥头，我也被接回爸妈身边。后来，我长大了。除了 1989 年夏那次重归，其余时间故乡都依稀化为别后旧梦。

后来……

雪，还是一年一年地下着。

大酱者，大将也

"顿顿有大酱，吃饭就是香。"这话没有任何夸张成分。即使不是东北人，但凭着这些年量大实惠的东北菜在饮食界闯出的名头，也必须承认大酱对于我们的重要性。

每户东北人家的屋里，酱缸必不可少。大酱这种浑然天成之物，可生吃、可烧、可酱、可焖、可炖。去腥、提鲜、增香、入味，用途多多。服侍的食材再简单，也不怕。

比如将一块最朴实素白不过的豆腐滑入一勺大酱汤的怀抱，让两者在土灶上砌的大铁锅里缠绵相拥。砖膛里多添几根柴。没一会儿，调皮的火舌就能将锅舔热。四散的香气和热气填满了每处角落。看吧，"咕嘟咕嘟""啪啪啪啪"，翻滚的气泡一个个破灭。白色的柔软在深红色的汤汁里沉没，如同被一员憨实武将呵护疼爱的女子。哪怕昨天她还是一位忙碌于田间地头、荆钗布裙的村姑，因为有了实在的欣赏与拥抱，再普通的眉眼也变得活灵活现，平添几分韵致。

"千滚豆腐万滚鱼。"早就开锅了，您别急着盛。给他们相亲相爱的时间，最终您的忍耐会得到回报。村姑和武将鼎力配合后孕育的爱情结晶呈现面前：满满的一锅，你中有我、我中有你。豆腐的每个孔隙都沁满酱汤。轻咬一口，携带大豆蛋白的浓香在口腔内弥漫开。

"赶紧的，我还等着呢！"瘪皱的胃提醒口腔，开始分泌唾液，又一个劲儿地催你囫囵吞下。

烫得咝咝哈哈的，落肚后，大大的满足。

退一步讲，连豆腐也没有。那就从窝里摸个鸡蛋，搅散入油锅，做碗炸酱。配上晶莹剔透、软硬适度的大米饭或面条，保证其他菜通通入不了眼。不舍得放鸡蛋？行啊，从大缸里直接盛一小碗就端上桌。再来一筐刚从菜地里摘下、扯出的小葱、生菜、小白菜、水萝卜之类。新鲜脆嫩，好嘛，连主食都省了！什么什么，还想再简单点？用葱花炝一下锅，稀释成酱汤，顺手扯两片菜叶扔进去，味道也不差。

大酱还有一个重要用途：腌渍新鲜食材。萝卜、黄瓜、茄子、土豆，什么都行。甚至……大红薯，也叫地瓜。我妈回忆说，爸爸上学时带过那种腌红薯，一大疙瘩，瓢被浸泡得油亮亮的。可惜几个淘气的同学闹着玩，抢去分吃了。小时候，家里经常吃玉米面稀粥，我们叫糊涂，黏稠、金黄，就着一种奶奶腌的咸黄瓜。

奶奶喂我时，特意切成小丁丁。

我妈写的文字画面感极强："喂饭时，往往是两三小勺饭放一小丁咸菜。可是吃着吃着，大女儿的小手总指着碗里的咸菜，让每勺放一个。如果没有，她就会执拗地继续指或干脆摇头不吃。有时急了，还自己伸手去抓，然后往嘴里送。要是有人阻拦，她就一边哭闹，一边拿手乱胡噜咸菜碗。"

瞧人家大酱，丰俭由人、进退得当、不挑剔，随遇而安。外表朴实，实怀丘壑。妥妥的一员领军大将啊！

乱滚一气的豆子

东北那旮旯儿的大酱咋就那么好吃呢？细究起来，还是作为原料的豆子好。老家盛产大豆，豆制品自然也多：干豆皮、豆腐干、豆腐泡、豆腐脑、豆腐。其中豆腐最常见，因为制作工艺相对简单些。

妈妈回忆说："大豆除了到牛心台镇榨油，还做豆腐。无论冬夏，奶奶家都要做豆腐调剂生活。豆腐切成一指宽的薄片后，撒上大盐，放在大扁平筐里晾晒。半干时切成干丝。油炸后炒头茬韭菜和鸡蛋，那个味道我至今都不会忘记。"

看来做豆腐是当时各家过日子的常规动作。我不怎么记得吃过哪些豆制品，但豆腐脑后遗症留存至今。它和油炸蚕豆一样，属于再饿也绝不碰的食物之列。可能是小时候吃伤了，落下心理阴影。

奶奶从地里拽回来豆秧烧火，上面偶尔会有几个漏网之荚。荚壳早没了绿意蓬勃时的饱满，颜色也变成暗暗的土黄和淡棕。失了气势，却不塌架，干巴巴地撅着，颗粒饱满、圆润得很。无从断定到底是黄豆还是花豆，顾不得硬毛扎手，一股脑儿扔进灶膛里烤。没几分钟，干香的味道就蹿出来，直往小鼻子里灌。迫不及待地扒拉出来，吹掉灰，就往嘴里塞，烫得直吸气。

阳光好时，酱缸蒙着白纱屉布，敞口晾晒着。我这个好奇宝宝曾很多次趴在缸上，用力闻那种发酵味。沉厚的，大咧咧地直捅肺管。淘气劲儿一上来，我就偷偷将纱布上的网眼扯大，看到里面有星星点点的碎豆瓣。咦？和我吃的烤豆完全不一样呃！后来我亲眼见到一盘盘晒干的豆饼，黑乎乎、沉甸甸、硬扎扎。费好大劲才抠下一块，追着奶奶问是什么。"大豆呗！"至此我"证实"了，做酱的材料是大豆。

大豆和黄豆有什么区别？这个问题纠缠了我很久。后来无所不知的"度娘"告诉我：毛豆是青春期的黄豆，而黄豆、红豆、青豆等颜色各异的一类统称为大豆，等等。或者说，东北说的大豆是狭义范围的，只指长大成年的黄豆。嗨，说了一大通，还是头晕。作罢！

无论京城还是郑州、洛阳、沈阳、丹东的盛夏夜晚，在烟火缭绕、喧闹鼎沸的大排档，作为啤酒最佳搭档的"花毛"组合总是先于烤串出场，它绝对享有超高人气。

盘内两分天下：黄褐饱满与碧绿泛青，后者颜色更养眼。和朋友吃着聊着，感觉自己融化成了夏天的一分子。

多年后，留学东瀛的少年郎和同学们去居酒屋。店家赠送一碟碧青的枝豆。发来图片，不正是我熟悉的毛豆吗？相同模样，不同称呼。

每年初夏，毛豆刚上市，价格昂贵。我都要买来一些，吃的就是那份新鲜。一颗大茴香、两片香叶、几粒盐。煮熟后，焦急地等它凉透。捏一个搁在齿间，轻轻一叩、一挤，清香爽脆的豆粒就势滑出。细嚼成末，吞下，口感依稀残留几分熟悉，瞬间激活记忆密码。

　　原来,早早滚过童年的它们一直没有远去。

添油加醋

　　油，是进行煎炒烹炸等厨事操作的首要之物。和盐一样，少点儿，行，但不可或缺。上文提到的东北重要农作物之一——大豆，主要用于榨油。油脂黄澄澄的，没有异味。炒菜尤其炒鸡蛋特别香。这是植物性油脂。

　　为了对抗恶劣严寒的自然环境，东北人爱炼大油、爱吃肉，普遍人高马大。这是动物性油脂。

　　家里从来没为油不够发愁过。像其他地方那样吊个铜钱打油、用筷子往瓶里插一下往锅里涮涮，属于实打实的精打细算，在我们那里不会出现。

　　太姥家、奶奶家都是主妇当家。她们操持里里外外的家务，辛苦得"两眼一睁忙到熄灯"。

　　太姥个性要强，干活思路极为清晰。这么多年早对种植的种类、数量和田地的具体使用等情况了然于胸，一年全家的粮食、蔬菜全部自给自足。来年，每块地还要倒茬轮种，太姥必须整得明明白白。

　　奶奶家每年都要养两头猪、几头牛、一头驴和无数只鸡。猪杀了吃肉和炼大油。为了常年有肉有油吃，猪养得越肥越好。夏天、年前各杀一头。夏天,猪肉用盐腌好放在缸中,想吃的时候取一块;冬天的肉随便扔在外边雪堆里,泼上水冻成冰坨。

炼大油是我们这些晚辈最盼望的时刻,因为可以等着吃肉吱拉(猪油渣子)。奶奶给每人发了碗筷。表弟表妹们和我全齐刷刷地坐在炕沿上,耐心等待。不能瞎嚷嚷,不能敲碗催促,所有人变得很安静。灶火上的大油锅"滋滋啦啦"地响着,奶奶不时用大铁笊篱娴熟地搅动。待肉吱拉变黄,奶奶会捞出一大盆,再给每人舀上一大勺,基本快满碗了。这时候,你看吧,炕沿上一排几个人全部低头捧碗,专注地吃着,没工夫说话和闹腾。年年岁岁,景相似。

之后,奶奶在地面挖个深坑,把炼成的大油装进缸后放进去,盖上石板封好土,整个夏天都不会哈喇。炖豆角时,奶奶会毫不吝啬地舀上一大勺,半斤多吧,里边还有炼油时故意留下的肉吱拉。出锅时再舀一大勺作为浮油淋上去。豆角油光光的,味道真是没的说。

我奶奶家是工业户,没养什么家畜。爷爷在供销社工作,拿固定工资,比起太姥家面朝黄土背朝天、炕头田里忙碌的状况,相对轻松一些,更接近城镇居民的生活面貌。家里鲜肉、大豆油随缺随买。供销社进了什么便宜又新鲜的商品,也能"近水楼台先得月"。

但一样想方设法地炼肉吱拉、熬雪白滑腻的大油,好像这是家常日子里最不能缺少的必备内容。

妈妈说1973年送我回老家。临走前几天，为了改善生活，爷爷好心从石桥子镇买了一个猪头和半水桶猪血。他老人家骑着自行车，把水桶放在后座上，没有盖。一路颠簸到家，甩出去不少，还有些血点溅落在后背上。等爷爷进了家门，满头大汗。他气急败坏地发现双手沾满猪血，后背上也一大片红斑点，形象狼狈。但能为家人弄来这些难得的吃食，估计爷爷也甘之如饴，再辛苦也值得。

人们用劳动、用责任将寻常的每一天浸透油星。时间久了，再干瘪的日子也变得温润、有质感。吃饱，更要吃好。有了油，才生出那份欲望得到满足后的幸福感。进食不再是聊以果腹的单纯目的，而是蕴含了努力将生活变得更有滋味的热切愿望。

东北人的口味普遍重油重盐。至于醋，除了凉拌菜偶尔用几滴，并不像晋老西那样嗜之如命。我家少年郎有点与众不同。吃包子、饺子或炒饼，蘸煮熟的白肉片、排骨，他的调味碟里都要放很多醋。粉嘟嘟的柔嫩嘴唇被醋汁渍得发白。有时剩点底儿，我当仁不让地负责清空。一尝，呵，这酸爽，真够劲！

爸爸有时调侃少年郎对醋的偏好："这点像谁呢？"起初我也不解。回忆整个孕期，除了后期遵医嘱补了一瓶钙片，几乎全是正常饮食，并未特别摄入营养品或对某种口味情有独钟。后来整理家庭传记时，谜底揭开：妈妈祖上打山西闯的关东。难怪呢，隔代遗传！

事实证明，有果必有因。

事实又证明，话无绝对。

　　对于东北人来说,酸味也有一段最能体现价值的黄金时期,那就是漫长的冬季。有一种与醋位属同门的食品独占鳌头,以谁与争锋的气势堂而皇之地走上餐桌。

　　天天吃、顿顿有、时时见。

　　谁啊?酸菜!

白菜有一个落魄兄弟

军校毕业后，来到被绵延山岭阻隔的偏远塞外工作。也属京城，但位置无疑从祖国的心脏挪到了嗓子眼。地域决定了那里的饮食习惯自然远离了京味，和河北很相近。当地人爱吃黄米、土豆、莜面，口味偏咸，嗜辣酸，这些全沾染了沉重的特殊色彩。

一次请假外出，照旧去县城最大的饭店打牙祭。在水牌上惊喜地发现：咦，酸菜包子？以为是小时候就很喜欢的那种，毫不犹豫地买了好几个，想带回去慢慢细品。

没想到刚咬第一口，顿觉味道大异。根本没有老家那种渍酸菜饱吸肥脂后的柔软与油香。仔细分辨一下，哇，居然是腌成黄白色的圆白菜！粗切的大丁，红通通的辣椒粉，难怪又辣又硬。也许只是这家如此？后来在别的店吃过几次"酸菜"包子，除了有无粉条的差别，回回希望变失望。

转业回城，在一些"成都小吃""渝州美食"继续发现酸菜之旅，才知道它居然有南北之分。南方的酸菜是一种长茎叶大的青菜，做酸菜鱼那种。不仅如此，就连酸渍的方法也明显不同。

以前我一直以为，只有老家那种才是无可争议的唯一正宗。

每家都有若干口缸:做酱的、渍酸菜的、腌咸菜的、存粮食的。酸菜缸最能勾起小孩子的馋虫,因为总和白肉片、红血肠、褐粉条联系在一起。

入缸之前,选的白菜刚从地里收回来,个顶个的叶阔根粗。稍加晾晒或沸水轻烫即可整齐地码放入缸。数日后,被水、盐、空气和微生物一番折磨后,白菜变得神气不再,蔫头耷脑。等天气再一冷,不用再添什么作料,自然发酵变酸。哈哈,寒酸,寒了才酸。确有道理!

就此,青春蓬勃的白菜落魄成了酸菜。仔细想想,更像一位妙龄女子。未出阁前,浅笑嫣然、春意盈袖。嫁入夫家多年,就被生活的风刀霜剑生生逼成失了水灵劲的黄脸婆。

渍好的酸菜,软塌塌的,酸味扑鼻。外面的菜帮暗绿,可炖、炒、做馅。里面的嫩芯呈鹅黄色,缩成紧裹的一小把。小巧玲珑,绝对是整颗菜的精华所在。

将酸菜芯切细,撒几粒盐和味精,再淋上点辣椒油或香油,用筷子搅和拌匀后即可上桌。这道菜和花生米一样,都属于方便易做、老少喜爱的下酒速成菜。什么都不搁,白嘴吃也很棒。酸酸凉凉的,细品还带点甜味。

无论生食还是熟制,酸菜切得细才是王道。够细,味更足。越简单的家务活儿,越显示手艺。正如下馆子点菜,内行人肯定不会点什么燕鲍翅。您想啊,这类高级食材,厨师练手的机会少,很难做出美味。家常菜呢,一天重复几遍、十几遍,再拙劣也熟能生巧了。正因如此,考校厨师时,经常拿鱼香肉丝、锅包肉这类入门菜肴作为标准。

切酸菜同理。

菜帮软沓又皱巴，直接切的话，太粗厚。任哪家主妇再忙，也不会在这事上偷懒。随便切成大段或囫囵几刀丢进锅，肯定招来一通耻笑。败家老娘儿们，明显不会过日子嘛！

看似常规动作，内含技巧。只有掌握门道，才能切得又细又匀。

我妈称赞奶奶手巧的一项重要例证就是：奶奶切的酸菜比头发丝粗不了多少。

李刘氏独门方法如下：先将菜刀在缸边来回戗几下，使之变得锋利，否则会连刀不断。挽起衣袖，探手入缸，捞出一颗还带着薄冰碴的酸菜。一瓣瓣将叶子拆下来，用清水冲洗，大力攥干。将其中一片铺在案板上，用冻得红通通的手摊平，左手摁住、右手执刀，顺着与案板平行的方向，自菜根向梢处，均匀片成两薄层。依次将菜帮成功"瘦身"，摞齐后再转成垂直刀。一起一落，切成细丝。最后，或拌或炒或炖，随便！

梨,不可貌相

在老家,万物皆可冻。逃不掉挨冻命运的,除了过年的肉鱼鸡,还有水果。

20世纪70年代,全国经济不够发达,食品匮乏。条条框框的计划中,一切凭票证配给。最喜欢的电视剧《一年又一年》里体现了人们排队购物、走后门、照鸡蛋的城市生活。十几岁的我,也曾在楼下粮店,手攥户口本,耐心排着长队,只为领取一家人当月的各类票证。

乡镇的生活供应,好点但有限。

无心插柳。正是由于水果栽培品种和保鲜技术、贮藏条件等方面的不足,倒成就了印象深刻的滋味。柳叶没成荫,却生生不息,在记忆深处对抗着流年。

那会儿的东北人家,不分城乡,对于冻梨、冻柿子、冻山楂肯定都不陌生。

本溪山地多、果树多,盛产梨。果形不大,饱含汁水、肉质细滑。就地取材,摘下后筛选,然后速冻,并不需要什么繁杂工艺。冻梨能当零食,也解酒解渴,实乃时令俏货。

凭借着爷爷在供销社工作的便利条件,冻梨便成为冬天与我唇齿最亲密的伙伴。不管装在柳条筐还是盛在网兜,都是一副不耐看的外表：颜色深褐甚至黢黑。新鲜梨皮上醒目的小点点也隐藏不见了。

冻梨摸起来硬邦邦的。如果牙口和胆子都够，完全可以直接啃。不过，最常见的还是随意扔到屋外，让它们在零下十几摄氏度的寒冷中再裹上一层壳。想吃了，扒拉几个装进大盆，用水浸泡，化冻后吃。我们把这个步骤叫"缓"或"消"。听说过一句歇后语吗？"年三十晚上的冻梨——找消呀！"这里的"消"同"削"，方言里指揍或打。

话说回来，黑硬不逊色于石头的冻梨真能充当"削"人利器。直接扔过去，准保砸个乌眼青，连近身撕挠都省了。

像我这种满嘴黑牙的小朋友，无师自通，发明了火烤法。经历一番"火刑"的冻梨不再坚强如铁，散发出清甜的诱人香气。外皮上出现十几处因烤煳而炸开的黑点，整体变得又软又糯，沙沙面面的。近核处的梨肉却有少许的硬。

很奇妙的混合口味。

一种吃过便想念的食物。

一段拥有便难忘的记忆。

金汤子和银大米

　　我妈说,或许是盛产玉米的缘故,汤子是辽东满族地区一种常见的饮食,她小时候经常吃。唉,我也是啊!细粮不多,粗粮就变着花样儿做呗!比如,嫩玉米能烀能烤,老玉米脱粒粉碎后能做大碴子,可干可稀。如果磨成面,就是贴饽饽和做汤子、糊涂的原料。再不济,小的、碎的、瘪的玉米粒还能喂鸡。

　　作为秋收后的重要扫尾工作,搓玉米是一项熟能生巧的手艺活儿。大人们围坐在一个超大的扁筐前,嘴手都不闲着。个中高手根本不用锥子之类的辅具,直接左右各握一根干巴透的老玉米,搭成合适角度,相向用力拧转。"欻欻欻",一粒粒黄灿灿的玉米不情不愿地被驱离红色的芯棒,"哗啦哗啦",前赴后继地掉在筐里,很快堆成一座小金山。

　　等差不多满了,有人端起筐,前后左右用力颠着摇晃,同时嘴里"噗噗噗",吹去浮皮。之后往撑着的口袋里一装,扎紧、立住、堆好,静静等待主人分派不同的用途。

　　汤子是玉米面发酵后的产品,有股浓浓的酸味。看着金黄细腻,入口没什么好味。如果不是别无选择,一般情况下我不会吃。

　　我曾见过奶奶做汤子用的专门小工具，叫汤子套。薄铁皮做的小"喇叭筒"，一寸半长。大头儿比手指略粗，附加一个小圈。另一头比手指略细。

　　使用时将发酵好的玉米团，也叫汤子面，搁在手心，再将小圈套上拇指。一送一挤，一段段金黄色的条就势滚进了开水锅。玉米面没太多的黏性，容易松散，所以不断条成为衡量主妇手艺好坏的重要标准。

　　奶奶能做一手漂亮的家务活儿。即使图省事不用汤子套，也照样弄出大小匀称、又快又长的玉米条。

　　小时候，在牛心台姥爷家住的时间不算长，留下的印象似乎最深刻。和爷爷家相比，姥爷家有着更大的菜地、更丰富的食物选择。不仅如此，两家人在性格、家庭环境方面存在着巨大差异，让打小离开父母的我本能地向往并贪恋姥爷家的温情。

　　爷爷家除了两位老人由衷疼爱我之外，几个叔叔姑姑只是大面上过得去。老姑不顾十几岁的年纪差，总和我争东西，没有一点长辈样。

　　在姥爷家则不同了。谁都让着我、宠着我，可以随心所欲。二舅用铁锹铲煤时，不嫌我碍事，还挑大块的让我装筐。老姨每晚哄我入睡。三舅是姥爷最宠爱的幼子，可是对我也一样关照。

　　要知道，在计划经济年代，辽宁的人均口粮中80%是粗粮，仅有的细粮只能紧着家里老人吃。孩子们只有生病才可以名正言顺地喝点大米稀粥。这种背景下，每次我去，老姨都要蒸一铝饭盒的大米饭。我一人独享，连三舅都不能碰。

　　优良的东北大米本身就很香。再搁上一小块雪白的猪油,无疑锦上添花。猪油完全受热后,变小变无,将油脂香味全融化进松软的米饭里。最后撒一小捏盐拌匀。哇,甭提多棒了!油润、咸鲜、弹牙。

　　单从贵重性来说,最粗陋和最稀罕的应该换个颜色,叫金大米和银汤子。

　　银的也不对,应该换成铜的、锡的,身价一溜儿跌下去,直到沉坠心底,成为永恒。

冰火两重天

一筐刚脱离茎秆、新鲜采下的玉米棒，噢，就是苞米，断茬处似乎还有晶莹的分泌物。常见吃法是摘去清香四溢的层层叶片，剥出害羞的黄金胴体，简单清洗后扔进大锅蒸煮。既当菜也是饭。带着叶，随手丢入灶膛里烤，也颇受欢迎。不过更像零食。

视死如归接受火刑的难兄难弟序列中，除玉米这位熟面孔之外，还不时冒出与时俱进开发的新品种。但凡能烤的，管它红薯、土豆，还是粉条、山楂、苹果、冻梨，基本被我一双皲裂粗糙的"攫物胖手"塞进火里，充当了打死不改信仰的英雄好汉。

根茎类食物烤熟后，粉糯甘香。而山楂之类的水果，烤过后则更黏更甜，略有些焦黑的外皮掩不住里面热热的糯香。柴火对粉条起了美容作用。原本干巴浅褐的细棍被火烘变得白而膨胀，咬起来松脆。

到了寒冷的冬天，太爷太奶上了年纪，没法打柴。不像别人家，能每天上山。幸好家里有砍的树疙瘩。溪水边的树长不大，越憋越粗，像铁一样硬。耐烧，几块桦子就能做好一顿饭。处在本溪这个全国著名的产煤区，煤也便宜。爷爷骑自行车下班回家,就能带两桶煤块,给屋里的炉子添"口粮"。

煤炉能供热,铁盖上还能烘烤东西。

煤火带来美味和乐趣的同时,也是有危险的。记得有一次,我一人闲得无聊,划拉些东西搁炉盖上。光顾着低头忙活了。不知多久,就觉得头晕、恶心想吐。奶奶赶紧从酸菜缸里舀出一瓢黄色汁水,气味很冲还带着白醭。她让我捏着鼻子喝了几口,这才好些。

后来知道,我那叫煤气中毒。您想啊,堆在炉盖上的东西那么多,堵住了中间的孔。老旧的铁皮烟囱通风也不够好。中个毒还不容易?

贪吃,有代价。

与饭锅的亲密接触

　　我真的是个吃货。再不开心的事，好吃的进嘴，坏心情离开。如果不行，就多吃些。不愧为一头珠圆玉润的猪啊！

　　年岁渐长，隐约从连城的称谓里嗅出不确定的异样。"你叫我时，是'珍珠'的'珠'还是'小猪'的'猪'？"我兴师问罪。"呃，猪猪桑，就是那个猪嘛！"面对我的嚣张气焰，连城一脸坦然。"多可爱啊！"还没等我瞪着大近视眼发怒，他补充的这句立马让我美滋滋的。

　　我总吹嘘自己皮肤白皙、质地细滑，上上下下，基本没有明显疤痕。小时候第一次也是唯一一次受伤其实就相当严重。八个月大的我，一头栽进滚烫的饭锅里，差点儿小命不保。万幸老祖宗福泽庇佑，捡回一条命。这件事让爸妈什么时候想起来都觉得惭愧、后怕。

　　头部、烫伤、稀饭锅、水泡、奄奄一息……瞧瞧这些吓人的字眼！

　　起因和吃有关。没错，我就是那个被殃及的倒霉蛋。

　　1972年，三伏第一天。清晨，爸爸按照多年以来养成的习惯，早早起床，一边看书、一边做早饭。

　　一锅白面汤鸡蛋稀饭刚离火。这是本地人流行的早餐。爸爸用温水给我洗了洗迷迷糊糊的小脸，还在门外边把了屎尿。接下来准备给我妈盛饭。

反应过分机灵的我这下惹祸了！爸爸盛饭时，无意中勺子碰到锅沿上，"当啷"一声。正在他怀里的我闻声迅速扭头，往后一仰，加上身穿的小兜兜发滑。"嗵"的一下，我脑袋正巧扎进那锅滚烫的面汤锅里。

我爸吓得赶紧用清水给我头上撩洗。妈妈闻声跑来，看到惨景，顿时没了主意。这时的我，从哇哇大哭到陷入昏迷再到一动不动，挣扎在生死边缘。

病急乱投医。爸妈听从各种偏方，抹灶泥、涂獾油、擦石灰水，还差点动用恶心的尿碱。最后碘钨灯泡立下大功。

天气闷热，更怕感染。爸妈从医院回来后，就眼不错珠地照顾着仍不省人事的我。

　　　　我们把大女儿放在枕头上。眼见着密密麻麻的水泡往一处聚集、汇合、衔接，不到中午就连成了硕大如气球般的水泡。

　　　　第一天晚上，妈妈眼看着水泡要裂开，立即用大夫给的针头试着去刺破。轻轻一扎，水就"噌"地流出来。再刺再流再烤。一直烤了三天三夜，还得不停地给她打扇子。大水泡里的水烤干，头皮也变成了紫红色的一大张，紧贴在头发上。

　　　　这么长时间以来，大女儿一口奶没吃、一滴水没喝、一泡尿没撒、一次眼没睁、一点涕泪没流、一声哭闹没有。

双眼紧闭，两只小手攥成拳头。小嘴噘着，侧身躺在地铺上昏睡。仔细去听，可以觉察到细微的呼吸声。

好嘛，简直一出活生生的《悲惨世界》。

幸好，在爸妈衣不解带的精心照顾下，我很快恢复了健康。没变傻没毁容。脸上仍一如既往地光滑，发质也更加黑亮。

所以，心地善良的人总会有好报，哪怕她只是一个吃货。

校门口的诱惑

不知算不算中国特色,我和少年郎两代人的小学门口都有售卖零食的摊位。

时间差了二三十年,零食的品种、价格、摊主的运输工具、装束完全不同,但总有那么一两样没被时代淘汰,具有坚挺旺盛的生命力,仍牢牢占据现在孩子们的小嘴巴,堪称奇迹。

1979 年 5 月,爸妈工作调动,我们跟着来到郑州。对于我来说,这才算开始正式的学习生涯。在老家跟着混学堂的那些日子,充其量只能叫试读。

因为离接待外国客人的中州宾馆很近,经三路小学自然近水楼台,率先升格为一所规格很高、很时髦的开放式学校。学生们从三年级起开始学英语。

我从未接触过"ABC",一切从头来,还要适应新环境、新教材、新老师、新同学。方方面面,难上加难。没有家教,爸妈分工明确,每晚给我补课。几个小时连续填鸭,那份辛苦自不必说。幸好白天能收获一点点的甘甜,略作补偿。

学校门口小贩的板车上摆放着各种零食,花花绿绿、琳琅满目、令人垂涎。麻糖、麦芽糖稀、彩色糖豆、膨香酥、比乒乓球略大一些的米花团,还有花生瓜子之类的。

　　比起正规商场，这些东西来路可能不怎么正，质量可能不怎么可靠，但胜在价格低廉、品种多样，很受孩子们的欢迎，也符合群体消费能力。在物资匮乏的当年，说它们点亮了我们这一代人的童年，不算夸大。

　　我最喜欢糖稀。它盛在一个略凹底的双耳锅里，褐色的一大坨。半固态半液态，黏黏热热的。小贩晃转着锅，能看到它在缓慢流动却淌不出来。手掌粗糙的小贩心思可不粗。甭管几分钱的，全凭自己忖度、掌握分量。

　　只见他拽出或大或小的一团，灵活地缠到小木棍上。舔上一口，醇香甜润，不齁得慌。我吃烤红薯时也感受过同样的香气，因而断定糖稀的原料里应该有红薯。几十年后上网一查，还真是！

　　相比之下，麻糖比糖稀贵多了。它也叫酥糖。由芝麻做的短棍糖有许多孔洞，确实酥得一咬直掉渣。可惜它对我没太大吸引力。我不喜欢吃芝麻，怕粘牙。嚼到最后，麻糖容易形成一个被牙齿"怼"进缝隙的大硬片。需要用舌头费力地舔刮下来。有时腮帮子累得发酸，口水连涌，糖片还牢固不动。这时只能不斯文地张大嘴，伸手去抠了。

　　膨香酥绝对实惠。这是一种由玉米淀粉制成的膨化食品。外表松脆、内里中空。搁了糖精，比较甜。它们长短不一，从细长拐棍样到装在塑料袋里的短粗胖，选择余地很多。淘气的男生会攥在手里，像宝剑那样对打。碰断了，从地上捡起来，吹吹土，不耽误塞进嘴里吃掉。

面人的生意经

偶尔有捏面人的前来招徕生意。比起其他平民食物，它无疑属于难得一见的"贵族"。

放学后我们都被吸引过去，里一圈、外一圈地将小摊围得水泄不通。明知眼前这些比面包还柔软、比水果还鲜艳的面团不能吃，但还是拼命往前挤，边看边评价，时时掀起敬佩、叹服的声浪："哇！""哎呀！"

看吧，那些五颜六色的面团被一双骨节僵硬的大手揪、搓、揉、捻、拉、按一番后，奇迹出现了：扛着金箍棒、神气活现的孙悟空，形象逼真的大蟠桃，调皮的小猴子，栩栩如生的白兔，笔直的长柄大刀，锋利的红缨枪……很快，小架子上插满了各类作品。

捏面人的师傅大多数时间都埋头手里的活计。人家没空吆喝，也不和你费嘴皮子讨价还价。一个油腻腻的纸板转盘成了招揽买卖的代言小帮手。转盘上写着不同的作品名。你交几分钱，才有机会转一下。指针停在哪里，对应的作品就归你了。你也可以让师傅现场再做个同样的。

我和同学们几圈转下来，得到的都是做工简单的便宜货，比如大刀、红缨枪，顶多是个蟠桃。谁也没有好运把"孙悟空"

带走。我把大刀拿回家，珍爱无比地搁在书桌上欣赏。没两三天就变干发硬。刀面上有了明显裂缝，颜色也不复最初的鲜艳养眼。

长大后回想这事，觉得那个最豪华、最漂亮的"孙悟空"无疑扮演的是"托儿"。他威风凛凛地站在木架上亮相，并不指望被哪双幸运之手转到。只是凭借巧妙的工艺和华丽的服饰，负责把傻乎乎的小豆子们诱惑过来，就算完成了主人交托的使命。

单位搬到六里桥后，地铁成了上下班的主要交通工具。有次在站台等车，看到对面墙上挂着介绍老北京民俗的宣传画。好像叫猜烧鸡。怎么猜？我来了兴趣，仔细读文字。原来，顾客得先掏几个铜钱，才有参"赌"资格，看能否白白拿走一只烧鸡。

幸运儿寥寥无几。绝大多数人想占便宜、以小博大，自然心甘情愿地掏钱。小钱积少成多，早就超过了烧鸡的价值。这买卖，稳赚不赔！

烧鸡、面人，道理这不一样吗？看来不分地域，贩子们的心态和做法默契得惊人。

"从南京到北京，买的没有卖的精。"精辟！

食堂不堂食

爸妈刚从小地方调来省城,除了适应排外的新环境,还要攒着劲埋头工作,没时间更没心情解决一家人的温饱。幸好,暂时栖身的省政府四所有公共食堂,能提供一日三餐。

食堂打饭实乃下策,原本就紧紧巴巴的粮票肯定越发捉襟见肘。自家做多好,省钱又实惠。爸妈心里很清楚这点。但没有别的选择,先填饱肚子再说吧!

每天清晨,我和哥哥的早饭几乎一成不变:馒头、鸡蛋水(即开水冲生鸡蛋)和拌圆白菜。不是暴腌后再放醋、辣椒那种常用方法,而是我家的独门拌法:将圆白菜切成细丝,用锅炉房打的开水轻烫,再搁点盐和芝麻酱。那叫一个难吃!

中午呢,我一放学就匆忙往家小跑。有时气儿还没喘匀呢,立即放下书包,端着蓝色的塑料饭桶去食堂排队。人多,经常被大人们挤来挤去地逼到了队尾,但很少打退堂鼓。

中午和晚上,家里基本上一人一小碗稀饭、一个二两的馒头,合着吃两个菜。饱不饱的也就这样。懂事的我们知道家里困难,从不抱怨伙食质量和数量。

于是,发生了烤馒头事件。

那年，爸妈第一次参加在西郊嵩山饭店召开的省年度性计划工作会。每天早出晚归，回到家基本上已是深夜。

一天出门前，爸妈见到走廊门厅里有一堆燃过的灰烬和没烧透的干树枝。打开兄妹俩合住的房间，只见床头边的桌子上放着一大块馒头。黢黑焦煳，沾满草木灰，旁边还搁着一杯水。望着尚熟睡中的两个孩子，妈妈难过得流泪了。

事后才知道，儿女们为了迎接考试，放学不能及时回家，错过了食堂的开饭时间。只能买两个凉馒头，再从院里种的十几棵柿子树下捡点落叶枯枝，架火略烤充饥。

我妈不愧芳名桂清，真是旁观者清啊！我们倒没觉得多辛苦。

食堂的粥可能加了碱面，特别香。大笼屉蒸的馒头、大锅炒的菜，质朴寡淡，却很好吃。它们散发着本该属于家里的气息，落入我们空荡荡的胃，一样化作成长的力量。

五脏俱全的生活区

一年多之后,我家从四所搬到甲院。离学校远了,不像原来一墙之隔那么便利。严格的家教让我们根本不敢触碰"迟到"这一雷区。想按时到学校,只能急迈两腿,匆匆赶路,没空儿光顾零食摊。

偶尔学校搞一两次活动,结束得早些,又没什么功课等着完成,心情就像拧松的发条,连带着脚步不自觉地放慢。一切慢下来,眼睛倒忙活起来,捕捉平时被忽视的街景,还有空儿逛逛"商场"。

甲院毕竟是一个闹市中的居民生活区,不像为进省城人员提供短期歇脚的四所,优势显而易见。比如,配套生活设施齐全。我主要指的是菜店和粮店。有事没事转转,不为购物,哪怕开开眼,心里都盛满了小窃喜。

话说20世纪80年代初,个体户还属于见不得光的新生事物。提供生活用品的店啦,铺啦,场啦,都是"国"字头的。东西少、周转慢,许多"进口"商品必须凭票供应。售货员手握商品择选权,个个服务态度差,爱买不买。比起哈腰赔笑、唯唯诺诺的顾客,颐指气使的他们才是上帝,还是话难听、脸难看、事难办的那种。

每天菜店新进的蔬菜品种就那么几样，四仰八叉地平摆在水泥柜台上。远远没有后面墙上宣传画里那么五彩斑斓。再看柜台里爱搭不理的主儿，和画上的售货员一样戴白帽和套袖，您却千万甭指望从她的冰块脸上看到一丝笑模样。那种应有尽有、那种憨厚热情只定格在水泥墙上。

东西少、人多，要排长队。很少有加塞的不自觉分子。即使来一两个，也会被正义人民群众的雪亮眼睛揪出来。招来一致声讨后，只能灰溜溜、讪讪地站到队尾。

有时排老长时间才能抢到一点儿菜。没有任何沮丧，倒觉得帮爸妈干了天大的事，本就腆起的小胸脯更是挺得高高的。有次我拎回家的塑料菜筐里只有两个小茄子。没发育好，孩子拳头大小，硬邦邦的，表皮还碰瘪了一块。就这样还受到了爸爸的表扬。

刚进菜店门，就能闻到常年飘着一股子浓烈的混合作料气息。它明显压住蔬菜几不可闻的清淡味道，更能迅速俘虏人的嗅觉。大门左侧，隔着玻璃窗的里屋地上，敦敦实实地立着两口大缸，分别盛着散装酱油和醋。上面圆形的木板盖可从中分开，还摆着高低、大小不一的各型舀子，塑料的、木头的，都有，用来估重量。

后来"鸟枪"换了"大炮"，出现了更先进的设备：售货员不再接瓶、灌注、还瓶，而是在里面用液压式管子抽取相应的分量，再从细管中运送出来。你把空瓶对准出口接住，全部流出后会自动停止。我总担心她会出错。万一瓶太小，多出来的酱油和醋不都得"哗哗"流出来？事实证明，我想多了。人家一次也没失误过。

各类咸菜一律没遮没挡、敞开着卖。半人高的陶缸、瓷坛里装了大酱和豆腐乳，都要自带盛器。尤其买豆腐乳时，售货员的动作更具观赏性。

"要几块？"她先问清楚，再用一双长长的筷子从大坛子里小心地夹出来。红汪汪的一方方码在碗里，带着清新的咸香。有时赶上售货员心情不错，还能舀点黏稠鲜亮的汤汁浇在上面，更显红润。

紧挨着菜店的是粮店。除了出售米、面、黄豆等之外，也做馒头、花卷、面条之类的主食。

买粮食时，售货员先用一个大饭勺称好分量，倒入类似圆桶的容器，再通过略向下倾斜的料道往外滑落。这时您需要将空面袋撑开，套住大张开的出料口。瞪大眼睛、屏住呼吸、蓄足体力、手脚紧绷……"一二三"，那个神奇时刻终于来了！手头一沉、一坠。您再看，原本瘪塌塌、软叽叽的空面袋猛地被鼓胀得又粗又直，沉甸甸的。

这时要加倍留神，避免受力脱手，导致前功尽弃的可怕结果。将口袋安稳地放在地上，总没事了吧？NO（不）！您要以迅雷不及掩耳之势快速扎住袋口，否则会向周围人现场示范什么叫"灰头土脸"。

"爆炸"带来的快乐

看过一个视频。

工作人员架起防弹玻璃，穿上防爆衣，如临大敌。放在他们面前的，是一个造型奇特的炮弹状古怪家伙。他们小心翼翼地"引爆"了它，奇迹出现了：一颗颗爆米花像瞬间喷发的子弹，四处弹射。被演播室顶棚阻挡后，散落一地。经过试验，大家得出此物在制作食品时"安全第一，美味第二"的结论。

上述有趣的一幕出现在美国探索频道一个名叫《流言终结者》的科普节目。

它着实让少见多怪的美国观众大开眼界。

而对于我们绝大多数"70后"而言，这发"炮弹"并不陌生。不就是老式崩爆米花机吗？别名"黑葫芦"。

这种两头略尖、中间圆鼓，拖着长长大麻袋的机器无疑带来了许多童年的美味和快乐。在我们看来，能娴熟操作它的师傅无疑是艺高人胆大的魔法师。

整套动作如行云流水般好看。

客人带来的黄豆、大米、玉米被他小心搂着，倒进黑肚。他又拿小勺盛点糖撒上，之后你就耐心在一旁等着吧！只见师傅一边拉着风箱，一边摇着机器一端的圈形把手。摇啊摇，压力和热度都达标了。随着"嘭"的一声巨响，一团白烟散开，谷物便爆开了花。空气都沾上烘烤的香味。

十几年前，第一次去大同玩。在这个号称山西第二大城市、曾是北魏国都平城的一处老城区，我重温了许多幼时熟悉的场景：离主干道略远的小巷里，低矮陈旧、墙颓门破的住家毫无顾忌地向过往行人展示那份贫寒。繁华商场门口，拎着大塑料袋和小马扎的中年妇女在招揽生意，帮人缝补衣衫。

刚离开喧闹时尚的京城，不过几个小时。这些活化石没有任何征兆，"唰"地现身眼前，让人时空错乱。

在一条胡同深处，居然遇到一个崩爆米花的小贩。

那个男人低头坐在塑料板凳上。他穿着一身旧衣，脏污得看不出本色。面容黧黑、神情麻木，好像已经完全失去了对生活的憧憬。他脚前摆着八九个塑料红盆，没有不豁口缺边的。里面盛着黄豆、玉米、大米，应该是供客人挑选后再来加工的原材料。旁边还摆着一小包一小包的成品。

机器没有顺应岁月的呼唤而变样，仍是那种肚子略鼓的"黑葫芦"。

怕引起反感和误解，我悄悄站在一旁，和他一起等待生意上门。不，准确地说，比他的心情还迫切。

终于来客人了：一个半大男孩。

我饶有兴趣地看着他机械地把大米和糖精搁进去，拧紧盖子并用铁棒旋紧。放在火炉上一下一下地摇着手柄，不停转动，使其均匀受热。几分钟后，内膛压力足够。他把"黑葫芦"拿下来，整个套进那条拖在地上的长布袋。再插入铁棒，用脚踩住一撬。熟悉的巨响声过后，烟雾四起，伴着香味，很快就升腾到半空。他用力拎着布袋，一节节地将里面的东西顺到出口处。雪白的爆米花像流水一样，"哗"地全部倾入塑料盆里。

哈，没想到啊没想到！这么多年过去，糖精居然还发挥着增添香甜口感的重要作用。

家境清贫，缺少油水，养不出膘肥体壮的大块头。三个正长身体的儿女对粮食的渴望让爸妈捉襟见肘，只能勉强维持。正经饭都不能保质保量，还崩爆米花？太奢侈了！

不过，疼爱我们的爸妈还是尽量节省点粗粮，让我们也能像别家的孩子一样，骄傲地端着小盆，带着焦急盼望的心排在队伍里，等待能吃能看能玩的快乐。

我家崩爆米花的次数少得可怜，全是玉米。谁都知道，大米花肯定更松软、更香酥，且没有刺嗓子的渣皮。那会儿粮食按人头定量。连每天能吃到白米饭都很难实现，更别说拿出多余的来爆。想什么呢？

每次我家这锅爆完，我们都不放心，再自己动手，大力抖搂个来回，看有无残留。有时侥幸混入前锅没倒干净的大米花，感觉捡个便宜。

十几年前吧，和朋友去辽宁兴城游玩。离午餐小馆不远处的空地上，有当地人摆的小摊，出售装在袋子里的成品玉米花。不知他从哪里进的货，还是工艺进步了，玉米花颗粒匀称、大小一致，都是圆溜溜的。

现在的我想吃爆米花，随时可以。任何一家电影院卖饮料和小吃的地方都有。远远的，就闻到奶油被加热后的甜腻香气。

它和"肥宅快乐水"一样成为观影的标配零嘴。超市也卖桶装进口爆米花，泛着均匀的焦糖色。

可惜再也找不回当年的味道。

看来，爆炸带来的快乐恰如易逝的烟花，随着曾经的巨响，绽放在童年的天空。

开了、冷了、散了、没了。

盆里有饭无味

初中时考入二十三中，一所很普通的学校。那会我家从甲院搬到更远的人民路，上下学用时加倍。家里还没富裕到给孩子们准备自行车代步的程度，所以来回都靠两条腿走来走去，不管冬夏。

为了不迟到挨批评，我早晨通常拿一个夹咸菜条的馒头，边走边吃，连口稀的也没有。到校后更是喝不上一滴水。爸妈那时真心不懂喝水的重要性，想不起来给带个杯子。一天下来，嘴唇开裂、脱皮出血的情况时有发生。

中午时间短，来不及回家吃，只能带饭。家里生活条件困难，决定了绿色搪瓷盆里不可能盛着什么美味。经常是米饭和两三撮炒菜。菜绝对以素为主，零星点缀两三小块肉片。长大后看到日本主妇准备的便当，有荤有素有主题，各色水果、菜肴色彩缤纷，美得像画，让人不忍下箸。

夏天，李家"便当"打开就吃。上午半天还算可以，不必担心饭菜变质发馊。冬天到了，必须加热。班里生有煤火炉取暖。等同学们都下课回家了，我就把带盖的盆放上面。炉火热力有限，不能确保热透，只好温一口凉一口地咽下去。

有次上午课结束前，老师宣布下午不用来了。我懒得把带的饭盒再背回去,干脆消灭掉再回家。

打开一看:硬成粒的籼米饭、十几根黄了吧唧的芹菜段、几片白花花的大肥肉,不见一丝红瘦。实在没什么胃口。教室后面靠墙立着打扫卫生的大扫帚。我灵机一动,撅下一根枝条,把肥肉穿在上面烤。火力不足,没能出现我想象中焦黄流油的模样,照旧软塌塌、腻乎乎的,只能挑出去扔掉。

还有一阵子,不知爸妈从哪里弄来一只信阳板鸭。他们不是本地人,以为切块蒸着吃就行。营养浓缩了嘛!几乎连着好几天,我的饭盆里都装着籼米饭和几小块板鸭块。干巴巴的,骨头特多。油肥脂腻,仅一两缕酱红的瘦肉夹在其中。这种所谓的菜让人胃口全无,还不如换成一撮咸菜或辣椒更下饭呢!

成年后下饭馆,我才知道板鸭最适宜的吃法,后来亲身实践加以验证:切块后浸泡变软。开水汆烫后,与白菜、豆腐、萝卜、木耳、粉条,慢火煨炖。奶白的一锅,飘着腊香。

可惜当时已惘然啊!

年轻的蚕豆很馋人

按理说，作为物质穷养、精神富养出来的女孩，我应该不挑食。事实证明，在吃的方面我真没太多要求。但是，姜除外，绝对不碰。可能身体里某种成分对它特别敏感，就像别人对香菜、胡萝卜的反应。

反正随你怎么弄，切片斩碎、生吃熟做，都闻之欲呕，更别提往下咽。有一年，小学组织包场看电影。这种让人欢呼雀跃的好事都丝毫没让我放松警惕。手里攥着的糖渍姜片在嘴里团来卷去、左含右吮。外面裹着的糖粒早嘬干净了，辣丝丝的本质尽显，怎么都没勇气嚼碎。出门后赶紧丢进垃圾箱。关键这毛病还遗传呢！少年郎和侄女完全与我一样。

还有，油炸蚕豆也让我十分抗拒。和姜不同，纯属后天因素导致我"想说爱你不容易"。

唉，什么时候想起都是一把辛酸泪的悲惨往事，不提也罢！

接受新鲜蚕豆不过是近几年的事。

春末夏初时，胡同口原来的露天小菜摊上和楼下市场经常有卖新鲜蚕豆的。从大编织袋里倒出一部分堆成青翠饱满的小山。试着买过几次。连城剥开粗粝的壳，将一粒粒害羞缩在里面的浅绿色小可爱抠出来。先拿清水浸泡。等锅里的水开后，把鲜嫩的豆子们丢进去。不再加任何复杂作料,简单的盐、大料即可。否则就会夺其鲜味,成了画蛇添的足。

几分钟后就煮好了。豆粒颜色由翠绿变成深绿。体型上也失去圆滚滚的饱满,表皮上带着几道皱褶。稍晾一下,迫不及待捏一粒入口。软糯甜香,还带点筋道劲。被唇齿怜惜地碾碎后入肚,感觉正在吞食生命的气息。

还尝试过改良,成功做了一锅省时省力却不省口味的蚕豆腊肠焖饭。将新鲜豆瓣和大米放进电饭煲,一同淘洗干净,再铺上切成薄片的广式腊肠和碎块的蘑菇、胡萝卜、西兰花。添好适量的水,淋几滴油。之后就交给时间吧!"嘀",提示音响起。别着急打开盖子,断电再焖一会儿。

看,映入眼帘的是怎样的五色斑斓:红、白、橙、绿和深棕。最后,洒一些生抽,用饭勺拌匀即可。

同样的蚕豆,我能接受它青葱稚嫩的少年时,而抗拒被油炸、码味后的成年,或许只是不肯伪装的性格使然。

蚕豆本身是无辜的,都是人的缘故。

面条三侠

　　无论珍馐佳肴还是家常小食，富丽宴席还是简陋排档，只要将食物摆在面前，我准能调整出相应的好胃口，丰俭自如，不挑不嫌。然而，家人朋友都知道有一样食物，除非饿极，否则我绝不主动沾嘴。那就是——面条。

　　生活在一天三顿吃面条而闻名全国的河南，这是多么不可思议的事！我的小肚子也许早被美味的东北大米先入为主，或是积攒的面条数量达到饱和，反正我对它真是丝毫提不起兴趣。

　　　当年河南紧跟中央的步伐，将午休调整为一个钟头。刨除往来路上耗费的时间，连做带吃午饭也就三十分钟左右。为了上下班不迟到早退，家里最简单的饭就是所有人一致反感却也只能重复吃的——面条。没办法，如果吃米饭，好歹总要炒一两个菜吧。要是面条就省事了，一锅出。

　　妈妈介绍了如上背景信息。

　　匆忙端上桌的汤面或捞面，统统寡淡素白、缺油少味，根本谈不上精烹细作。还有更省事的做法：将一根红辣椒掰碎，放油里轻炸，再倒些酱油。扛一两勺这种料汁，浇在黄豆芽上，下面是干巴巴的宽面。任你怎么搅拌,少得可怜的汁水只停留在浮头,将附近染成几块酱色,根本渗不下去。基本全程吃的是坨了的白面条。

我对面条的厌烦感与日俱增。

幸亏记忆中有不平凡的三碗面,形成鼎立之势。它们于危难之处显身手,忠肝义胆,勉强撑着场子,面条才未被击溃出局,仍在食谱江湖一息尚存。

居于首位的,非"魏多香大侠"莫属。只见他:一身红黄打扮,还披挂了几缕碧绿的飘带,散发着异香。嘿,说得热闹,不就是西红柿鸡蛋面吗?仔细看、用力闻。有没有一股独特的香气?对了,这是放了荆芥的加强版。

初二时爸妈给我转学去了一家当时教学质量更好的重点中学:三中。它在管城区,临街,被夹在一群民房里,校园显得狭窄逼仄。

一进大门的右手边是一排教工平房宿舍。妈妈的湖南籍大学同学周叔叔家就在这里。他的妻子姓张,是我的班主任兼数学老师。这种双重关系让两家走动得相对频繁。

有时上完晚自习,正赶上下雨。张老师就会热心地提出让我留宿她家,和她的一双儿女做伴。这正是我最企盼的事。谁不想当小客人啊?能暂时脱离家里的严格束缚,还有年纪相仿的朋友一起吃、睡、玩耍。第二天能多睡会儿,不用早起。再说老师家还有好看的《365天童话》。

每当我躺在温暖的床上,听外面雨声沥沥,翻看着喜欢的书,心情那叫一个幸福!可惜爱面子的爸妈不太赞成我总打扰他们。

因此，他们能否同意，直接导致我的心情是处于快乐的巅峰还是沮丧的低谷。

记得有一次，我都睡下了。爸爸冒雨骑车赶来，又把我接回家。他没严厉训斥我，在黑暗中用力蹬着车。"哗啦哗啦"的链条转动声和他沉重的呼吸声，深深刻在我脑海里。

张老师是土生土长的河南人，为此我还特别记住了一个地名：淮阳。那是她的家乡。小孩子喜欢吃别家饭，这是常理。老师亲自做的面条更是成了具有经久不衰魅力的美食。

实际上只是普通的西红柿鸡蛋面，品相平淡无奇。但快出锅前，老师会特意撒一撮切碎的荆芥。奇迹出现了！那锅面条立马"山鸡变凤凰"，色、香、味俱佳。不管闻到还是吃下，都散发着浓重的香气。神秘隽永、耐人琢磨，堪称神来之笔。那时，我恨不得多长两张嘴或干脆像小牛一样，将美食存于若干胃里。日后馋了，慢慢反刍。

对于食物，我不挑三拣四，更喜追异逐臭。别人唯恐避之不及的香菜、葱蒜、榴莲、臭干子、豆汁儿等刺激性食物，我都吃得无比开心。荆芥也是如此。第一次掭入口，并不排斥那股独特味道。我不知道老师是买的还是专门种的。

十多年前的一个春日午后，我正在部队营区转悠。走到隔壁宿舍楼的后身，看到有位河南大哥弯腰躬身，好像在找什么。"石大哥，您干吗呢？""找块合适的地来种荆芥，老家带的种子。"俄顷，"你知道这东西吗？我们从小就喜欢吃，尤其夏天用来下面条、拌黄瓜。少了它，感觉都不是味儿。"

我才明白,这种长得像青草、开小白花的植物像莲菜(藕)一样,带着明显的地域特征。前几年,入乡随俗的妈妈在开春时,将细小轻软的荆芥种子随手撒入原本装年花的大盆。等它们钻出泥土后,施肥浇水,精心照顾。夏天时,用它的嫩叶煮面或拌凉菜,清香爽口。

七姐也专门开车前来,送了我满当当的一盒棕黑色荆芥籽。不知是南桔北枳的道理还是我拙于耕种之事,总觉得长得不如爸妈家的根壮叶茂。但口感丝毫不逊色。

每次无比珍惜地咀嚼时,感觉咽下了许多往事。

楼下大市场也卖过应季的荆芥,成捆的。像用尺子量过般,每根长短都差不多。味道有点淡,可能是产自大棚而非露地的缘故。

2022年小暑时节,新认识的新乡朋友发来一张手握荆芥奶茶的图片,杯身上写着"爱荆芥的河南人一定中"。好吧好吧,我知道了,荆芥真的可以等同于河南。

说过这么多荆芥带来的袅袅余声,现在是时候引见"二当家"出场了。请看,她的一身装束再贴合夏天不过:碧绿短袖衫上点缀着嫩黄的花朵,下着一条纯白长裙。配色简单,看着就清凉。

没错,其实"她"就是韭菜鸡蛋面。

1982年,那是一个春天。四五月份吧,一家人从甲院搬到人民路14号院。

那天,我爸出差未归。单位派了几个叔叔阿姨帮着搬家。家当没多少,妈妈的统计结果为:一张大双人床、三张单人床、大立柜、梳妆台、两个大书柜、小书柜、沙发、平柜、两张大方桌、箱子等，加上锅碗炉子用具和衣被，也是满当当的一汽车。

家里你进我出，楼梯上下一片乱哄哄的，也根本没时间、没条件开伙。我们兄妹还要上课。于是妈妈让我们去前楼同事张叔叔家吃午饭。

韭菜鸡蛋捞面条，一顿极为寻常的河南本地饭食。

哪怕招待的只是半大孩子，爱云阿姨也丝毫没有怠慢，而是下足了好料。端上桌的大碗里有大块黄嫩的炒鸡蛋、清香四溢的绿韭菜段，再配上筋道弹牙、过水的手擀面条。颜色诱人、量大味美。

啧啧，吃到最后，连碗底剩余的那点汤汁都带着勾人的鲜甜。阿姨的高超手艺赢得了我们的交口称赞，以至于这种情绪也深深地感染了我妈。只要话题一谈到张家人，这顿面条肯定躲不掉。

朱元璋不也有脍炙人口的一碗珍珠翡翠白玉汤传说吗？看来，我和他一样，吃的不是食物，而是情怀。

向各位隆重推出"面条老侠"之前，我先拿一条河暖暖场。河名金水，从西向东流经郑州市区。

金水河发源于郑州西南 26 公里处的梅山北麓老胡沟，经黄龙岗、郭家嘴水库、黄岗寺、帝湖进入市区。她像一条绿色的飘带，自西南向东北横穿城区，在金水区八里庙汇入东风渠，途经二七区、惠济区、管城区、金水区、郑东新区。流经市区段全长 14.8 公里。

它历史悠久。相传在 2500 年前的春秋时期，郑国有位著名的政治家、思想家叫子产。一生清正廉洁，奉公为民。他去世后，沿河百姓纷纷拿出自家的金银首饰为其下葬。可子产的子女婉拒。于是百姓们为表敬仰，把退回的东西投入河里。水面泛起金光，因而得名。

这两段文字远不如我的个人记忆更具鲜活性。

少年时代的印象中，闹中取静的金水河蜿蜒穿过二七路。边上有个广州酒家，经营当时中原地区不常见的粤菜。正因为不像川菜那么普及，我还露过怯。

有次和高中同学去一家粤菜小馆，张嘴点了份鱼香肉丝。"我们这里没卖的。"服务员高高在上却轻描淡写的回应让我当时就闹了大红脸。所以，以我们的家境，想在广州酒家这种高档餐厅潇洒地吃顿大餐，肯定是奢望。

好了，闲言少叙。轮到江湖前辈"廖多足长老"登场亮相了。他退隐多年，名不见经传。关于他的传说从来没有远离，因为他有一门高超绝学，能将肉末臊子的美味发散至细微处，直达神经末梢。

我和他仅见过一面，却印象深刻。

肥瘦合适的肉末被炒成酱色，映出红通通的一汪油亮。浇在弹牙的面条上，密得像芝麻粒。拿筷子拌匀，每根面条上都沾满星星点点的肉末。没添加特殊配料，吃起来就俩字——"真香"！

　　估计这顿油乎乎、香喷喷的面恰好填补了我寡素的肠胃，才会如此惊艳。后来条件好了，记忆中的美味却一去不还。正如短暂的上幼儿园期间，每天年幼的我都喜欢趴在绿色的小饭桌前等待开饭。低头时，总能从桌面上闻到一股爆炒菠菜味，带着浓浓的锅气和热乎劲。它是我有生以来吃过最美味的炒菠菜。

　　那顿肉末面成了绝响，在脑海深处闪着幽光。不，是油光。

缓缓流动的"食"光

　　因河而得名的金水区是我最熟悉的地方。我在这里度过小学三年、初中一年和高中三年。从跟着爸妈调入郑州到去洛阳上大学,几年时间,搬了四次家。从东到西、从南到北,都没离开过金水区。上学、放学、逛街、散步、看电影、学骑自行车、学雷锋做好事……这里是年少时最重要的记忆汇聚地。

　　有一段金水河还穿过人民路,流向紫荆山公园。河边有大名鼎鼎的郑州烤鸭店。那会儿它还没冠以总店的大名,只此一家,别无分号,是一家拥有多年历史的国营老饭馆,物美价廉。除烤鸭外,还汇集了河南各地的名小吃。

　　军校毕业那年,我即将去北京报到,几位同学则从郑州转车,各奔东西。爸妈在这里为我们饯行。一道酥脆的炸全虫完全颠覆了我对蝎子的畏惧心理。

　　烤鸭店临着金水河。为了安全考虑,店家有意在后边加上一道铁丝网防护,一直拦到河堤的水泥斜坡上。我和小倩喜欢在附近找一种甜根草,它的叶子中还会长出像高粱穗子一样的东西。没成熟前,上面有层甜甜的黑灰粉末,我们先吃掉黑粉末,再把草根抠出来,当作甘蔗那样使劲嚼出汁水。回家后,嘴上没来得及擦净的"黑胡子"和书包里剩的草根经常被妈妈抓现行。

流经新通桥的那段有家很不一般的水上餐厅。印象中，它整体呈红色，像廊桥一样南北向横跨金水河。周围没什么富丽建筑，所以它显得特别醒目、气派。进去后气氛宁静优雅，说话都自觉地放低声。绝对高大上。

我爸居然带我们在那里下过馆子。这是一种与家境严重不符的奢侈行为。只吃了圆面包和冰激凌。冰激凌是奶油味，白色的一圆坨冷冷地躺在盘子里，睥睨一切。把它均匀地抹在面包上，细细品尝，奶香、烘焙香，一起无声地滑入喉咙。也算一种独创的吃法吧？

2020 年 4 月 10 日中午，依旧"带孩网课打卡一日三餐"的小倩帮我补充道：

"水上餐厅就是新通桥的那家……现在已变成大塘。

"你忘了，像绿皮火车头的车座，只不过是软包的，直角 90 度的那种，你脑补一下。

"人民路的烤鸭店至今存在，三鲜伊面、烤鸭都可好。"

看来，连城说得很有道理。回忆绝对是一个人的事，但有时需要旁证。否则我正陷入将水上餐厅与烤鸭店所在位置混淆的迷局中，苦苦思索。这下，妹妹小倩自云"搓手等"的这部文稿会更加准确。

比起我两只手数得过来的在郑岁月，在这里成家立业、生活四十年的她更有发言权。

改稿亲姐妹啊！

2020 年春天的美景被迫屈从于肆虐的疫情，每天过得实在让人难忘。正好,有大块时间适合用来怀旧。

读李佩甫《城的灯》。嗨,巧了,看句:"中午,他们又一块在公园的'水上餐厅'吃了饭。餐馆里人不多,有一排一排的车厢座。"

一个河南作家,哪怕不是郑州土生土长的,到底比我这个外来户多了份对省城的认识。

这里,才是属于他们的一方水土、一处根植的故乡呢!

求人不如求己

爸妈担心处于发育期的我们被细软的面条捆住了成长步伐，所以偶尔也要力所能及地调剂饮食花样。比如，来顿米饭炒菜。

为节省时间，爸妈经常会在上班前，将米饭用小铝锅焖好，再包进棉被保湿。中午回来简单炒两个菜就行。

十来岁的我们放假闲在家，一样有好胃口。饿狠了，没零食，就想给爸妈搭把手，缩短等待饭菜上桌的时间。一开始是试着提前把菜择好、洗净。后来蠢蠢欲动的心思开始发芽，不用爸妈提要求，我们主动学做饭了。

厨房靠窗户通风换气。后来有条件了，安了一个排风扇。哪儿有什么抽油烟机？爸妈顶着热浪回家，能吃上现成饭，而不是扎进厨房汗一头水一身地忙活，那种愉快的心情是双倍的。我妈每天都要一遍一遍地叮嘱：注意安全别烫着，煤气罐打火时别烧着，水管不用要记得关紧，菜要洗至少三遍……吧啦吧啦的，不厌其烦。

我哥做饭比较简单。不管家里有几种蔬菜，只做一道。我虽然也是一个菜，但会将食材混搭组合。比如茄子炖土豆。我第一次做菜时没有经验。从炉子上往下端铁锅，不知道拿布垫着，结果滚烫的锅耳朵把双手烫得生疼，连锅带菜全扔在地上。

怕挨训,也不能浪费食物。于是我把菜捡捡,洗干净又回锅了。

我最拿手的菜是红烧茄子。

郑州很少见到老家那种绿皮茄子。这里的茄子或长或圆,基本全是紫色。按照我妈教的,用手撕成小块。最好别用刀切,容易沾染铁锈味。

将形状各异的茄子块放入淡盐水浸泡一会儿,以祛除苦涩。攥干水分后,放油锅里小火煸软。再加适量的水、酱油和糖,焖烧十几分钟后,收干汤汁。味道咸鲜适口,米饭和馒头百搭。

我还试着创新。把毛豆粒捣碎,搁上作料略调味,烧了一锅灰绿色的汤。结果喝时没润了喉咙,倒被细细的粉末刺得不舒服。这道黑暗料理以失败而告终。自己种的果要自己吃,没辙,包圆儿吧!

成家后,作为家中幼子、一直被公婆呵护长大的连城在不知不觉中挑起了下厨重任。真不怪我。少年郎长大后,觉得我做饭水平远不如连城。再加上,"好大厨都是男的"这通洗脑颇有效果。趁连城点头,我就坡下"猪",从此成了"远庖厨"的淑女。

于是,上军校前连鸡肉都不吃的连城从此走上一条"不归路"。手巧的他不仅炒菜香,还学会了炸油饼、蒸馒头这些白案功夫。只是"小厨子"唯一的短板在于不会包饺子。但他也没闲着,拌馅、和面、饧好、盖帘擦净,再将面板、补面罐、擀面杖各就各位,大师我才压轴出场,神气活现地一展身手。

从小时候学着做到现在等着吃现成的,反转太大。有时我自个都怀疑,曾经的那些烧茄子、红烧肉、清蒸鱼是出自我手吗？

　　"家务活就那么多，我多干点，你就省事不累了。"连城这话让我坦然地继续犯懒。

　　其实内心明白，给予与接受、爱与被爱，都是小幸福。

无处不在的烧饼

我家搬到人民路后,还没有后来新加的两栋楼。当时所在的 12 号楼和郭同学她们 11 号楼并排而立,位于家属院的最南端。站在阳台上,隔着那座小而安静的三角公园,能隐约看到河南中医药大学第一附属医院的偏门,在茂密的树叶缝隙中若隐若现。

靠医院吃医院。您看不管哪个年代,在医院附近摆摊的能少得了吗?现在我家胡同南口、原武警二院那块地方,想当年也像小市场一样。住院、看病、陪床等所需的吃喝穿用,五花八门,应有尽有。还有殡葬一条龙服务。

20 世纪 80 年代的中医院门口,摆摊设点的小贩们售卖的只是西瓜、冰糕、汽水等吃食。各处摊子有一种晚上照明用的灯,点的某种矿石吧,闻起来有臭味,但光很强烈。远远的,就能看到黑暗中那盏雪白。

我们 12 号楼紧贴着人民路粮店的后身。站在五楼阳台上,伙计们卸货、搬运麻袋的工作场景尽收眼底。除了卖粮食,店里还从事着名为"便民"实乃"扰民"的副业:早晨五点多钟开锅炸油条,白天打烧饼。

我家早餐很少买油条。烧饼倒是成了爸妈下班回家前充饥的垫补之物，几乎日日见。

　　油桶般的炉子上方罩着破旧的小棚顶，遮不了风、挡不了雨。简陋的条件却能制造出不简陋的美食。刚出炉的烧饼七分钱一个，又焦又香，芝麻粒被烤得微黄。不知表皮是不是抹过糖，总觉得泛着焦糖融化后的黄亮，吃起来口感带甜。总之只要看到他们忙碌的身影，我们就会像巴甫洛夫的狗一样引起条件反射。嘴里直涌水，肚子立马产生饥饿感。

　　有一次，小情负责下楼买烧饼。她年纪还小，不懂得"病从口入"，要讲究卫生。直接撕开烧饼，把找回的三分钱钢镚塞到瓤里。现在想想这波神操作，真脏啊！但当时光享受热香的口感了，没工夫在意这些。

　　初二时转学去三中。它位于管城回族区，与家所在的金水区相邻。

　　　　西周建立后，周武王姬发封其三弟姬鲜于管建国，并与霍叔处和蔡叔度合称"三监"，其都就在管城区。后管国被废，但是管城这个名字却一直流传下来了。1948 年解放后成为郑州市第一区。

2020 年 4 月网补的一段小知识。

　　想起每次当我野心勃勃地斟酌"世界这么大，我要去看看"的下一站目标时，连城总在一旁"打压"我："嘻，你先把咱家附近弄明白吧！"我颇不以为然，但内心承认他说得很有道理。

　　一座城市的前世今生，浩瀚悠远，我究其一生只能近距离触碰到它的一丁点。比如上面有关管城回族区的名字由来。比如郑州早在 3600 年前,就成为中国商代早期和中期都城,是商文明的发源地。看看,历史文化背景多深厚。而我不仅对此一无所知,还屡屡瞧不上它的土气和落后。

不过,浅薄是有原因的。当时只顾埋头苦读了嘛,所以"此情可待成追忆"。

三中离家太远。放学后,学校还统一组织上晚自习。间隔的时间让我根本来不及回家吃饭。再说爸妈每天早出晚归,即使我小跑进门,也指定是清锅冷灶。

我只能在学校周边自行解决晚饭。下午上学前,我妈会发放当天的晚饭费。标准通常是一碗油茶加个烧饼或花卷,不会超过两毛钱。

烧饼仍旧是默默无语的主角。焦香的小圆饼提供了微弱的能量,来支撑乏味的晚自习和结束后那段很远的回家路,以及基本不可能有任何吃食的漫长黑夜。

在生活窘迫的年代,烧饼也能宴客。我妈从人民大学毕业分配到平顶山工作时,有位关系不错的同事。她性格豪爽仗义,对"落难"到此的王大学生一直照顾有加。有次阿姨和几位同事一起来郑州办事,顺便到我家做客。一行人来得突然,没有事先通知。加上又是上班上学的工作日,来不及特意准备。我妈急中生智,就近买了十几个刚出炉的烧饼。外焦里嫩,香酥可口,配着一锅红黄相间的西红柿鸡蛋汤和几盘自家腌制的小菜。

大碗小盘和烧饼筐将桌子摆得满当当的,如同主人竭尽所能待客的心意。

客人们吃得很香，如风卷残云般一扫而光。之后喝茶、聊天，酣畅淋漓，无比开心。

宾主尽欢，是一个难忘的夏日午后。

苦不苦，上学路

离家下楼向北再向东，出大院门，然后右拐。一直沿着人民路南行。经过工人新村、省体育馆，穿过三角公园，接入顺城街。走到头再往东转，走几百米就能看到三中大门。

这是一条艰苦的步行之路。

且不说每天背着书包走两趟，单程得四五十分钟。遇到雨雪霜雾这种极端天气更是吃力。记得有个冬天的早晨，天还黑着。雪后的"冰穿甲"路面很滑。还没到工人新村，我就已经摔了几个跟头，屁股蹾得生疼。站起来拍拍雪，借着路灯的光晕，一步一趔趄，东倒西歪地继续往前走。

必须承认，比起骑自行车，来回步行花费的时间虽长，却一点也不单调。偶尔遇到吵架的、聊天的，好事地凑到旁边，既看热闹又解乏。关键是那份自在悠然的心情，极为难得。

三角公园占地挺广，人并不多。低缓的土坡上种着石榴树。春天一到，开满红艳艳的花，点缀在碧绿的叶片间。红配绿，真的不是"赛狗屁"。挺惹眼的，相互衬托出彼此的蓬勃生机。蕊是怎么吐的？您拿朵石榴花，一望便知。一瓣瓣、一层层的红意争着抢着从喇叭状的开口处往外挤，唯恐落了后。等石榴花落尽，就开始坐果。

每天我都要看看，总发愁它们长得太慢。终于我等不及了。左顾右看，趁人不备，偷偷摘下一个青绿色的圆果。也就五分钱硬币大小吧？好奇地咬成两半。一看，里面全是没长成的白色絮状物，苦涩发艮。

多年后，从新安县千唐志斋返回时，看到路边有摊贩在卖石榴。在我好奇的眼光中，朋友停下车。很快抱回来十几个。"这种薄皮软籽的突尼斯石榴是咱这边的特产，你应该没吃过，快尝尝。""不酸吗？"想起多年前入口的那种苦涩，我将信将疑。"特别甜，籽也能吃，有利于消化。"看着手里的石榴，饱满的籽粒硬鼓得快撑硬了薄皮。果肉红得发紫，晶莹剔透，像堆簇起来的一粒粒宝石。一尝，果然甘甜多汁。软软的籽不费力就能轻松嚼碎，好像也带着清香。

后来，元阳支教时认识的当地大哥也不辞辛苦地寄来蒙自石榴。这份千里之外的关心和美味石榴一样让人难忘。如是这般接连扳回数局，石榴该有的模样才在我心里扎下根。

"榴枝婀娜榴实繁，榴膜轻明榴子鲜。可羡瑶池碧桃树，碧桃红颊一千年。"

幸好千年之后，我也终于能和李商隐一样领略到了石榴之美。否则我对这种"流霞包染紫鹦粟，黄蜡纸裹红瓠房"或"秾艳一枝细看取，芳心千重似束"的植物的认知只能停留在十二岁那年了。

上学的辛苦不能全归咎于走路。罪魁祸首实际上是那些无声却有形的"敌人"：沿途经过的商店、小摊、食品店、饭馆。对本就肚子没什么油水的我而言，它们的存在简直是难以抗拒的连环诱惑。

　　十几步一处、几十步一家,绝对称得上繁华的商业街。肚子里的馋虫反复被勾上来,不肯轻易离去。没钱倒死心了。如果侥幸揣着几分、一毛钱,那么花还是不花就成了烧脑问题。即使下决心花掉,买什么、买多少,也要琢磨。种种思想斗争,天人交战!

　　看吧,最先挑战的对手来了!她就是顺城街口、人行道旁、紧贴楼根那块水泥宽台,脖挎白色冰糕木箱的老太太。她用并不昏花的老眼将你锁定,还有意提高了吆喝的嗓门。你这边刚咽下口水,强行说服自己拖着双腿躲开,那边不远的岔口,卖五香瓜子的中年男子已经用贼兮兮的眼光偷瞄你半天了。

　　得,就瓜子吧!个数多,耐吃。

　　瓜子装在板车上两三个不深的圆筐里。报纸叠的长三角形纸袋,一个套一个插好,按容量不同分两摞,压在瓜子上面。

　　"来五分钱的。"终于等到鱼儿上钩的摊主此时倒变得傲娇、矜持起来。他也不说话,气定神闲地接过钱。熟练地拿一个稍小的圆锥形硬纸板筒,往瓜子堆里一插、一提。然后抓过纸袋捻开,"哗啦"倒进去。齐活!

　　如果客人买一毛钱的,摊主那套动作流程不变,只是要换大号纸袋和量筒。再多买的,他就要动用镇摊之宝——小铁皮秤了。这种阔绰行为是我辈穷学生心向往之而终不能至的。瓜子只有五香的,又焦又脆。只嗑仁还不算完,最后再嘬一下皮上那层淡淡的盐霜,觉得这才是对一粒瓜子的最大尊重。

　　三分或五分钱的瓜子只一小包。如果专注、用心地吃每一粒，剩余路途仿佛变得很短。因为注意力转移到唇齿间，被忽视的腿脚自然轻快了许多。

抬头一看，嚯，学校大门到了呢！

十字街头

穿过三角公园的花花树树，就踏上了顺城街的北口。最先是一段缓坡，之后沿着那条细瘦弯曲的小路，往南走到头，则来到一个大的十字路口。

路北经常有一个推车卖馒头、花卷的。上面盖着不怎么白的厚棉垫，起保温作用。还有一种类似巧克力色的馒头，吃起来也微微发甜，我很爱吃。后来才得知是红薯面。

往南也是一条路。记得我有个同学家就住那里。在她简陋的闺房里，随手乱放着成方圆唱的磁带歌片，什么《什锦菜》之类的。英语我看不明白，但那句中文"浓汤加肉"顿时让我展开无穷的想象。浓汤？还加肉？得多好吃啊！

在我心目中，她一个中国人唱得比老外还老外。那份抱着吉他的洒脱自如、娴熟明快给她寻常的容貌抹上了别样风情。满满的，全是溢出来的才华。

她所在的东方歌舞团真是神一般的存在，群星荟萃、声名远播。包括脸上总像抹了黑鞋油的朱明瑛，婆不离公的谢莉斯、王洁实，金童玉女般的牟玄甫、索宝莉，等等。那一首首东南亚、美洲民歌真能起到食补作用。看了、听了他们激昂的表演，仿佛饥饿感都抛到了九霄云外。

十字路口一直往东，走个十分钟左右，就到了初中时的母校三中。这条路也遍布小店小铺。

离路口几十米的南侧，有家卖戏剧道具的店，紧邻马路的水泥牙子。感觉每次经过时，衣服都差点擦着陈列红红绿绿商品的小橱窗。橱窗半人高，得略弯下身子。

再过去点，凹进去一块的地方是家粮店。有时店里会摆出盖着白布单的匾筐，卖一种碱味较大、微带黄色的花卷。层层面皮之间，抹了红红的辣椒面。鲜香辣，筋道不失暄软。不知不觉一个花卷就下肚了。

马路对面，有一条窄得像羊肠的小胡同。有时我会开发新的"行军路线"，以减轻每天两趟走重复路线的枯燥感：从顺城街的当中就向东拐，经过一段下坡，再往南上来就是这条胡同。

胡同中段是管城区食品厂。每次走过铁门时，总能嗅出点心烘焙出的热热香气，混合着类似奶油的腻和白糖的甜。

有同学神秘地告诉我：刚出炉的点心闻着香，但必须放凉了再吃，否则对肠胃不好，能胀死人。不知是否属实？记得最深刻的是有段时间，墙壁上贴满了枪毙犯人的公告。上下好几排。强奸、抢劫、盗窃……罪名不一，布告上鲜红的大对钩在食品厂飘来的诱人香气里显得醒目而诡异。入秋以后，雨水和阳光把那些布告侵蚀得只剩条条缕缕，从残留的黑字上隐约能猜出前后文字的内容。

南、北、东都说完了，现在往西看。这个方向可厉害了，因为抬头就能看到全市的地标性建筑——二七塔，是通向繁华市区的通衢大道。

　　迈步走过去一点的路北,有家十分宽敞的饭馆。进深很大,里面的光线比较昏暗。我经常光顾那里喝油茶。一进门的玻璃柜台里,摆着馒头、烧饼、炸麻叶(一种带零星黑芝麻的酥脆食品)、麻团之类的主食,还有我一直垂涎却价格昂贵的开花馍。娇滴滴的矜持,让人敬而远之。回想一下,整个初中,我与"她"亲密接触的次数不超过三次。正因为吃得少,那种甜软可口的印象才深留至今。

　　油茶应该算本地特色吧?我也是在三中读书后才一尝滋味。黏黏糊糊的浅褐色液体盛在一个白碗里,里面有芝麻、花生米,上面还撒了几个中空的菱形小面片。炸得鼓胖胖的,咬起来很脆。估计茶汤里放了牛油,有一种特殊的油脂气味。白嘴喝油茶,咸味较重,必须配点烧饼之类的面食。我爸有次出差带回装在塑料袋里的武陟油茶面,用水冲调后也是同样的味道。

　　比起咸油茶,我更喜欢妈妈做的甜味家庭版:将面粉倒入铁锅,小火一直炒至深黄色。再放上花生碎、芝麻、白糖。放凉后收在铁皮罐或塑料袋里。

　　吃时,先倒上少许温水搅拌。用勺子背耐心地将小粉疙瘩擀开、化掉。再兑上热水调匀。一碗喷香甜润的黏稠炒面糊就弄好了。谨记千万不能性急直接倒热水,否则就是一大坨化不开的死面块,沉没在清水里,几粒芝麻粒有气无力地浮在表面。如同一对相看两生厌的怨偶,谁都不想多和谁待着,更别说水乳交融了。

　　我妈每次做的炒面能吃好久,但过程比较辛苦。方寸灶台俨然一个人的战场。

为了通风，天再冷，厨房的窗户也得长时间打开。我妈全副武装，双手配合，不停地抖锅挥铲。随着面粉越变越黄，厨房里的烟气也是越来越浓。它四处乱窜，无孔不入，弥漫到各间屋子。我们闻到都呛得嗓子眼发痒，干咳不停，更何况身处"风暴眼"的妈妈？

炒面，真的无比香甜。如母爱。

"馋嘴猫"很穷

　　除了逢年过节，平常日子基本见不到什么荤腥。我们兄妹都体格结实，内里却极度缺乏食物的多样性。因为爸妈很少给我们买零食。像《父母爱情》中那种家里桃酥一买就好几包的大手笔，我听都没听过，更别提经历了。

　　水果能保证不断，但糖果点心之类的处于长年缺货状态。偶尔剩几块糖，也是有数的，不能擅自拿。我对零食的品鉴多半靠自己揣摩。

　　处于十岁刚出头的年纪，我总感觉肚子里有馋虫。吃多少饭，也立马就饿。越饿越馋、越馋越饿，好像陷入了一种怪圈。网上说"三高"属于生活水平提高后引发的富贵病，对此我深表赞同。当下的城乡居民，大鱼大肉、肥鸡肥鸭，不凭票不限量，想吃随时招呼，又身娇肉贵，不爱动弹——谁家还没个车啊。能不高吗？

　　馋带来的回忆中，有很辛酸的。

　　有年，一个阴沉沉的冬日傍晚，雨雪混杂，奇冷无比。腹里没食，走在泥泞的放学路上，更觉湿寒难耐。洇透的棉鞋变得沉重不堪。脚趾痛痒万分，好像被猫咬了。双手又红又木，早已冻得失去知觉。抬头看天，早已擦黑，可回家的路显得如此漫长。

这时鼻子里突然闻到一股特别浓的香气，不知打哪儿飘来的，熟悉又诱人。哇，是美味的烤红薯！循香而去，找到路右侧一家小棚子。棚顶覆着泛白的旧油毛毡，边沿耷拉下来。雪水顺着檐"滴答滴答"地流淌。

主人是一位瘦瘦的老头，正袖着手，百无聊赖地坐在板凳上。我从兜里拿出搁了很久的五分钱递过去。他脸上露出一丝为难的神色："这咋卖呀？妮儿，你再找找，看还有没。"我连书包都翻了，仍然拿不出再多的钱，哪怕是一分。其实我早就知道会是这种结果，只不过碍于面子，做样搪塞罢了。

老头轻叹了一声，然后走进昏暗的屋内。再回来时，粗糙的双手捧着几个烤得焦香的小段红薯头，说："给你这些吧，不要钱了。"他苍老黧黑的脸上带着善意的笑。可能是天冷的缘故，眼尖的我发现他鼻端还挂着冻出来的一线清鼻涕。我赶紧接过来，把硬币搁在他面前一条油腻腻的长条木凳上，匆忙就走了。

短粗的红薯头烤得甜软绵香，那种狼吞虎咽的满足感至今仍停留在嗓子眼。以后再看到"穷不帮穷谁帮穷"一类的台词，我脸上挂着会心的笑，心里却酸得想哭。

像这样"没钱嘴还馋"的事情每年都会发生几起。

有一年，不知是爸妈出差带回来还是单位分的，家里出现了一篓稀罕物——香蕉。透眼的竹篓里放着几大串，甜香四逸，与肚子里被唤出的馋虫遥相呼应。每天"大管家"妈妈发一根，让我们上学路上吃。

要说那会儿的香蕉真是味道纯正,软软糯糯,甜得刚刚好。

我不舍得狼吞虎咽,而是遵循一套程序:剥开皮,先把上面的白色絮状物啃掉。直到外皮变薄,透亮得差点破掉,最后美美开吃。您说什么?细嚼慢咽?哪儿还用得上牙齿?为尽量多享受享受,我要咬一小口,用舌头压扁、含化、吞下肚。

春季四五月时,新鲜樱桃上市。国营商店一般不会出售这类鲜货。想吃的话只能找水果摊或流动小贩。一颗颗饱满红润的樱桃顶着晶莹的水珠,在绿叶的衬托下,特别诱人。一毛钱是卖家能接受的最低消费水平。

拿到手里,也就不到十粒。我吃得很精心,连果核都咂摸得没味道了,才恋恋不舍地吐掉。幻想着将来如果有了钱,买上一大堆。坐沙发上,边看电视边大快朵颐。该是多么惬意的事!

几十年后,当我具备了随意"买买买"的财力,流连在琳琅满目的红、紫、黄各色樱桃面前,却发现快乐早已从我的心里溜走,只留下一个小硬点硌在那里。

像樱桃核。

吃进肚的亲情

　　当年在斜对着工人新村的人民路中段，紧邻路旁有一家规模不算小的食品店。每年快到家人尤其兄妹过生日时，我都娴熟地开启"守财奴"模式，怀揣一颗怦怦乱跳的心，背地里偷偷鼓捣小金库。此时，东张西望、避人耳目、偷偷摸摸、鬼鬼祟祟，诸如此类成语，选哪个都无比贴切。

　　我爸在平顶山六中当老师期间，收到了得力门生做的珍贵礼物：一个翻盖式木制粉笔盒。均匀地涂着绿漆，做工十分精美。后来传入我手，当了存钱罐。我将平时积攒的零用钱按面值大小摞整齐，统统收到里面。每逢春节，小盒子吃得最饱。压岁钱不多，换成小面额的纸币，也有几十张。

　　后来家里破天荒地出现了一箱青岛啤酒，那是我人生中第一次看到易拉罐。喝空后不舍得扔，必须再利用。炎夏时节，将爸妈熬的绿豆汤灌到里面，搁冰箱里冷藏。几个小时后拿出来。噘起嘴唇，啜饮一口，顿时有种"老妈妈坐飞机——抖起来"的感觉。终于又等到空出一个，我赶紧把住。洗净晾干后，让毛票钢镚乔迁新居。

　　"瞧瞧，上面就这么一条小缝。钱掉进去，想取多麻烦。不像粉笔盒，轻松开启。这下指定不想花钱了！"我为自己的喜新厌旧找着理由，将自控力差归咎于容器不给力。别说，"新家"确实起到了严防死守的作用。

每次想用钱的念头蠢蠢欲动，大脑教唆着食指往小缝里插，然后向里使劲伸长。妈呀，这个紧！经常是手指被卡、勒得发红，都未必能顺畅地将钱卷拔出来。这样一来，为避免多挨皮肉之苦，可花可不花的钱就不想费力拿了，无形中也能节约毛儿八分的。

有一年开春，妈妈的生日临近。为表孝心，我瞒着她，拿出几乎全部家当，跑去店里买了几根铅笔糖和一瓶糖水山楂罐头。铅笔糖笔直细长，绿绿的一根，上面还有白色花纹。除了这些俗气的吃食，我还想标新立异整点高雅的。几番思量后，就它吧：用挂历纸编成花篮。放学路上绕趟楼下的街心公园，摘几根刚绽嫩芽的柳条搁进去。绝对赏心悦目！

我被自己的创意整得无比兴奋，连枯燥的讲课都乖乖忍了一天。可惜柳条没找到，只好弄几枝冬青代替。冬青的那家伙硬撅撅的，不好摆造型。但聊胜于无嘛！我郑重其事又略带腼腆地捧出"花篮"，妈妈十分高兴，说这个足以表达心意，其余东西别再买了。

嘻，我还真忘了炫耀铅笔糖和罐头的事了。小抠的我一听，正中下怀，馋心顿起。铅笔糖嘛，没吃过，自己留着。最贵的罐头，退退退，没商量。能回笼不少钱呢！

乐极生悲。内心狂喜的我在下午上学前，一路狂奔到商店，呼哧带喘地把情况说了。那个女售货员面无表情地听完，没表态。我从书包里掏出罐头瓶，忐忑地递给她。

她接过去，漫不经心地看了一眼，冷冰冰地说："没法退。"

"为什么呀？"我急得脑门上又冒了一层汗。

"你看，你看，"她指着罐头瓶，"里面都出沫子了。谁敢保证坏没坏呀？"

我仔细一看：呀，可不？黏稠的透明液体最上层，飘着一层气泡形成的浮沫。估计一路连跑带颠，搁在书包里晃悠出来的。不管怎么解释哀求，对方坚持不肯退货。我只好拿到学校再带回家，一家人分吃了事。

每天放学回家，我偶尔也会选择走学校东面的那条路。七拐八绕的，会花费更多时间。但它有一处无法比拟的优势：离学校不太远，当街是一家百货商场。占地广、规模大、商品多，绝对能排名全市前列。里面空间很大，两三重，摆放的物品琳琅满目，诱惑无处不在。绝对让人花了眼、乱了心。一年当中，只有给哥哥、妹妹准备生日礼物，我才名正言顺地潇洒走几回。

其他东西再多再好，很难让我驻足或青眼有加，翻个牌子"临幸"一下。我进门直扑一长溜的食品柜台。在这方面，我很专一的噢！

那里卖各种糕点、糖块和散装零食。每回我的兜里绝不超过一块钱，但小腰杆笔挺，踱来踱去，神情大方，像大富翁般怡然自得。

低头弯腰，仔细打量各种被装在玻璃槽里的小食品和价签。平时不擅长的数学心算此时派上用场。左挑右选、反复组合，争取用有限的钱多买上几样。东转悠西转悠，不时闭目合计，差点引起售货员的怀疑。

外面天色已晚,再不回家,爸妈该担心了。赶紧决定!

最终推门离开时,书包里多了几小包糖豆、话梅或黑乎乎老鼠屎般的溜溜梅。飘儿轻(连城代收快递时,说了这个我从没听过的词。应该是他打小使用的北京方言,多年后偶露一峥嵘),不值几个钱,却将书包坠得沉甸甸的。

里面,装放着手足亲情。

点心的点点心事

网上看到有人发表观点，说点心又叫糕点、茶食。具体分为包类、饺类、糕类、团类、卷类、饼类、酥类和其他类。其他，是指家常的馒头、麻花、粽子、烧卖等。照这么说来，实心没馅的馒头也算一种点心？

可我还是坚决认定，非其他的那些或甜或咸或酥或脆的面食，才能称为点心。

现在的我，半百已至。从高级酒店到街头排档，遍尝美味，总算弥补了年少时食物匮乏的遗憾。按理说追逐食物的心思不那么强烈了。可是，每每看到"点心"二字，甭管饿不饿，脑海里都不自觉地涌出一阵强烈带感的广告旋律："吼吼，把它吃掉，把它吃掉！"购买时，还要首选松软油香的。

对点心的无法抗拒，可能还是因为那年中考后的暑假。我结束了在王叔叔家十几天的寄居生活，被老爸接回家。心情如同被放飞后复得返自然的小鸟，无比欢畅。

更欢畅的事情还等着我呢！

进了屋门，我第一眼就看到客厅桌上放着一个气派豪华的大纸盒。敞开着，隐隐散发出烘焙的香气。

点心盒！迅速做出判断之后，我可没空打听哪里来的，不时拿眼睛往这里扫。

一向最疼孩子的老爸果然没让我失望,他爽快地提出我可以随便挑着吃。

不用和哥哥妹妹分享,还能吃足吃够。苍天啊大地啊,快看看你幸运的子民吧!简直是被若干大肉饼砸中了。

激动的心、颤抖的手,机会错过不再有。我急切又小心地揭开上面蒙着的塑料布。打开看,哇,满当当的全是点心,码得严丝合缝。一眼看去,花花绿绿。有长有圆有方,各种造型、不同口味。以前见都没见过!

肚子吃饱,精神也不能饿着,为此我早就准备好了陆文夫的《美食家》。

我咽咽唾沫,左看右看,挑花了眼。终于下定决心。一块漂亮松软的淡黄色虎皮卷担纲"开场"重任。之后一连吃了好几样,包括香气浓郁、馅料柔细的枣泥酥和甜咸兼具、椒香十足的小圆饼。

齿舌细品,感觉文章里对饮食的精妙描写真实而贴切地落在了实处。嘴巴、眼睛、手一通忙活,来场默契的大合作。

忘了哪年,妈妈出差回家。带回来一种名字奇怪、造型更奇怪的点心——盲公饼。像一摞象棋子,圆圆的。十个一组,装在纸包里。我们兄妹很快将其消灭殆尽。

烤过的油酥饼皮呈诱人的黄色,不干不噎。馅料又甜又软,好像还有肉。绝对的难得美味。可是怎么取了这么一个怪吓人的名字?吃了致盲?后来得知是一位盲人所制,因而得名。唉,当时商品确实不太注重品牌宣传和企业文化的推广。除了生产地址和商标，想找别的信息，一概没有！

点心装盒，绝对拿得出手。

艺术来源于生活。《城的灯》一书也有类似描写。把收到的点心盒挂在房梁上，交际办事时再送出来。有时转一圈又回来了。

这些物质困难时期的搞笑真事还编入了相声，和《虎口脱险》《照相》等一起成为经典。

古早味

"古早味"对我来说,是几十年初次接触到的新鲜词。2020年年初万通大厦改造后,下面新开了一家叫顺天府的大型超市。和所有超市的标配一样,它也有处于醒目位置的烘焙摊档。

不尝不知道,一尝戒不掉。

开始喜欢上那里一种每天新鲜出炉的巧克力蛋糕。湿软蓬松、口感香醇。包装盒上写的就是"古早味"这三个字。回家一查,噢,是闽南人发明的词,意即"怀念的味道"。

20世纪早先时候,食品产业的机械化生产还不发达。传统手工做法占了较大比例。人们追求的仍然是选料实在、工艺地道。慢工出细活儿。

只是随着时光推移,不分哪行哪业,流逝的匠心逐渐被急功近利、花样迭出取代。尤其是每日必不可少的食品。

推陈出新并不一定带来无弊的百利,有些味道还是古早的好。

2020年2月13日晚。一人上班、一人居家、一人海外求学。三口三地,都处于疫情未除的无奈等待中。

"哟,虎皮蛋糕?哪儿买的?"眼尖的连城看到后问。

"超市啊,卖现烤面包那家。"

"和我小时候吃过的特别像。"连城根本没开袋品尝,只看了一眼透明包装里的模样就如此断言。

次日。"嗯，就是这个。不很甜。"

四月初两个人在家闲聊，无意中又提到老话题。"你小时候还吃过点心啊？"我在心里腹诽，颇有些受骗的感觉。总说家庭条件不好，怎么比我吃的点心次数还多？

"那当然了！家里来客人，一般都拎点心匣子。长条的，上面有红纸。"

"你们打开就吃啊？"

"嗯，一家人分着。我上大学前没下过饭馆，点心还是吃过的。"

前些天，在自定义的周末下午茶时间，我俩吃着刚买回家的稻香村牛舌饼、"布朗尼"、"拿破仑"等。在我"刨根问底拦不住"的执着努力下，连城继续爆料："应该83、84年的样子，那会儿鼓励加餐，可能流行。都是家长花钱。你不也说过班里有吃赖氨酸的吗？我们月中男厕所那边，下楼，一楼。谁吃谁去拿，就是牛舌饼。反正我也没吃过，不知道什么程序。老莫卖过羊角，里面都是奶油，像筒似的。"

不说不知道，一说忘不掉。

在三中上学时，有段时间我们学校也推广吃一种叫赖氨酸的东西。当然，得花钱。我家没有条件，只能眼巴巴地看着个别同学课间时领取，或喝水吞服，或带回家佐以馒头和面包。

点心大不如前。我们边吃边聊。

胃很快胀满了，又觉得空落落的。

但回忆还在，幸事。

你有鸡蛋糕（高）吗

俗语：没有臭鸡蛋，还不做槽子糕了？

我妈语：如果当年我们没考上大学，不也就是两个农村的白发老人？儿女下岗，老人无钱。哪个儿女能买二斤鸡蛋糕送来那就是福气了。

同学语：你有鸡蛋糕（高）吗？没有。哈，你还没有鸡蛋高！

是的，在琳琅满目的点心大家族里，我想着重说一下鸡蛋糕，也叫槽子糕。

我对它的偏爱应该来自爸妈的遗传。他们很喜欢鸡蛋糕，尤其是稻香村经久不衰、热卖几十年的蜂蜜鸡蛋糕。在他们年轻时的记忆里，那些泛着深蜜色光泽的一方方、一块块，油而不腻，松软甜香。搁上几天也不干巴、不掉渣。任凭被系着麻绳的油纸密匝匝地包上几层，也挡不住对唇舌和肠胃的无声诱惑。

可惜，一切的美好只停留在往昔。

我曾不辞辛苦地拎回娘家两大袋子。爸妈尝过后，嘴上说还行，但他们稍纵即逝的失望还是被我捕捉到了。

我自己也多次吃过，确实怪怪的。不知工艺变了还是鸡蛋搁少了？咱也不便说，咱也不敢问。尤其京稻、苏稻打起了旷日持久的商标战，两败俱伤。这种情况下，好味更难求。

当我沮丧地以为就此和熟悉的味道诀别时，没想到却在山东青州得偿所愿。

和无意中踱进的烤榴莲店当家小伙闲聊。"每次我去你们北京，都带隆盛的糕点。每天八点开门，要排长队。人家有四五点多就来的。一到下午基本就没剩什么了。本地人买，外地游客也慕名来买。"他话语里满满的自豪让我对军校郭同学提及的这种家乡特产更有兴趣，非买来尝尝不可。

不入老店，焉得糕点？像那种在古城偶园街上随处易得的"隆盛糕点"可难入我的眼。

临行前一天，专门打车去采购。"如果隆盛没什么买的，就到旁边那家什么盛。口味和种类差不多，一个师傅带出来的。"司机有山东人的古道热肠。

店面不大却沧桑，四处飘着点心烘焙的余香。像景区那样，在柜台前用金属管隔了仅容一人过的长长一条，应该是防止插队和秩序混乱。除了一老一小两个营业员，空无一人。"只剩鸡蛋糕了，每包15块钱，也就二十多块，不沉。"足见从面变糕的过程中，没添加太多压秤的水。于是，我欣然接受了女营业员多来一包的建议。

后来两包鸡蛋糕还跟随我的步履，一起倾听过闻一多的"七子"之一——威海的浪花声，呼吸过异乡清透中掺有几分咸腥的空气。

旅途漫漫，虽失却几丝水分却倔强维持本真口感的它们是最好的充饥物，也是瞬间唤醒我记忆的神奇宝物。

最后，在紫禁城的朝朝暮暮里，终于功德圆满。

——你有鸡蛋糕（高）吗？

——有！

别家的饭都很香

各家生活方式千差万别，但整体来讲都不算富裕。尽管如此，每当春游——这个受到历代学生欢迎的非传统节日即将到来之际，家长们也尽可能给自家孩子带些好吃的。终归要当众摆出来，不能太寒酸。否则孩子被人明笑暗嘲，脆弱的小心肝怎么受得了？回到家不还得找爸妈发脾气？

春游时，赏景游玩倒在其次。比起正襟危坐的课堂，这种置身大自然的相处机会更能融洽同窗感情。您想啊，到了午餐时间，疯玩得又渴又累的同学们聚在一个地方，掏出各自的食物。你吃我的一口，我尝你的一下，闹闹笑笑，其乐融融。顺便品评几句，无形中就成了一种善意攀比。

有一年班里组织去邙山玩。妈妈给我准备了普通的一餐：两个现买的菜饺。军用水壶装好温茶水，还有几块水果糖。菜饺是韭菜粉条馅的，五香粉味很重。我长大后经过对比，发现烹调食品时放五香粉好像是河南人的一大固有习惯。难怪发源于此的王守义"十三香"能享誉全国。

话说当时大家玩得筋疲力尽。饿得前心贴后背的我根本没等到开餐，快速消灭了那两个菜饺。水壶漏水，饺子被泡得囊囊的，原本淡黄的颜色也略微发白。

　　狼吞虎咽之后,感觉菜饺落进空瘪的胃里,如同细雪入海,瞬间消融,没有丝毫感觉。那天的晚饭才算补足了胃。

　　还有一次学校开运动会,班里有位女生,平时和我关系不错。她的饭盒里装着自家的烙饼,上面抹着红红的豆腐乳。我客气推托一下,盛情难却,吃了两口,觉得奇香无比。

　　去三中上学。路上如果从顺城街中间就往东拐,会经过一位冯姓女同学的家。有时我就叫上她一起走。偶尔来早了,正赶上她吃饭。一次时间不赶趟了,她直接站在灶上的铁锅前,用筷子挑里面容易熟的茄子丝吃。这一幕不知怎的竟深深地让我记挂至今。

　　我也吃过她家做的韭菜肉馅包子,馅鲜皮暄。韭菜失了新鲜的嫩绿色,变成裹在肉蛋里的点点暗黄。热腾腾的香气使得冬日黄昏的回家路变得不再遥远。

　　有一次正上课时,她来了月信,不小心染脏裤子。只好用书包遮住,请假回家去换。当时还没发育成大姑娘的我看到后,好奇不解,胃里隐隐觉得不适。

　　可当美味的包子再次递给我时,曾让我开眼的那一幕完全化为乌有,只剩开胃了。

被扼杀的自尊心

1985 年夏，我刚参加完中考。妈妈带着哥哥和妹妹回老家探亲，比他们更盼归的我却要留下来等录取通知书。爸爸出差在即，只好把我托给一位朋友照管十几天。

王叔叔家在平顶山，三代同堂。他们算体育世家：叔叔和阿姨是全市有名的体操教练，一双儿女自然也走上了这条路。虽然和我年纪差不多，但是人家已经是成绩不错的专业运动员。我曾在阁楼里捡到一张鞍马之类的几级证书，随随便便地丢在地上。

他们四个人不是去比赛就是忙训练，真正在家吃饭的次数很少。在家天天见的，只剩我和王奶奶。

可能性格使然，这位奶奶瘦瘦的脸上很少带笑模样。和我原本想象中的慈眉善目完全画不上等号，感觉比较严苛。我当初也不懂事，不知道寄人篱下的真正含义。如果只是乖巧、不淘气，这些我能做到，但主动提出干活儿或说好听的哄老人高兴，我确实没有经验。

家里来了不相干的外姓小孩，肯定不如自己在家方便。添麻烦不说，面上还要维持起码的人情礼貌。所以王奶奶每天辛苦地操持三顿饭，照顾我吃喝，估计心里是不太高兴的。她时常半真半假地批评我吃得太多。比如长条形的馒头能吃一个半，她才吃半个。这有什么可比性？您多大，我多大？十一二岁，正长身体。您上岁数了，消化功能差，想吃也吃不多啊！

照理，我似乎应该羞愧万分，知"错"就改，主动少吃，这样才显得有骨气。可是，空的骨气看不见摸不着，肚子饿得咕咕叫、眼花腿软却是实打实的！

所有小孩都爱吃别人家的饭，这点在我身上体现得太明显。王奶奶做的炖茄子、豆角，略带鲜甜，和爸妈的做法完全不一样。还有她做的馒头，用的是我家不常见的精粉，雪白松软，十分暄腾。

在美食面前，我好不容易积攒的一丝决心马上烟消云散。没做任何抵挡，就乖乖做了口腹之欲的俘虏。

您老人家爱说就说，反正我照吃不误。

话虽如此，但我的自尊心还是很受伤的。即便再假装若无其事，那丝丝裂帛般的痕迹也并未被经年岁月缝补好。

如陈年旧伤，嵌入我从小姑娘、少女、少妇、徐娘再到老妪的这副骨骼里。

每每想起，仍涩涩地隐痛。

早餐，并不像国王

　　说了外面卖的和别家的吃食，现在转到老李家的版块。

　　我家做的饭菜，或许不像饭馆出品的那么精致考究、重油重料重味，但其中缠绕着一缕缕温暖而独特的烟火气息，让我们的童年变得生动无比。

　　十几年过去，儿子从刚出生的小肉滚变成高大帅气的留学生。他仍对幼年回郑时我爸拌的一道凉菜情有独钟：白菜和豆腐皮切得极细，拌在一起白黄相间，其间隐隐裹着几条碧绿的葱丝。"上面还顶着一个鸡蛋！"顶，用得多形象！

　　20 世纪 60 年代，老爸从吉林大学毕业后被扔到科尔沁草原深处的军马场锻炼。生活很苦，顿顿不变的高粱米饭加炒三片（土豆片、萝卜片、白菜片）。担任伙头军的老爸被迫适应环境，放下书本，学会了做饭和腌咸菜。当时看不到人生前途的他绝对没想到，这些手艺不仅日后撑起了一个家庭的饮食运行，他对剩余食材的巧手加工也成就了孙辈们的经典记忆。

　　"嘻，什么破烂东西？难为孩子还记得！"操持多年家务的妈妈颇不以为然。

　　难怪我爸总调侃称，母后大人属于情感纤维比较粗的那类。"破烂东西"里流淌着未经雕琢却千金难觅的纯净与质朴，好着呢!

　　一个人寻遍世间,走得再远,心里总会依稀残留一饭一蔬的香味。即使尝遍珍馐美馔,也无法找到一模一样的踏实与温暖。

　　那是家的味道。

　　河南人标榜的日常饮食模式"馍菜汤"中,馍头对我家的重要性也无可取代。每天,不管哪种方式吃早餐,是在家四平八稳地坐着还是紧赶慢赶路上解决,馍头绝对是当家主食。

　　睡醒起床后那段时间,情绪精力最饱满,各个器官活力四射。当然,雪花膏、珍珠霜或香脂这类护肤品的气味闻起来也更加浓烈。我妈手上的香味被馏好的馍头热气一嘘,简直了,直冲鼻子。无疑加大了咀嚼难度,有时甚至引起干呕。一家人围坐桌旁,爸妈坐镇盯着,不敢也绝没有机会浪费粮食。只好趁他们不注意,悄悄把馍头外皮撕掉,团在手心,等出门后再扔;要是没机会扔,就只能被迫捏着鼻子强咽。

　　我们异口同声地抗议过数次,无效。现在想想也能体谅她老人家当初的难处。不管多累,要最先上厕所,最先洗漱,然后梳头、擦油,帮着老爸摆饭,照顾孩子们吃饱饭、背上书包出门。整日忙得就像一个被生活之鞭抽得滴溜转的陀螺,实在没精力理会群众的呼声。

　　如果桌上有一盘切成粗条的酱疙瘩或榨菜片,再淋几滴香油拌拌,那么我们对于馍头皮上的雪花膏香气的耐受程度就能提升很多,甚至还自动忽略不计。

　　偶尔换个花样,吃顿炒馍头,妈妈手上的香腻早被各种调料烘托出的锅气掩盖了。一切皆大欢喜。

　　将剩馒头切成长条，放油锅里大火炒。加两根叶子菜，淋上酱油，咸香适口。

　　刚蒸好的新馒头热气腾腾，什么都不用配，白嘴吃就好。细细咀嚼，甜丝丝的，是淀粉酶在起作用。从中掰开，抹点醇香的芝麻酱，味道极佳。一种浓烈的香味开始升腾，并迅速弥漫上达口腔下通咽喉的领域。

　　很喜欢情景剧《我爱我家》。它体现的 20 世纪生活图景特别容易引起我们这代人的强烈共鸣，百看不厌。

　　里面有一集。讲宋丹丹饰演的和平摔倒晕厥，记忆倒退回到六七十年代。她苏醒后，最想可劲吃的就是"馒头上抹厚厚的一层芝麻酱，再来点绵白糖"。结果被公公傅明老人一通数落："美得你，还厚厚的一层！"可不嘛，芝麻酱和白糖哪儿能任意涂抹，都是按照副食本规定好的，每月限量购买。

　　哈哈，同感！

酱油顶呱呱

烹调中,酱油无疑是增色添香、去腥除膻、促进食欲的最佳帮手。

炒馒头时,深红的酱油不均匀地渗透进白而细软的馒头里,立刻给原本素淡无味的面块化了彩妆,点化得她无比风骚。倘若有幸咬到饱吸了油脂的一块,那种咸香味啊,说直钻五脏一点也不过分。

再比如最简单的炒蛋。搅匀蛋液,不用加切碎的葱花。只搁酱油,就比放盐多了一丝鲜咸口感。

更别说在红烧肉鱼时,酱油是必不可少的调料。

有次放学后,赶着去看电影。可爸妈还没回家做饭。我四处踅摸可充饥的。看到橱柜里搁着一碗剩米饭。不会捅开煤火,更别说拿锅炒饭了。倒点热水,把饭泡温。再淋上些酱油拌匀,不用猪油帮忙,一样好吃。

还有一次,妈妈给在党校进修的爸爸开小灶,精心烧了一道萝卜给他补充营养。放的豆油比平时略多,葱花炝锅后,出场的酱油仍担任了重要角色。小火慢攻几十分钟后,原本脆硬的白萝卜块焖得软烂,酱色的汤汁收得浓稠发亮。香气从厨房飘散到各屋。早已吃过晚饭的我们身在房间,心怀那道还没出锅的美味。无比安静，齐刷刷地竖起耳朵听动静。

终于，钥匙"哗啦"一阵响。老爸拖着疲惫的步伐开门进屋。他估计早猜到我们眼巴巴等候的可怜模样，匆忙洗手换衣，和妈妈嘀咕了几句后就招呼我们围在桌前。你一筷、我一筷，很快就将盘子一扫而光。锅底里的残汤都没浪费，我把馒头掰成小块，擦拭得比舔的还干净。

那会儿生活条件和生产工艺都不像现在，酱油分类细得、功能多得让人无所适从。什么生抽、老抽，热调的、凉拌的，酿造的、佐餐的，加铁的、低盐的，通用的、儿童的……琳琅满目，能摆好几层货架。即使是老抽，还分草菇、黄豆之类。

小时候家里不管炒菜还是凉拌、蘸食，都是一瓶搞定。从商店或粮店散称打回家。后来有条件了，偶尔也阔气地买瓶装酱油，但不舍得拿来炒菜。

到现在，我仍然坚持一项理论：再干巴、再不好看的食材，只要油和酱油双管齐下，保证它会服服帖帖、心甘情愿地变成美味。

酱油，是黄豆、黑豆、小麦加上食盐和水，经过长时间发酵、酿制而成的。

被阳光、空气和风温柔地抚摸过，自然变成好物。

像回忆。

哺育

"哺育"是个多义词，基本意思指含着食物，喂养不会自己猎食的雏鸟，后引申为教育培养等。这个词在我爸身上体现得最为恰当。

我爸是传统意义上的好男人。爱学习、人品端正、工作认真。关键还能干、顾家、有责任心。不管在外开会还是出差，但凡发点什么东西，都惦记着给家里带回来。

和那时候的国家干部一样，除注重仪表整洁、衣着得体，老爸上下班也随身携带着手提包。双提把，人造革的。使用多年，有几处已经有了细碎的裂纹。它简直就是传说中神奇的"百宝囊"，和系在腰间的皮钥匙串组合成性格不同的好搭档：一个沉默不语，一个哗啦作响。

每次进门，我们都会迫不及待地迎上前，等着他从中掏出好吃的。几块糖、一包饼干、一把花生米。分到手里很快就下了肚，但快乐能延续许久。

有年春天，省计委组织植树，提前给大家发早餐：牛皮纸文件袋里装着面包、一小团牛肉和一疙瘩榨菜。老爸舍不得吃，原样带回来给我们解馋。

提到老爸的顾家，羊肉包子总是一个相关链接。

那次，老爸从燕庄开完会，回家后连衣服都没换，急着拉开提包拉链。里面滚出二十多个包子，拳头大小，有几个还被压瘪得破了皮。肉多葱少。酱色很重的馅紧缩成一团，与洇着油汤的皮之间形成一定空隙。包子膻味很浓。久不见荤腥的我们吃得狼吞虎咽，那种脂厚油香的感觉好像还沉甸甸地坠在胃里。直到现在。

转业前曾在单位训练队任职，负责对新接收的军地大学生们进行全方位的素质与技能提升。有年，不大的营院竟然一下子拥进几十位年轻的新鲜面孔。

闲暇时，一个漂亮纯朴的姑娘给我讲起了当地趣事。她来自陕北榆林，那里贫困闭塞，交通十分不便。大客车是外出的首选工具。山路颠簸，速度开不快，每次出门真的是长途奔波。

乘客一般都要带些吃食。几个小时过后，快到饭点了，车厢里弥散着一股饼子、油条或煮鸡蛋的混合气味。家长怕孩子饿，路上不住嘴地给他喂东西。结果旁边的乘客闻了太多的煮鸡蛋味，更加剧了晕车呕吐，以至于后来一听到"煮鸡蛋"三个字，哪怕站在平地，都会条件反射地头晕恶心。我们听了后，乐得前仰后合。

哇，密闭空间里，这种躲不了避不开的被"哺"还能带来如此不可思议的反应！

世界之大，真的无奇不有。

牛羊大不同

　　说过饥不择食的羊肉包子,咱们继续以嘴上开荤的方式来顿精神会餐。

　　我家尽管先后辗转平顶山、郑州等地,在河南的时间加在一起得十好几年,绝对称得上"第二故乡"。但饮食习惯上仍然保留着东北化遗迹。平常的饭桌上,肥腴脂厚的"二师兄"是最常见的面孔。

　　搬到人民路后,我妈喜欢买切块的咸水鸭。"两天不吃,就馋。吃的时候把细骨头里的水都要嘬干净,肯定里面放大烟壳了。"我妈推测道。除了这个,生鸭肉家里一次也没做过。至于牛羊鱼鸡肉之类,单位发什么吃什么,很少主动采买,所以只能偶露一小脸。

　　牛羊同属吃草的家畜,不像胖猪猪似的,傻吃傻睡,爱长肉。听说牛羊长一斤肉就要消耗不少草料,因此一直价格很贵。它们在我家的受欢迎程度完全不同,可谓天地之别。

　　郑州人喜食羊肉。要不是有三中上学的两年经历,我竟然不知还有个管城回族区。到郑州之后,我仅知道小学和家所在的金水区,集中了省级行政、政治、军事、文化、经济等各衙门。相比于市里,即郑州市委市政府所在地,更加高大上。

高中母校十一中位于人民路中段。右，大部分属金水区地盘，是一条通向省委省政府、人民大会堂、各厅委局的金光大道，干部子弟多。左，南接管城区，西连中原区。后者属老旧城，工厂密集，国棉那几个大厂、郑纺机都在那里，人员素质偏社会化。

偌大的金水区，我最熟悉的地方，不过家和学校之间这片有限的区域。

二七区嘛，有火车站和二七塔。初中的母校三中还有同学家附近的城墙、烟厂，这些属于管城区。还有，黄河滩那边的郊区叫邙山区（现惠济区）。春游去过，也听别人念叨过"邙山头"。刚上军校时，阶梯教室里凑过来聊天的那位郑州老乡，他自云家在上街，有个大型铝厂。应该很偏吧？打个比喻，金水区像心脏，上街无疑就是腰眼了。

其他的呢？基本一无所知。

置身于强调学习至上、立志成为有知少年的家庭氛围中，必然对校门以外的世界无知得厉害。

说回管城区。一过三角公园，沿途就能闻到集聚此处的浓郁羊膻味。有次化学课做试验，老师让找羊肋骨。我可犯了难。羊肉在我家露脸上桌的次数极少。再说，吃肉便罢，谁还特意留着骨头？

于是每天往返学校的路上，我便如雷达般，认真搜索目标。终于看到路边一家清真饭馆。鼓起勇气上门讨要。人家大方地指着一堆骨头，让我自己挑。这些都让我明白了，真是管城回族区，处处和一路之隔的那边不一样。

　　东北人很少吃羊肉。土生土长的爸妈自然不例外。他们操纵着每日饮食的决策权。除非实在迫不得已,否则不会主动购买、自行烹制。真没那手艺!

　　有次家里不知打哪弄来一块羊肉,搞不清是单位分的或是别人送的。接连几天,我都进入了吃饭的噩梦时分。我妈仿照当地方法做了羊肉烩面。不知是食材还是作料问题,那叫一个膻!吃吧,难以下咽;不吃,饿着。爸妈不惯孩子们挑食的毛病。

　　工作后有机会尝过呼伦贝尔羊和宁夏滩羊做成的手把肉。大锅添清水,什么调料都不用,将新鲜的羊肉切块略煮。吃时蘸韭菜花、盐。肉质细嫩香软,还带丝丝甜,没有一点膻味。难道真是喝矿泉水、吃中草药之故?自此,归来不识羊。虽然在牛街也能买到不错的羊肉,但再也找不回那种口感。水土不一样,养出的羊自然天差地别。人也一样。

　　总之,20 世纪 80 年代,我们祖传的东北嘴接受不了非天然牧区的郑州羊肉,实属正常。比起被打入冷宫、一年难见几回天颜的羊肉,牛肉在我家倒长年处于受欢迎状态。有点不太公平。

　　爸妈他们单位发过一大块生牛肉。炖时,可能火候太强或水搁少了,反正最终煳了锅。最底下一层已发黑。大部分牛肉外表看起来油亮红润,实则有股很浓的烟熏味。入口发柴,却也津津有味地吃了好几顿。

　　过年前,爸妈会利用休息时间,提前炸卤一些食物。其中酥烂入味的五香卤牛肉深受我家两代人好评。妈妈把肉放在厨房。不承想早被三个小"家贼"惦记上了。谁去冒险呢？自然是猜拳或游戏的输方，算一种小惩罚。"有幸"轮到我时，哥哥提前探得平安无事。我趁机溜进厨房，狠狠地揪了一长条牛肉，三人分享胜利成果。

到现在我和儿子仍然很爱吃妈妈做的一道拿手凉菜：熟牛腱肉切成薄片，整齐地码在盘里。淋几滴生抽和香油，撒几条细细的葱丝。不用拌匀。这道菜很适合做饺子的配菜或佐食馒头。

手头不够宽绰，势必练就一副巧心思。再不好的东西，只要没腐烂变质，总能在爸妈的手里变换出花样。"指望从我手里浪费东西，门儿都没有。"我爸的一句口头禅。后来我自己成家过日子，越发觉得节俭是一种传家宝。摒弃了丑陋与浮夸，安守朴拙无华。比起显摆给别人看的挥霍，它更能映衬内心的自省自律。

犹如长在无人山间的一树花。管你来与不来，兀自开落。

都是自己的事。

包治百病的罐头

我们小时候吃得差、穿得一般,但身体都比较壮实,基本不怎么生病。爸妈只需把我们一日三餐照顾好,偶尔督促一下课业情况。这也是我妈常挂在嘴边、最引以为豪的事情。摊上这等儿女,岂不省事又省心?如果孩子体质弱、爱生病,那么家长可有得忙了。三天两头去医院,熟门熟路,比回家还门儿清。

可是,小牛犊般结实的我真心想生场病。原因呢,您猜?

不用上学?

非也。缺课落课总要补上,否则后面的接续学习就会跟不上班级的统一步伐。老师不可能为了你一人放慢教学进度吧?所以,躲得过初一躲不过十五。再说我也不是那种害怕学习的小朋友。

再猜。

呃,享受爸妈的呵护关心?

也不对。感冒发烧之类的小毛小病,不用爸妈专门请假。他们被单位排外欺生的同事们明里暗里使了不少绊儿、下了不少套儿、安了不少活儿,每日疲于应对。要强的他们只能咬牙苦撑。子女们偶感不适,不敢请假,怕耽误工作,怕落人口实。

即使想在家多陪陪孩子，也有心无力。

再给最后一次机会！

那就是……吃的？

Bingo！（答对了）生病当然很难受，但可以合情合理地享用一项特权：水果罐头。口腹满足代替肉体不适，精神战胜物质，一下了上升了层次。

过去走亲访友尤其探视病人时，网兜里装两听罐头，再来一两斤黄草纸包好、细绳系好的点心，仿佛是标配套装。能拿出手、够体面又不费太多钱。在 20 世纪七八十年代，很是流行。

可能爸妈觉得孩子一生病，神情恹恹的发蔫。胃口不佳，不爱吃饭。干脆来一听水果罐头，生津开胃，还能弥补不在身边陪伴的愧疚。

用力拧开铁盖子，"叭"的轻响，一股属于水果的清甜气息随之涌出。盖子翻过来，都垫着一圈圆圆的细橡皮毂。有时溅上几点甜汁，还不斯文地舔干净。爸妈在瓶里插上一把铁勺，说："吃吧，病就好了。"爸妈的这句话不知有什么特殊魔力，还真是这样。罐头一开，健康自然来。

首先，视觉养眼。玻璃瓶里一汪流动缓慢的液体，清凉透明。其中浸泡着橙色的橘子瓣、雪白的梨块、金黄的桃块和红艳艳的去核山楂。

其次，触感凉滑。玻璃瓶抱在怀里，高热一下子就退去了。

再次，听感悦耳。叮叮当当，勺子碰着瓶口或壁，如河开时冰凌发出的脆响。

最后,口感清甜。发烧时,舌苔厚黄,嘴苦没味。水果罐头就像及时出现的神兵小将,及时扑灭火气。

有上述全方位的享受,什么病不都得滚得远远的?

我最常吃山楂和橘子罐头。那会儿很少有人见过新鲜黄桃,但它被塞进罐头的模样很寻常。黄澄澄的桃子被一剖两半,饱满多汁,软甜微酸。听说还有马蹄(即荸荠)、葡萄、杨梅、荔枝等做成的罐头,甚至将两三种果料混合的,但我没吃过。

一瓶罐头不舍得一顿吃完,总要算计着,发愁地看它越来越少,水位线越来越低。名义上独享,但看着哥哥和妹妹眼里流露出的艳羡,还是要舀出几勺。有福同享嘛!

终于吃完了,兑些水进去再涮涮,依稀捕捉到残留的水果清香。空瓶可以装东西,还能喝水。光秃秃的瓶子滑手也不好看,有些巧手妇人会用柔软的彩色细玻璃丝编织成合适的套子。原本赤裸的玻璃瓶被这么一打扮,就像穿上了美丽的新衣,遮羞又惹眼。

一瓶罐头物尽其用,善始善终。

现在新鲜水果都让人挑花了眼,更别说含防腐剂的罐头。超市货架上,早不受青睐的它们被孤零零地摆在最下面。隔三岔五的,我还是买上一个。可惜,离家数载,耳边再也不能经常听到爸妈的声音。

"吃吧,一切就好了。"已生华发的我在心里对自己说。

客人走后

自从爸妈先后来河南团聚后，我们这几口人除了按章办事、从不徇私的舅爷一家，没什么亲戚。就像远离本土、独悬海外的一块孤岛。

早年间，老家的七大姑八大姨或出差或办事或专程"探望"，大多不打招呼、突然登门，搞得爸妈措手不及。对于不请自来的远近亲戚，委婉提醒过数次却无效的他们仍然秉持待客之道，放下公事，竭尽所能安排好。走时，买好车票再准备大包小包的礼物，笑呵呵地送上车。

当然，四下无人时，爸妈偶尔也会抱怨两句。"提前说一声，咱们也心里有数，该弄的都弄好。哪有这样的，你那次都要下县市检查工作了，硬生生地被堵到门口。"但是，说归说，下次不速之客再来，骨子里的教养还是让爸妈磨不下脸，只能做体面人。

再不讲礼数，再连吃带住还拿，亲戚们也是有血缘关系的自家人，终归算不得客。所以，受邀前来的爸妈单位的同事好友才是真正的客人。

待客就是吃饭吗？不能够！那是一个家庭面貌的全面展示。

在平顶山生活期间，爸妈只请过一次客。

　　下班后,妈妈邀请了业务科几路采购员到家里吃饭,想就照相机一事表示感谢。花五元钱买块肉,还有粉条、豆腐、豆芽之类的。之后把简陋的屋子收拾得非常干净。其实家里能称得上财产的东西除了大床外,只有两个皮箱、两个纸箱,也收拾得利利索索、一尘不染。

　　我作为比饭菜更重要的"道具",也被精心打扮了一番:紫底白花的棉袄,外罩一件紫红色的白云字卷上衣。棉裤是红底粉方块,再套上天蓝色带黑小格的罩裤。最后在胸前系上一个长方形的白绒围嘴。

　　客人们一来,看到我稳稳当当、干干净净地坐在床上,手拿胶皮小鹿,一捏一"吱嘎"叫,咬着正来劲。于是纷纷称赞:"看这妞儿多会玩!"

　　当然吃还是最重要的内容。一大早,爸妈就开始在厨房准备。那个时候,我们兄妹无比开心。开心不是因为来人热闹,而是另有所图。

　　客人进门后,我们必须礼貌地上前,嘴甜脸笑地问候。这项形象工程保持了好多年,再不甘不愿也成了规定动作。之后按照爸妈的指令,待在各自房间。在家教严格的我家,再受宠的小孩也没有上桌和大人同食的机会。和"长辈不到不准动筷子""不能吧唧嘴""不能翻拣菜,夹什么吃什么""不能把筷子立戳在米饭上""不能敲碗"等一样,都属于餐桌禁令。

　　我们假模假式地写作、看书、聊天,耳朵和心思早飞到客厅。听得那屋杯盘响动和说话声,饥肠辘辘的我们更觉躁动难耐。只盼着客人矜持得少吃些、再少一些,最好把红烧肉、排骨这类硬菜全剩下。

忍不住将门打开一条缝听动静。感觉馋虫也跟着一起乱窜，怂恿腿，恨不得跑到桌上不待招呼，抄起筷子，起落之间，肉鱼灰飞烟灭。再一想爸妈严厉的目光，唉，只能脑补这幅画面。不过想到一会儿就能获得名正言顺地打扫残局时带来的口福享受，还是再忍忍吧！

希望中的煎熬。煎熬中的希望。

好不容易乱哄哄的谈话声渐歇，客人酒足饭饱。爸妈再次招呼我们送别。

"留步""辛苦了""有空再来""叔叔再见""阿姨再见"，一片热闹的纷杂声响过后，爸妈简单收捡一下，重新摆上干净的碗筷。我们坐在不算狼藉的桌前，早已发瘪的胃袋与膨胀硕大的胃口达到了和谐共处。

人造的美味

不请客的平常日子,除了春节、国庆、五一、中秋、端午这些假期外,辛苦好几天的爸妈一定会打起精神,利用周末,想方设法做些好吃的。再不济也要包顿饺子。没钱买肉,就来顿素馅的。

一家人分几批来到郑州团聚。从最早栖身的省政府第四招待所到甲院再到人民路14号院,总算居有定所。房子越来越宽敞,工作环境越来越适应,爸妈一直皱巴巴的心思也舒展开来。他们四处寻找名小吃。比如说火车站前大同路上的"葛记焖饼"和二七路上的"老北京蔡记蒸饺",我们都品尝过。肥肥的饺子馅顺嘴流油,一人再来一碗馄饨。花这个钱,爸妈从不吝啬。

那种味道早被岁月冲淡了许多,可一家人团聚的温暖仍残留几分。

2020年3月,读蔡澜先生所著的《寻味中国》。很意外地发现,这位香港名家竟然提到了"蔡记"。赶紧发截图给哥哥。他回复说原址已无,倒是有几家挂牌子标榜正宗的分店。

早想到会是如此结果。在日新月异的城市发展面前,三十多年的光阴变得不堪一击。

网上说,世界上最大的咖啡连锁店星巴克表示,将于2020

年 3 月 3 日开始，在加拿大各地近 1200 家咖啡店销售植物性早餐三明治，就是用豌豆蛋白、大豆等还原动物肉的质地和口感，主要做汉堡肉饼。

还什么植物性啊？就喜欢整些没用的。明说人造肉不得了？

文章还介绍了 Beyond Meat——美国"人造肉第一股"。它和《海阔天空》的 Beyond 乐队没半毛钱关系。一家商业利益至上的公司，玩不了文艺。

2020 年 4 月 21 日，星巴克公司并没忘记中国这个庞大的消费市场，号称将于本周推出一份新的植物性午餐菜单。

植物性？唉，又来了。

"人造肉"，我听说过也见过还吃过。它原本是困难时期发明的一种豆制品，富含蛋白质。有，聊胜于无，况且味道还不差。对于尚不会分辨食材的我来说，美味丝毫不逊色于真正的动物肉。

妈妈提前把干硬的人造肉从塑料袋里取出，拿水泡软。下锅炒时有意多放些油。这样一来，"肉条"吸足了汤汁的鲜味，咀嚼起来特别香。软而筋道，可不和肉一样吗？如果非要拿一种相近的食物来比拟，那么应该属井冈山豆皮：同样的质地、同样的口感。

即使是人造的，也不可能每顿都吃。只有宴客时，我们才能跟着沾点口福。

"横"日子

一年中美食最扎堆的时候,肯定非春节莫属啊!美食当道,口腹尽享福利。平时积攒着不肯吃的或看到价格顿时天人交战一番后不舍得买的,统统打破禁制,被一双双手大方豪气地端上、摆好,最后进了肚。在唇齿舌喉胃肠的共同努力下,食物化成欢乐幸福的残渣。

刚到郑州那几年,爸妈工作于同一单位:省计划委员会。要说大环境影响下,政府机关的福利不算多。但逢年过节也能发点东西,总好过自家再花钱去买。话说两面。对于我们这样的外来家庭,没有一箩筐的亲戚能时不时地接济点粉条、绿豆、红薯之类的农特产,他们自然也分不去一点杯中羹。但凡发点,就全是自家承包了。

我妈着重记录了堪称重要节点的两次除夕家宴:

　　1975 年,是家里四口变五口人后的第一次团聚。三十下午,我才放假。业务科还送来每人发的信阳籼米。一包50 斤、市价每斤一毛七分。不用粮票买,就像捡了很大的便宜,让人高兴好久。

　　在平顶山住了这么些年,我第一次尝试在屋外院子里做饭。就着大树根，立了两块石头，以三点式支起一口小铁锅。放上一点菜籽油，用苏打粉和面后再切成方块，入锅炸些小甜饼。把土豆切成丝炒炒，之后再烧几盘豆腐、鱼块之类的菜肴。孩子们进进出出，围绕在我身前身后。年夜饭桌上，依照老家时的旧习惯，有一盘保留的看家菜：掺入葱花、五香粉的干炒粉。再来个瘦肉块和两个素菜即可。初一上午吃顿饺子，肯定是萝卜馅的。

这就是过年了，没有压岁钱。取而代之的是我买的糖块、苹果等零食。

1980年，在郑州过的第一个春节。年夜饭是我炒的肉片、鸡蛋韭菜和豆腐，还有一盘凉拌粉皮。那种简陋不堪的环境下，家家都如此对付，左邻右舍也全是从境内各地区抽调省城的。

快过年时，爸妈总要在厨房忙活好几天。他们不愿意请假耽误工作，都是利用下班后或周末休息开始准备年货：炸鱼块、炸面食、卤牛肉……

不得不提妈妈最拿手的一道腌货：将鲤鱼和鸡腿浸泡、洗净，划开几道裂口；用盐和五香粉抹匀，用力揉捏一番，务必使鲤鱼和鸡腿的每处都能享受"马杀鸡"服务；之后放阳台通风处，一个个间错着挂好、开晾；过了十几天，被风和阳光抚摸多次后，软塌塌的鱼和鸡腿开始萎缩变硬，味道也渗进去了。

吃之前先用湿水泡软，洗净上面的调味料。放锅里蒸二十分钟左右。上桌后把外皮撕掉，只剩下红亮亮的肉。坚实却不失弹性，腊味十足，特别下饭。

我爸牙口不太好，却好此物。每次还必得来点小酒。双手因为撕鱼皮而弄得油乎乎的，他索性用手掌外缘夹着酒杯往嘴里送，连眼镜顺着鼻梁滑下来都顾不得了。

知道我和连城好这口，我妈为此煞费苦心。我们回家之前，早早地把一嘟噜鸡腿或鱼挂在厨房外面晾晒。结果有次不慎掉到了二楼。那个邻居狡辩说看上面已经落灰，给扔掉了。人在做，天在看。真不怕遭报应！还一个单位的同事呢，做事太过分，可见素质多差！

我妈遗憾了数日，我们赶紧安慰她："为这点小事犯不着动气。没关系啊，就当吃过了。"

有心，皆有可能。

闭上眼睛，感觉那种熟悉的咸鲜真的从心头涌上舌尖。

是母爱的味道。

和那年我妈带着小倩开会回来，历经六个多小时的堵车加步行，终于进家后看到种在铁锅里的朵朵金菊一样，早已扎根于我们的记忆。

不增不减，温暖余生。

面包有土洋

面条、面包，本属同门。我却"前"倨"后"恭，厚此薄彼，像对待牛羊般态度迥异。

对于面包，我真是百吃不厌。刚新鲜出炉，由面粉、鸡蛋、黄油等经高温烘烤的混合香气让人不禁垂涎。即使放了几日的干巴面包，回锅蒸软后味道也很不错。有时和少年郎逗趣，互相比赛，看谁能把软塌塌的面包压得最扁。原本虚膨胀肚的一大坨，嬉笑间被洗净的手掌几下按揉，"瘦身"成板实的小丁丁。放进嘴里，竟然嚼出了别样欢乐。

对面包的喜好，还要追溯到20世纪80年代的郑州。

当时，普通人家小孩不怎么吃面包。正餐能吃饱就不错了，细粮和副食品都要凭票供应，哪儿来的闲钱买零嘴？

记得那时人民大会堂门前是个黄金地段。当中一个大花坛，以它为中心，向外辐射出四条马路：北面的花园路、东西向的金水路和略斜向南的人民路。车贴着花坛绕行，算是最初形式的环岛吧？东南角就是紫荆山公园的西门，一处摊贩必争的热闹场所。

没有红牛、没有士力架，偶尔攒下一点钱，悉数用来买点垫补食儿，来补充往返家、校的能量。板车上的小橱里，规规矩矩地摆放着七分钱二两粮票的香草饼干、一毛钱二两粮票的五指面包,还有一种方头方脑、包装纸特别油乎的面包,忘记价格了。隔着玻璃都能让人闻到那种香甜味。

香草饼干是整齐的几片,外面用一层蓝多黄少的纸包着。五指面包倒不如改叫巴掌面包更贴切,因为它真的很像一个伸开的短粗胖巴掌。正面油亮亮的,翻过来反面的边缘部分还有微微渗出来的黄色油脂。个别烘焙过火的,就能看到零星的小块黑渣。我喜欢逐一消灭各个手指,再小口咀嚼有鲜红山楂馅的前段。这样,酸酸甜甜的味蕾享受就能保留到最后。

十一中也搞过加餐。在课间传达室门口吧,摆着一个箱子卖面包。两毛还是五毛钱一个,十分松软油亮。我同样只能过过眼瘾、咽咽口水、闻闻香味。

后来,随着年龄一同增长的,还有越来越宽裕的腰包和对面包的喜好。

拜大肆误导性宣传所赐,俄罗斯黑列巴早已成了国人皆知的地域性食品。哈尔滨的秋林、西四的大地都有自产自销的。同样是酸酸的咸味,却少了俄式的香气和口感。齿与舌来回搅动,粗粝难咽,比不得白面包的绵软与甜润。可能是原料和配比问题,出国时喀琅施塔得那家旅馆所在的小马路对面,就有一家橱窗明亮的面包店。

推开沉重的大门,能真切地闻到空气中丝丝缕缕的面粉香。棍状、牛角状、长方状、枕头状、橄榄状、球状、盘子状,白面包、全麦面包、黑面包、加果料的,可零切、可整购,井然摆放在玻璃橱柜里,任人选择,总有一款适合你。有时偷懒,不想去组里大房间吃早餐，就提前买些面包。第二天早晨吃，口感仍旧很棒。因为是用心烘焙的产物。

前些年，单位没搬迁呢。附近公交车站后身有一家连锁西饼店，门脸朝南，正冲着喧闹的北三环辅路。每次经过，大老远都能闻到一股浓郁诱人的奶香，释放出强烈的吸引信号。曾和相熟的小店员闲聊，开玩笑般猜测："不会是有意对着行人吹的吧？"她闭口浅笑。

年轻的她不明白：比起这种生灌的明香，能让顾客心底一动的暗香才真叫厉害。

香肠香

我骨子里怕不是住了一个老外吧？爱吃中餐，更好西餐。在我心里，就像某国的炸鸡配啤酒，面包加香肠始终是最喜欢的食物。

刚才说了面包，现在开始聊香肠。

有一年我爸妈他们省计委分年货，零零散散的好几样。当晚端上饭桌的，居然有几根蒸香肠。纯肉的、两指那么粗。圆滚滚的身子散发着暗红色的油光。肠衣被撑得已有破口，谈不上什么"形"了。里面肥肉搁得多，正符合了寡淡的肠胃需求。一咬一流油、一口一过瘾。惬意感像汩汩流水，穿越唇齿舌的桥梁，上灌入大脑，下淌到四肢和肺腑。真实、饱满，反复徘徊，久久不肯离去。

这应该是我有生以来感觉最好吃的香肠之一了。

还有之二。

2001 年，我腹中一个可爱的小胚胎正悄悄生长。

我妈怀哥哥时害口，嘴里总是发涩，特别想嚼口青菜。爸爸带她踏着雪化冰消的泥土，去荒地挖一种叫"雀卜啦"的野菜。经奶奶鉴定有毒，我妈的心顿时"拔凉拔凉"的。她还啃过人家老扁叔的粉皮糠萝卜。孕育我那会儿，妈妈还一个劲地吐口水，止都止不住。

比起妈妈的上述孕期反应，我算省事的。照吃照喝，很少呕吐。唯一一次挺丢面子的事就是因为香肠。

那时还住在部队老营区的四号楼。

一天，挺胸凸肚的我正踱步到自家阳台，居高临下看风景。无意中扫到一楼尹家媳妇正在给晾晒的香肠翻身。不看则已，一看，完了！大脑不受控制地发号施令，嘴巴开始分泌唾液，之后全身就像没得抽的瘾君子，全身无力瘫软。每个细胞都发出强烈的渴求。一定、必须、没商量、迫不及待地要吃到、嚼碎、吞下。其他什么香肠都不行，只能是刚刚看到的那种。

没着没落、坐立不安、百爪挠心、手足酸软。若想形容我当时的窘态，这几个词重复着用就行。

"尹家嫂子是看澡堂的。除了看门卖票还要搞卫生，干的活儿又脏又累。搓下来的泥、掉的头发、清洗的污渍，什么都碰。这样一双手弄的香肠想起来都硌硬，多不卫生。"心里另一个我开始做思想工作，一遍遍劝说，可惜无效。在强烈的口腹需求面前，这些话显得很苍白，很快溃不成军。

其实，我们和尹家楼上楼下住着。平时只是点头之交，关系不是很密切。孕在我身、感在君心。爱妻心切的连城顾不得许多，没有丝毫犹豫，奉命下楼，觍着脸登门讨要。焦灼中终于等回幸不辱使命的连城。他手里捏着短短的两截香肠。

香肠还没完全干透，仍有些湿软。连城细心清洗后，在我一连串的催促中，终于蒸熟端来。

只见薄薄的肠衣变得鼓胀透明，隐隐能看到红白相间的肉丁紧紧抱在一起。咬一口,咸鲜香韧。几分钟我就风卷残云一扫而光。"如果再多些,管够就好了!"我咂巴咂巴嘴,意犹未尽。军工尹师傅来自安徽的贫苦之地,一家生活很困难,五口人就指着他一份工资。能白送就很给面子了,估计还是那位大嫂作为养育三个儿子的过来人,太知道害口的痛苦了。出于同情,才解了非亲非故非老乡的我的一时之急。

哪怕今后吃过很多种香肠:真空包装的、朋友捎来自家熏制的、菜市场现灌的,都少了那种无处不及的酣畅淋漓。

香肠,真香。

好吃不过饺子

有次和好友小聚。

他突然冒出一句："我发现你特别爱吃饺子。"我一愣，能让一向神经大条的老爷们儿得此结论，那一定是我平时表现出来的口味好恶实在太过明显。

思忖片刻：嗨，别说，还真是！

"好吃不过饺子"，这是全国人民的共识。我尤甚。不管什么样的馅料、做工和形状，无论远行千万里还是居家闭门，我对饺子的热爱不减丝毫。可谓初心不改，是一个响当当的钻石杆粉丝。

而今，食物丰富多样，胃口却挑剔起来，经常为吃什么而犯难。脑海里进行一番快速的搜索、比较、回想之后，仍然毫无头绪。但只要有人一提"饺子"，马上就钻出了馋虫，胃口也不再是恹恹的。快走快走，没商量！

想想那令人垂涎的一幕吧：一个个鼓巴巴、矮胖胖、白生生、热乎乎的饺子，被筷子"引渡"进一碟醋与蒜末混合、浮着一层红辣油的调料里，一沾一翻。或再重口些，先让饺子经受"容嬷嬷的针刑"，等饱吸味汁后再入嘴咀嚼。

细品肉、菜、面皮与调料和谐相处，共筑"饺子梦"的混合美味,不啻天堂般享受!

　　小时候在老家,不过大年,也能隔三岔五地吃顿饺子。东北饺子素以皮薄馅大闻名吃货界。不见得肉多,但酸菜、木耳、粉条等主料定是足足的。用的普通面粉,不是什么雪白粉、精粉,略发些黑,却很筋道。即使皮擀得溜光透薄,也不容易破。每个饺子都尽可能多地塞馅。

　　家里人多,每次不包几大盖帘可不行。煮饺子前,长辈们照例要喝点白酒,它是饺子正式登场的开场锣。"饺子就酒,越喝越有"嘛!下酒菜也没什么稀罕物,炸一小盘花生米、炒几个笨鸡蛋、拌一盘酸菜芯儿。如果再阔绰地添点熟肉制品,自然更棒。

　　喝得酒酣人醉时,男人们想不起把饺子当主食。无非胡乱嚼几个饺子下肚,来抚慰一下被酒精烧灼得热烘烘的胃。只有家里不上酒桌的老弱妇孺才真正把饺子当饭。

　　用酸菜做馅而不是炒炖,就不必讲究刀功。多大多小,最终都能在有节奏的剁击声里成为碎丁。之后拿蒸屉布抓取一团,收拢口,用手挤、攥、拧出水分。再将仍带有清晰手印的酸菜扔进大盆。撒好调料后,用筷子搅散、和匀。

　　和爸妈团聚后,每周一饺成了伴随时光流逝的固定栏目。

　　"好吃不过饺子",这话没错。不过应该加个定语,是家里的饺子。

　　对于老两口来说,包饺子不属一项劳身费神的厨事,更像养心怡情的休闲。他们在厨房配合默契,各有分工。嘴里还东拉西扯地随意聊着,让枯燥单调的动作引发的疲累感随着陈年往事的展开而消散于无形。

而我呢，从安然的好梦中醒来，混沌的大脑还没回过神。隐约听到厨房里传出的轻微剁馅声，隔着几扇门都能真切地感受到居家的慵懒和幸福。

别看爸妈同乡同窗兼同龄，在饺子方面却和而不同。不是馅料的荤素，也不是面皮的软硬。而是外形。历来各领其军，分别为"小瘪肚"和"胖猪崽"两派。

"你能不能少放馅，都包不上了。"爸爸低声抗议。

"除了你，谁爱吃馅少的？那还叫饺子啊？"多年来，经过无数次相同场景的排练，男女主角的台词已相当熟练。最后当然是言语犀利的老王大获全胜。盖帘上满当当立着的，都是敦敦实实的"胖猪崽"军团。

后来，当速冻饺子里的馅料越来越缩水时，大家都怒斥商家的不义行为。只有爸爸神色平静，估计正合了心思。

"晚上还吃饺子，行吗？要不换换样？"妈妈问得犹疑。

"不用，就它！"我答得坚定。

妈妈不知道，对我来说，饺子就像一座小桥。华发渐生的我站在桥的这头，远望着彼端无忧天真的小女孩——童年的自己。

那弯小而鼓的月牙里，包着许多流逝的春秋。

它，是我治愈怀旧病的良药。

高手在民间

　　细想想,我之所以对饺子情有独钟,除了喜好那种墩实质朴的饱腹感,更多是因为皮里包着可变幻的乾坤。

　　尤其是爱的味道,可代代传承。

　　众所周知,饺子和医圣张仲景有关。他是南阳人,这点让八竿子打不着的我也"与有荣焉"。如果论起关于饺子的个性化标签,我的初记忆则来自小时候读过的一篇故事。

　　地主家有位娇惯的小少爷。每回吃饺子,只吃肚不吃皮。老用人劝过他很多次,都不肯听。后来少爷家道衰败,沦为乞丐。大雪纷飞中,冻昏街头。被偶然经过的老用人救回家,煮了一碗面皮汤。

　　饥寒交迫的昔日小主人吃个底朝天,缓过气后问:"这是什么美味?"老用人说:"你原来不吃的饺子皮晒干后煮的汤啊!"少爷一听,惭愧极了,顿时大悟。节衣缩食,励精图治,迅速重振家业。

　　看过这个发人深省的故事,我的第一感觉是:咦,看来在某些方面,我真的不是一个人呃!老家度过的童年时光那是相当幸福。我被爷爷奶奶宠得没边，嘴巴很刁。也是先把一圈皮咬下搁着，只吃鼓鼓的饺子肚。还有更过分的做法：用筷子挑开饺子的捏合处，只吃内馅。一顿饭下来，盘子里堆的全是狗啃似的饺子边。

光吃，可不行。

当我还是几岁大的毛丫头时，奶奶还有妈妈就持续给我灌输一个东北习俗，不知真伪。说新媳妇进门前，必须考验。方法呢？包饺子。从和面、擀皮、调馅、包制到煮熟、上桌，一条龙，别人不插手，全凭她一人操办。干活儿是否麻利、饺子是否好吃决定了她的手是巧还是拙，继而影响到婆媳关系这一千古难题。

举贤不避亲。若论起包饺子，妈妈可谓一手绝活：再多的馅，再奇形怪状的皮，也能气定神闲地将两者完美结合。不破不漏，小巧精致，如同流水线出来的。她则半抱怨半认真地说，这不过是你爸从省工商局下去任职那些年，为打发寂寞时间而练就出来的。

和面、拌馅、擀皮、包好，一次几百个。意趣索然地煮一盘，剩余的全都冻上。机械而重复的动作中，时光无声流逝，陪伴她的只有满屋静寂和一缕照进客厅的斜阳。

比不得妈妈，可咱好歹也算打下的童子功啊！

长辈们既然言之凿凿，将包饺子与持家能力画上等号，那就从娃娃开始抓起吧！

我可能天生和饺子有缘。被手把手教过后，再实战几次，就掌握了全套流程。学了就受益，多种场合大显身手。初登公婆家门,包饺子的娴熟功夫让二老成功忽略了我不擅烹饪的短板。揪剂子而非刀切这招更是让连城不胜钦佩。在外的场合,我这手艺也屡受好评。

成家多年,我这个"淑女"基本远离庖厨。只有包饺子时才姗姗出马。没办法,大师嘛!再后来,少年郎被我训练得也会包饺子。当他的民宿小伙伴来家做客时,少年郎一显身手,让那个日本少年称赞不已。

他还将成果发到朋友圈:盖帘上,整齐排列着一个个瘦长略扁的饺子。看到后,我内心涌动的自豪丝毫不亚于他拿到将棋比赛大奖。

2017 年 11 月,一个周日午后。小睡起来,有些慵懒。想起晚饭,不禁感慨:"我什么时候才能吃上你俩包的饺子呢?"

"我没问题,我爸菜点儿。要不你就别动手了?"

"又不是母亲节之类的,多不好意思呀!"

"天天都是母亲节!"

心里漾着一兜蜜。

有被爱的资本,才能怡然地养出犯懒的肉身和挑剔的嘴巴。否则就是活作,无端惹人厌,自讨没趣。

吃了这么多雪白的饺子,没白吃。

这点道理,咱懂。

不必先利其器

扬州人以"早晨皮包水、晚上水包皮"著称。这里且不说把人泡得四体通泰、皮松肉软的澡事，只讲前者。

天色初亮，这座南方名城的居民们就自动送上门，成为美食的俘虏。他们那身或松塌或紧致的皮囊里，包的是一壶碧绿的春茶、一碟晶亮美味的肴肉、一盘软韧兼具的干丝或一碗清爽咸鲜的面。当然还有作为重头戏的包子。

偏巧连城也来凑趣，发我一篇《这个季节，就该去扬州啊》。其中详述：

> 除了汤包，发酵面包子的花样更多，从馅心上谈，有常见的豆沙包、鲜肉包、青菜包、雪菜包、蟹黄包，有独创的三丁包、五丁包、豆腐皮包，还有应季馅心的包子，春天的荠菜包，夏冬的茯苓包，秋冬的野鸭菜包……

这么多花样也丝毫没引诱我背叛饺子。一直对包子不太感冒，很难发自内心地热爱。开封第一楼、天津狗不理，满大街的杭州小笼包，旅行时邂逅的破酥包、灌汤包等种类繁多。别管什么包，就是只图饱。包子有一个尴尬身份——要不您像馒头实心，要不像饺子满满的全是馅。不当不正，再加上合口处那团面揪揪，着实吃着不爽。

速冻饺子进入人们的生活，应该是 20 世纪 90 年代中期的事。所以，在我小时候，嘴馋想吃饺子，要不在家自己包，要不下饭馆。没别的途径。

"不会包别犯愁，有神器当帮手。" 20 世纪 80 年代，有次逛街，在省人民大会堂对面，我看过有卖一种塑料包饺子模具。塑料质地，两瓣"蚌壳"于尾端连成一体。

吆喝声招揽到一些围观群众。之后商贩不厌其烦地进行现场循环演示：张开模具，把皮垫好、搁上馅，两端往中间一合。再将挤出边缘的多余面皮揪掉。打开后轻磕，一个饺子就"蹦"出来了。

对了，和面包一样，长大后的我也吃过战斗民族家的饺子。五六只造型伶仃的条状物潜伏在一盆稀汤里，若隐若现。汤面上有白有绿，分别是半融的酸奶油和一小撮绿绿的法式香菜。有时更奇葩，把汤换成了米粒分明的淡粥，不清不爽，毫无食欲。

俄式饺子比不得"内外兼修"的东北同类，一律骨感的细条。有的捏花边，有的直接合上了事。馅料也绝对挑战您的底线。这么说吧，只要您敢想，没有俄罗斯大妈们不敢放的——土豆、洋葱、蘑菇、樱桃、奶渣，且统一标配酸奶油。

猎奇性浅尝即可。

话说这些奇葩是怎么诞生的呢？无缘亲见俄罗斯人如何手工包饺子，却在网上无意发现一段视频。

　　和我见过的国产包饺子神器原理相似，颇有异曲同工之妙。

　　先使用一种由两块铝合金制成的圆形孔板模具。孔为六角形，一个接一个，好像蜂房。用模具在一张大面皮上连续扣出排列整齐的图案后，拿小棒在模孔的位置上逐个按一按，形成凹陷处。将拌好的馅舀上。再轻轻地盖上另一片面，之后整体模压。模具有定位标记。饺子的封边和切开一次完成，这种"螺丝帽"饺子就做成了。

　　我对这种不伦不类的东西很嗤之以鼻。只要用心，天下哪有学不会的手艺？

　　比如连城。那年为招待远道而来的小姨子，他的处男作就相当成功啊！我们姐儿俩在客厅说话休息，他在厨房独自闷头忙活。既没用什么神器，也没请我这个高手帮忙。

　　一通操作猛如虎。从和面，到依次剁碎肉、木耳、蘑菇，再到调馅、擀皮、包捏、烧水、煮熟，一力承担，大显身手！

　　虽说端上桌的盘子里，饺子大小不一，形状也不够饱满。个别的还"春光乍泄"，散了馅，连累得周遭弟兄们身上都是细碎的红、黑、白。但味道醇香，让我们大快朵颐。

　　刚毕业工作时住单身宿舍。几个小伙伴馋了，不约而同地想吃饺子。因陋就简，开工没商量！没有擀面杖，用啤酒瓶代替。没有盖帘，扯一段电传纸。没有菜刀，小水果刀也行。没有像样的锅，大饭盆派上用场。一样吃得美滋滋、乐哈哈！

　　"工欲善其事，必先利其器。"道理没错。

　　可是，世间再利的器也比不上想成事的心。

　　这是饺子教我的一节人生课。

非典型性零食

嗯,让我再想想。除了这些常规食品之外,我好像还吃过几样非典型性零食,比如鱼肝油、山楂丸。

也许您会不以为然地嗤笑道:"这有什么特别的?我补充营养时也吃过。"说得没毛病。本来这就是幼儿服用的保健品,主要针对妈妈先天母乳不足、后天没有及时添加蛋黄、动物肝脏等富含维生素 A、D 的蔬菜水果等情况,缓解它们可能导致的皮肤干燥、佝偻病等。书看得多,张嘴就来。

我们家的孩子,个个发育良好。之所以吃过鱼肝油,纯属无聊时四处翻腾的意外收获。

要知道,这些东西放的地方就很与众不同。正常的食物要么搁厨房,要么是玻璃柜。它们呢,在靠近南阳台的衣柜最下层那个小拉门里,和我们小时候的胎发、脐带搁在一起。

装鱼肝油的瓶子是暗棕色,据说是怕光照变质。倒几粒在手心,圆溜溜、亮晶晶的,玲珑剔透,外观很诱人。真正用牙咬开,一汪油滋出来。不甜不酸,还有股怪味,难以下咽。

在小柜子宝库里,我还发现过一盒不知放了多久的山楂丸。应该是妈妈从医院开的。介绍文字上说可以治疗小儿积食、消化不良。真不知道妈妈怎么想的,在她老人家心里,每天儿女们吃饭的数量与质量没数吗？很少有荤腥，每餐勉强吃饱。就这样，还能积食？还能消化不良？

既然看过、摸过，就别错过。打开包在圆球外的那层白蜡纸，试着先咬一小口。药用的嘛，应该添加了其他成分。不算多甜，但口感还不错。离了不把山里红当回事的东北老家，连正经山楂糕、山楂条都吃不到，就没资格挑剔了。

有，聊胜于无。

可惜山楂丸也属百年难遇的重大发现，不能敞开了吃。所以，我很珍惜。当不了囫囵咀嚼、一口吞下的"土豪"，而是一副抠抠搜搜的小家子气。耐心地搓成一粒粒小球，分成几份，这样能延长吃的时间。

再脑补一下老家山上那满树"沙沙"作响、密如宝石的山里红。嗯，奇怪，嘴里好像真的变甜了！

辑二

喝

夏天的滋味

我童年时没有现在超市里品类那么丰富的饮料。这叫一个琳琅满目、争奇斗艳，让人恨不得多长两只眼睛来挑选。退一步讲，即使有，家里也不能常买。

一年四季，我们多以白水为主打产品。但夏天除外。

郑州的夏天很炎热，比传统的"四大火炉"有过之而无不及。可能没人宣传，只能一直做被高温烘烤的"无名英雄"。在没有空调的年代，凉席、蒲扇成了每家必备的防暑神器。我家也是如此。住甲院大板楼时，地方倒是宽敞，条件实在太糟糕。薄薄的板壁，冬冷夏热。

"有个夏夜，芭蕉扇降温的方法早就不顶用了。睡在床里边的小女儿热得忽地一下坐起来，直嚷嚷：'妈，太热了！'"我妈回忆道。家里哪儿会有电扇？没办法，只能硬扛。

搬到人民路14号院后，家里才买了一台"钻石"牌电扇，17块5。不舍得成天开，吃饭或看电视时才会集中使用。

晚上则打开大门通风。爸妈在擦干净的水泥地上铺一层报纸粘成的薄垫，再放上凉席。我们坐在上面，听爸妈讲那过去的事情。困了直接躺倒，在一下一下轻摇的凉风中，不知不觉地入睡。

　　后来我家又添了重要家电：一台绿色的"新飞"冰箱。它发挥了击溃暑热的重要作用。每天醒来，因了它的存在，平淡的日子似乎平添渴望。爸妈上班前，将熬好的解暑绿豆汤用青岛啤酒空罐装上，放进去冰镇一两个小时。虽然没搁白糖，但凉丝丝的，口感相当不错。

　　偶尔上学路上，走得口渴。赶巧正路过街角那处小茶摊，大方地掏出两分钱，买一杯盖着方形玻璃片的淡茶。坐在小板凳上，不紧不慢、四平八稳地喝着。

　　比起上述这些汤汤水水，其实汽水、冰棍和西瓜才是盛夏的三大解暑神器。

　　您可能要问了，后两者明明属于吃的嘛！我坚持把它们列入喝这一辑，是鉴于它们最终化成水，呈流动的液态。

　　再说，谁家会把解渴的东西当成正经食物？不过给泛白刺眼的暑热天光涂抹些颜色罢了。

大西瓜，滴溜溜儿的圆

　　我小时候在老家没怎么见过西瓜，香瓜倒时时有。以秧蔓为经纬，绿叶点缀，织成一张密实的绿毯，遮盖田间地头。一个个拳头大小的香瓜在里面打着埋伏。它脆甜多汁，老远都能闻到浓郁的香气。一直不解，难道本溪肥沃的土壤不适合西瓜生长吗？就连我妈都说，她和爸爸在海淀区一个水果摊买的黄瓤西瓜是她一生中吃过最甜最沙的。

　　住在平顶山时，家境还处于熬绿豆汤解暑的水平。只有到郑州之后，西瓜露脸次数才多起来，俨然成了辅佐我们度过苦夏的功臣。

　　早在三十多年前，西瓜还没有被灌过太多化肥。人们也不像现在这般急功近利，而是顺应天时，耐心等待西瓜自然成熟，所以口感很好。

　　不管表皮是墨绿还是浅绿，瓤是红还是黄，子是黑是褐还是红，全部沙软甜津。刀轻轻一划，"嘣"地自然裂开。清香迫不及待地从缝隙处拥挤着钻出，很快弥漫到四周。偶尔也能吃到一两个无籽西瓜。整幅水灵的红意，几个萎缩成小白点的籽恨不得害羞地躲进瓜肉里，不再露头。吃着痛快，味道也特别棒。

　　刚来郑州时,一家人暂时住在省政府第四招待所。那里绿树如荫,空间宽敞,处处都是我们玩耍的天堂。

　　到了夜晚,基本上每家都在树下铺个凉席,围着一台黑白小电视,孩子们边啃西瓜边看"咿咿呀呀"的豫剧节目。困了就躺下睡。至于怎么被家长抱回屋里,都不清楚了。

　　"老子在城里吃馆子都不花钱,何况你一个破西瓜!"如果手里正巧捧着一牙西瓜大啃特啃,抬头听到《小兵张嘎》里胖翻译官说的这句台词,远与近、虚与实,绝对相映成趣。

　　爸妈单位每年会发西瓜。和冰糕票一样,是机关福利。一人一两百斤吧?对于我们来说,往家里搬瓜不是苦差,而是开心的玩乐活动。隔几层楼梯站一人,接力将一个个圆滚滚的西瓜运上五楼,再推到床底下。没一会儿便大汗淋漓。但甜沙的西瓜进肚,累热全消。

　　正在暑假期间的我们是消灭西瓜的"主力"。每天起床后,都习惯性弯腰数一下。看着西瓜越来越少,就知道开学的时间要来到了。

　　一到盛夏,街上卖瓜的板车成了随处可见的景致。西瓜、甜瓜都有,摞成小山包。主人要提前切开一两个,摊在那里,招揽生意。

　　离小学不远的路口就有西瓜摊。简易搭的几块油毛毡,能遮挡灼热的阳光。地上摊着几个带黄纹的大西瓜。店主坐在一旁,头戴草帽,脖子上缠着看不出本色的湿毛巾。蝉有气无力地嘶叫着,柳条纹丝不动。她半闭着眼睛。如果不是手握的那把蒲扇,有一下没一下地挥舞着,看起来就像睡着了。

　　她面前摆着小方桌，上面有一牙一牙切好的西瓜，红甜多沙，看着让人垂涎。最少也要一毛钱，哪里掏得起？

　　尽力大吸几口气，如果幸运，能闻到西瓜清香若隐若现，感觉占了很大便宜。

　　茶水给腿脚注了力，强行带动身体离开。

　　毕竟，家里也有西瓜等着不是？

本是同根生

物资匮乏的年代,人们自觉自愿地选择勤俭度日,不舍得浪费一丁点食材。

西瓜吃完肉,该扔了吧?不能够!剩余的边角料都是宝贝。先说瓜子。

甭管东西南,打哪个方向来的瓜,籽不同,命却同。这些长相类似的好兄弟不会被奢侈地丢进垃圾堆,而是洗净后摊晒在窗台。热烈的阳光很快把它们晒透。某些籽上还包裹着一层很薄的透明膜皮。湿时与硬壳如胶似漆,干了就不再死缠烂打,乖乖地变卷、变轻、变脆。再起一阵风,顺势被带走。这堆瓜子被一双双小手扒拉来扒拉去,很快就你中有我、我中有你,混成凌乱的彩色。

哪种瓜子炒熟后都是一种很不错的零食。香脆可口,还不用花钱,白得的一样。淘气的我们玩累了,随手抓上一把生的,也不管蝇叮虫爬,更顾不得上面落了灰尘脏物,根本没耐心剥壳,囫囵嚼嚼就咽。当然图省事的后果就是排便困难。

特别是小女儿,憋得躺床上打滚儿哭。我一问才知道事情经过。我们赶紧拿出香油和开水,让她们喝下以助排泄。姐姐很快见效。可怜的妹妹脸都哭白了，疼得满头大汗却拉不出来。

情急之下，我找到一个铁钉子。消毒后，用钉头小心翼翼地往外拨拉。化整为零，初见成效。坚持弄了一个钟头才算好。她们小时候，我们经常通力合作，给姐妹俩清洗小屁屁。没想到她们长大了，又"重操旧业"，真是无可奈何、可气可笑。

那会儿的西瓜皮比较厚。我们吃完后，用刀将残留的红瓤刮干净，清洗后留着爸妈做菜用。爸妈会削掉最外层的绿色硬皮，切成细条，再清炒或凉拌。

炒的味道有点像冬瓜，要靠作料入味。做成凉菜的话，先撒点盐稍加腌渍，挤干水分，再搁点白糖、香油。拌匀后清香爽脆，绝对是配粥和馒头的佳品。

皮，能顶点"屁"用。

晶晶亮，透心凉

当时爸妈单位发的福利里，还包含冰糕票这项。一般都是街上卖的五分钱那种白糖冰棍儿。炎炎烈日当头照，去他们那座阴凉的办公室领冰糕，不失为一桩美差。

午睡后，打开水龙头，用清水擦把脸，拿上小保温桶和冰糕票。还没完全醒过神，就迷迷瞪瞪地出门了。家里的自行车都是爸妈上班用的，我们只能坐天生的"11路公交"。一来一回，总要走几十分钟。

车不多。白晃晃的阳光炙烤着路面，好像把柏油都晒软了，直粘鞋底。"吱——吱——"，蝉躲在梧桐树叶间单调、卖力地拖着长音，更增添了几分焦躁。对美味的期待还是让我们对这些毫不在意。

只有钻进人民路，才觉得好一些。两侧种着高大整齐的法国梧桐，枝稠叶密，撑起连缀在一起的荫凉。

领冰糕一般在省计委大楼后身类似服务中心的地方。经常去得太早，人家还没开门。耐心排队，时间长短不定，温度很高，刚出的汗水马上就被烤干了。有时人多，轮到我们，总能拿到一两根稍微有点化掉的冰糕。这种"残次品"不用带回家，能名正言顺地当场解决掉。

隔着白底上印简单红色图案的蜡纸，用手一捏，冰凉略软。急忙打开蜡纸，先把上面沾着的甜水舔净。有时化得太多，整张纸都放嘴里嚼嚼，再用力吸吮，绝对不能浪费。这时您看吧，整个冰棍大半处于半液体半固体状态，有点像现在的冰沙。顺着小竹棍，自下而上、快速嗍、吸溜。甜水被吸走，剩下的就是没什么味道的冰条，再嘁里咔嚓地大口嚼碎咽下。

保温桶偶尔闹个小脾气，罢个工啥的，就会造成惨重损失。还没到家，已有几根冰棍化成汤了。没关系，倒进杯子里直接喝掉了事。

有天下午，我们姐妹俩在烤鸭店后面的金水河岸上开始"寻宝"。专注地刨一个大沙堆，想找到一种能吃的茅草根。"根儿白白亮亮，从沙地里拔出来，一节节嚼进口里，凉殷殷的甜味潺潺缓缓。"没错，就是李佩甫老师说的这种草。

两个人带着兴奋和紧张的心情，将那摊湿乎乎的沙子翻来翻去，乐此不疲。小贝壳、废烟盒、石头蛋，里面乱七八糟的"埋伏"真不少。咦？比草根更稀罕的宝物出现了！一张窝巴成团、破旧不堪的纸币。展开看，一毛钱！货真价实的。顺便说一句，那个年代没听说过假币。估计人们都忙着果腹，没太多心思琢磨害人。

老天爷，青天白日的，真的被馅饼"咔嚓"一下砸个正着。我俩狂喜之极。多年后，再回忆起当时的情景，仍然兴奋得难以自抑。

但问题也产生了：这张破旧不堪的纸币能花出去吗？

当时妹妹骑着一辆妈妈淘汰下来的小绿车，我们来到紫荆山附近一处卖冰糕的摊子前。时不我待、箭在弦上,姐姐我只能鼓足勇气,冲锋在前。

　　我略心虚又故作镇静,"随意"地把钱一递,说:"两根绿豆的。"

　　摊主老太太伸手接过,看都没看就揣进兜里。揭开木头冰糕箱的盖儿,取出两根裹着硬纸的长条形冰糕,熟练地把棍儿那头对准我们。

　　我们一攥住,包装纸便就势秃噜到了老太太手里。那次吃的冰糕真甜啊!事后,我们为此挨了爸妈的批评。

牛奶并非小牛的专利

少年郎还是襁褓婴儿、八个月大时，我就没有母乳了。面对价格昂贵的进口"惠氏"，我们也动过用鲜奶代替的念头。付诸实践后，尿布上儿子拉出的奶瓣让我们彻底放弃。少年郎的爷奶得知我们试验失败，安慰道，牛奶是给小牛喝的，并不适合婴儿。

后来我发现持此观点的人还不少，包括某些专家也质疑牛奶的功效。"谁说的？老外不整天拿牛奶当水喝，所以一个个才人高马大？"我心里暗暗反驳。"人家从小吃什么？咱吃什么？您长那肠胃了吗？"连城出奇地反应敏捷。

不过，对于长着东方胃的国人来说，在强身健体的食品清单上，牛奶仍处于当仁不让的排头地位。

可不，我家当时就这样呢！经济条件好转后，我妈心疼爸爸，想给他订一斤牛奶补充营养。

爸爸是家务活主力，单位工作也累脑子。操心太多，头发日渐稀少。在整个人民路14号院，我家应该是早晨第一个开灯的。勤快的爸爸先坐锅水馏馒头，再就着昏黄的灯光看书。之后准时叫醒三个孩子起床，常年如一。大冬天，外表冷内心暖的爸爸先给我们烤热棉衣，再分别送到床前。

我爸在经研所加班领取的夜餐，如花生米呀，烧饼夹肉呀，都不舍得吃，全都拿回来。

奶是订了，但我爸从来没有独享过特殊待遇。兑上水稀释了，一家人享用。

每天清晨，牛奶场将刚挤的奶盛在大铅皮桶里，送进居民院。再用一把长柄"小提溜勺"灌注进一个个空瓶里。各家的空瓶统一放在存车处门口一块水泥板上，形状各异。每瓶都粘好胶布或直接在瓶身上写明订户名字及数量。大家很少弄错，约定俗成！

我家用一个医院装蒸馏水的空瓶盛牛奶。圆滚滚的，像个小炮弹。晚饭后我和妹妹抢着送瓶，结果往往是两人结伴同行。我们很有默契地将别家放好的瓶子挪开，挤出缝隙，安插"亲信"。碰到下雨天，水泥台上方还有半尺宽的窗沿儿可遮挡。谁都想把奶瓶放在淋不着雨的地方。如果一个人去，可能还没有胆量呢！每次阴谋成功，姐妹俩还得意半天。后来被正义感爆棚的妈妈得知，照旧教育了我们。

终于轮到我享受特殊待遇了。一向不爱喝牛奶的我，曾有一次把它偷偷倒进厕所水池，忘了冲水来"销毁罪证"。被妈妈下班回家逮个现行。她对我一顿痛斥："你不喝，可以给别人啊！家里能订上牛奶，多不容易。还浪费？"

孕期为了肚里的小生命，被迫顺从了一把。早晨事先拿一袋牛奶放暖气上温着。有食堂肉包子、咸菜相佐，勉强捏着鼻子往下咽。"帕玛拉特"牌、南京产的，估计现在早没有了。

很奇怪，前几年在国外喝的盒装牛奶就很适口，一点儿怪味都没有。

看来，除了肠胃，牛和牛也大不一样呢！

颗粒生津

一直有个心愿，趁着手能打字、脑能思索，精力、体力还算好，赶紧整理出大家和小家的文字档案，将来也好留个精神遗产不是？连城在自传《废墟下的故城》里，说起两个哥哥拿茶水当橘子汁，哄骗他这个年幼的小弟。"颜色倒像，可是没味儿啊！"

我没细问过被冒充的是哪种橘子汁，买的现成品还是橘子粉或橘子晶兑水冲的。

对于橘子晶，我不陌生，小时候家里有。

遇到子女们临近高考，蜂王浆没条件喝，但爸妈必备麦乳精和橘子晶，还要再订半斤牛奶。这是冲锋陷阵的小战士理所应当享用的东西。

哥哥当年高考时，我们姐妹俩可没少偷着打开麦乳精的塑料袋。伸手进去，捏出一小撮干粉，小心翼翼地搁嘴里含化。一次可不能拿太多。贪心太过，会被标榜"小猴哪有老猴精"的妈妈发现的。

再来说说橘子晶。这玩意儿看着倒是黄澄澄的，粒粒分明。需要多放几勺，冲出来才能有味。没有什么保鲜设备，它们一旦打开包装，在夏天很快就会板结成块。即使用刚烧开的热水冲,也不能完全化开。没关系,喝时再嚼碎就行了。

进门后,客厅右手边有个储物柜。里面还有一小桶的可可粉。不知哪位客人送的,爸妈一直没舍得拿出来喝。我曾偷偷打开,捏一丁点搁嘴里,苦苦的,并不如想象中的甜。不喜欢这种味道,它才有幸逃脱我的"魔爪",一直尽职尽责地充当"镇柜之宝"。

家里有了这些小干颗粒,很少上街喝汽水的遗憾似乎能得到些许补偿。

印象中,卖汽水的小摊经常出现在街口、公园、医院或商场门前。一瓶瓶的或淡黄或透明或碧绿,在灼热的阳光下显得诱惑力无穷。汽水比白糖、山楂、绿豆哪种冰棍都要贵,还要预付退瓶钱,算上档商品,所以我很少当街买。

后来家里不知打哪儿弄了一箱易拉罐的"健力宝",橘子味的。一喝就打嗝。接着一口气从胃里反上来,冲出喉咙,直抵口鼻。这三个"窍"立马贯通,体内的暑气随之被带走。那叫一个惬意!

本地汽水无缘多尝,自然记不住名字。比起打小喝过"北冰洋"、吃过"小碗"冰激凌的连城,觉得童年有些寡味。

辑三

玩

水里瞎扑腾

　　我妈曾说过："一个孩子没胆、两个孩子相互壮胆、三个孩子比赛大胆。"她也经常抱怨："你们仨凑在一起，不成精就得闹鬼。"经实践检验，这些话没毛病。

　　想让活蹦乱跳的我们当个安静的乖孩子，怎么可能？写完作业，闲是闲不住的。不用外面找伙伴，家里现成就有。游戏规则全懂，沟通起来更省事。

　　经实践再次检验，玩是一种智力、耐心、创造力的相互碰撞，也是亲情的无缝对接。

　　比如，我们虽说不能像浪里白条那般在水里如履平地，但好歹不属于旱鸭子。互相闹着玩，不知什么时候会了狗刨，再参照别人的标准动作略加调整，就行了。

　　按我妈的回忆，我们真正第一次游泳不是在泳池，而是自家卧室。

　　早年间住在平顶山老市场时，十二家住户挤在一个三合院里。另一面是工厂的后墙。加上它，勉强叫四合院吧！生活方式不同，卫生特别脏乱。各家睡的卧室是大仓库改建成的，彼此用半截透山墙相隔。房子年久失修，破旧不堪。

不知哪任领导突然心血来潮,想把黄土地面硬化一下。于是好几辆卡车拉着灰渣水泥,嘀嘀作响,阵势很大地开进院。原本院子的地表就高出室内水平面,工人们又在上面大干一通:撒、碾、锤、铺、晒。最后倒是光溜干净了,可问题随即产生,一到雨天,水就自然倒灌进屋。

有一次狂风大作,雨如瓢泼,从西边横扫过来,我家房门正好向西。风助雨势,雨借风威,不一会儿,院子里的积水就漫过门缝,一股一股地涌向屋内,很快就达到半尺深。

爸妈在单位上班。三个傻孩子根本不知道往门外扫水,或采取什么措施阻止水继续倒灌。他们把难得一遇的大风雨当成了乐事,嬉笑打闹。互相比着、抢着往脏水里坐或趴,甚至还无师自通地划动手脚,开始游上泳了。

等爸妈回家一看,好嘛,家里成了汪洋泽国,连单人床的木腿都泡在水里。孩子们如同落汤鸡,上下黑乎乎的,精湿透底。但是情绪极高,像得到了压岁钱。尤其小姐妹俩,还在水里打仗和相互泼水呢!

全家搬到郑州后,我们经常大热天去紫荆山公园游泳。走去走回,乐此不疲。

玩,让我们无意中学会了一项技能。谁说它丧志的?

"柿柿"如意

在极具想象力和创造力的孩童眼里，无物不可成玩具。

刚到郑州时，临时栖身在金水路上的省政府第四招待所。那里环境清幽、空地也多，是所有孩子玩耍嬉闹的天堂。我们兄妹也不例外。没事就在院里乱跑疯玩，要不就是在房前屋后、院子里并排铺放的水泥预制板上蹿来蹦去，你追我赶的，无比开心。

四所东头，有一大片繁密的柿子树。其时我哥经常带着两个小"随从"光顾。我们随手找根木棍，敲打枝丫间被几瓣蒂托着的青柿果。指甲大小，涩麻发苦，根本不能吃。摘它们只凭一时的新鲜劲，然后就扔在地上，用脚踩扁或任由它去喽！

有一次丰收了。我偷偷在书包里装了一大捧小柿子，准备第二天送给班上的同学见识见识。结果被妈妈发现，又挨了批。我很不解，守着十几棵柿子树的我，比同学们近水楼台，能给大家创造接触大自然的机会，一起看看柿子小时候长什么样儿，有什么错？虽然确实有些臭谝（方言，意即炫耀）的心思。可能对于大二就入党的妈妈来说，果树是公家的，不应该瞎糟蹋。

和柿子树有关的还有一件往事。有天晚上停电了，我和哥哥坐在点着白蜡烛的桌边做功课。腹中颇感饥饿。于是我俩分工合作，一个负责出门挑选嫩柿叶，一个瞒着爸妈去拿剩的炒豆腐。胜利会师后，将变凉的豆腐卷进柿叶。在摇摆不定的微弱火苗上方燎燎，急忙就往嘴里塞。胡吃一通，还好没生病。

爬树，玩捉迷藏，捡胶片做一按就"咕叽咕叽"响的喇叭，摘狗尾巴草编东西……太多可玩的了！我每天"随风奔跑，自由是方向"，绝不落后于男生，完全找到了在老家被放养的感觉。等玩累了，满脸汗水地跑回屋里，急匆匆地喝口水或上趟厕所，又一溜烟地蹿出去。

常在树边转，怎能不跌惨？林子旁边堆放了几个圆筒状的水泥管道，不知临时施工还是老早弃置的。有天我蹲在上面，靠双脚踩着那溜细边儿保持平衡。猛地一错神，跌进去了。等哥妹把我拽出来一看，两个膝盖淤青发肿。我痛得龇牙咧嘴，弯腿下蹲都很吃力。

即使这样，轻伤不下火线的小伤员晚上居然还去隔壁院里看露天电影了。

手工

那天收拾屋子时，我找出一块京东送货时包裹易碎品用的塑料膜，全是鼓泡泡。无意识地顺手捏上了，"啪啪"脆响，恍惚回到童年的错觉。

少年郎过来，好奇地问我干吗呢。我献宝似的想演示给他看。没想到他根本没流露出我期待的兴趣，转身就走了。

些许的沮丧后又一想：是啊，现在的独生子女，哪个不是家境优渥？一茬茬的玩具争相涌来，应接不暇。有了新的，自然将旧的弃置。

得来太易，不懂珍惜，也就根本无从了解少得可怜的几样玩具却能反复把玩并绞尽脑汁、琢磨出更多花样所带来的快乐，更别说还有动手研发的趣味和成就感，比如和胶泥、铁丝玩具枪、火柴盒做的沙发，还有弹弓、小秤、降落伞之类的。

举个例子。所谓降落伞，就是将一块手绢的四角用同样长度的细绳系好，再拴上吸铁石或铜钱等重物。玩时站在高处往下一抛。由于重力作用，手绢绷得直直地坠落，到地面时"叭"的一下，软绵绵地摊成一朵花的模样，堪称降落伞的微缩玩具版。

我最喜欢玩抓子，水平还不错。高级子是大小相差无几的羊拐(我们老家叫"嘎拉哈"),涂上红绿色以区分四面。如果不容易集齐,自己动手做的也不错。从建筑工地找些类似骰子的软石或砖头,在地上打磨光滑成四棱形。再懒点的,直接找些圆溜溜的小石头。

配上一个沙包或乒乓球,就能玩了。不敢给忙碌的妈妈增加负担,所以沙包也要自己缝。针线活不算精,勉强应付得来。从大小不一的碎布头中,拣出质地结实的,以棉布、条绒为佳,薄而透的的确良就不适合做成沙包。

剪成六块,四块大一点的当身子,两块小的是盖和底。快完工前预留几处针脚,需要从这里灌绿豆、玉米、小米之类的填充物。玉米制成的沙包砸在身上生疼,但胜在不易漏,针脚粗点也没问题。

玩具出自一双脏乎乎的小手,又被它们攥着摸着摩挲着,与主人之间产生了天生的亲近感。使用起来得心应手,好像吸纳了灵气。

彩色世界

除了在爷奶老家，回到河南后吃糖果的次数并不多。不能随心所欲地遍尝，所以有限的那几种才能在脑海里留存永不磨灭、辨识度极高的滋味：果味浓烈、能吃能玩的铅笔糖，酸甜适口的三色球，又黑又硬的话梅糖，甜蜜的小人酥，裹着糯米纸的浅褐色高粱饴，像芝麻酱一样醇香的大虾酥……

我们兄妹还分吃过一次酒心巧克力，是爸妈收到的礼物。很精美的长方形纸盒里装着圆锥形巧克力，外面包着五颜六色的玻璃纸。上面写着十种名酒的名称和产地：汾酒啦，竹叶青啦。

那个年代在人们朴素的观念里，造假、勾兑这些词还没大量滋生，塑化剂也未闪亮登场，因此我相信当时品尝的就是正宗名酒滋味。

将那个深咖色尖顶轻轻搁在齿间咬破，一小股辣乎乎的白酒浆被浓滑的巧克力包裹着，开始在舌尖流淌。噘起嘴唇，轻轻吮吸，是一种特殊的混合体验，味蕾感受也是前所未有的舒畅鲜明。咽下后，让人再三回味，恋恋不舍。

每次打开糖果，手势要轻。因为花花绿绿的糖纸也是一种百看不厌的流行收藏品。吃完后，仔细检察一下是否完好干净。

如果上面残留泅开的糖渍,还要先用水洗净晾干。

找一本厚实的书,将糖纸按图案颜色或花式来分类,一张张平整地放进去,翻看时会很连贯。

碰上运气好,还能像邮票那样攒出一套的,那可成了宝贝!比如唐僧师徒四人。为了互通有无,小朋友之间经常将自己相同式样的多余糖纸拿出来交换。

并非所有的糖纸都能收藏。刚才提过的酒心巧克力,它的包装极其精致漂亮,比一般糖纸大而挺括。展开放在书里夹着,很有观赏感。可是像话梅糖外面那种蜡纸,压平后有一道道的白痕,看着碍眼,也就失了一份雅兴。

那会儿,即使生活条件富裕的人家也未必经常买糖果,所以我们不会放弃任何的拾宝机会。没事儿就盯着学校操场、商店、影院或街道上的地面、角落,总能找到一两张。

时日久了,攒出厚厚的一本糖纸书,时不时拿出来“检阅部队”。看着五彩缤纷的图案和文字,内心很有成就感。

小白入门

"太平天国"应该是我接触到的第一个历史名词。对于初识字的孩童来说，这四个字笔画简单，一般都能写出来，所以和他同名的游戏就大大普及开来。如果换成"魑魅魍魉"，可能就难了。

这是一个不需要任何道具的简单游戏。

两人相向，或坐或蹲。面前各用树枝在土地上画出一个"田字格"。之后竞技正式开始。按照"石头剪刀布"进行猜拳，谁赢了就写一笔，直到四个字全填完。最先完成的一方胜。如果换成家里的水泥地，就得动用粉笔。当时粉笔在家庭中算稀罕物，所以还是在屋外玩更方便。

黄土地易起灰，却适合扎小刀、和胶泥。

扎小刀的具体玩法和"太平天国"有点相似，也是以"石头剪刀布"来决定出手次序。两人之间画上"日"形格。赢家将削笔小刀打开成一直线，往自家或对方格子里用力一丢。小刀脱手后能垂直扎在地上，不倒不歪，就算成功一次，最后以次数多少判定输赢。

不是所有的黄土都能和泥捏东西，有黏性的胶泥才行。去树底下、水沟里抠，再一遍遍地使劲往地上摔，越摔越黏。记得小学时,班里让交手工科技作品。我用胶泥团成一大一小两个方块,用树棍插透、连接好。上面用铁丝勒刻出眼睛、嘴巴。又搓了四段泥条安上:短的是胳膊、长的是腿……

做好了,左看右看,相当满意。觉得它好像活了,在和我扮鬼脸。可惜最终没被选上,真是对不起我的一颗匠心!

"东西南北"是一种折纸游戏,手不沾泥,很是干净秀气。准备好一张方形纸,对折后四个角往中心点折,再窝过来。写上"警察""小偷""老师"等不同职业或"掉沟里""吃饭""拉屎"等动作,之后再沿中线上下对折,最后四个面标注"东西南北"。

有了道具,再来说人。玩这个游戏不限人数。少至一人、多至几十人都可以。一方将双手拇指、食指分别套入形成的四个筒内,让对方或指定的某人选择一个方向,再讲一个数字作为次数。先上下或左右打开合拢,能形成各种组合。

等所有动作结束,这时呈现出的文字不管是"拉屎"还是当"小偷",就是他的最终结果。多人玩时,就再来一个东西南北,上面分别写着地点或动作程度。这样,谁是什么人物、在哪儿干什么、怎么干形成一条连贯的搞笑信息链。明知是不可能发生的臆想行为,比如"在厕所吃零食100次"之类,大家还是互相打趣、乐成一团。

转业前几年,在训练队任职。一次搞元旦联欢会,为了烘托气氛,我突然想起这个荒疏已久的小游戏。一提议,没想到应和者众。于是,来自东西南北的姑娘小伙积极玩起了"东西南北"。

　　一群成年人重拾童年的快乐，窗外的萧瑟北风似乎都被深深吸引，从而屏住了原本粗重的呼吸。

被扇族"三兄弟"

　　我小时候玩游戏时总是忘记了自身性别,什么都好奇地来一把,基本男女通吃,没有不敢碰的、不敢摸的。

　　比如男孩子爱玩的 piaji、三角、画片之类,女汉子我丝毫不在意手弄得又黑又糙,投入极大的热情,最终练就上佳技能。同属纸质的"三兄弟"长相迥异,一样运用空气动力学,处于扇与被扇的尴尬处境。

　　先说 piaji,读音"皮啊儿"。这是一个能读不能写的名字,五笔、拼音输入法都打不出来。有些地方叫"方包"。一种折纸制品,最佳原料是牛皮纸,但不好找。所以,通常看到的成品以废报纸居多。

　　怎么玩儿呢? 甲方从自己手里的一摞宝贝中掂量出一个,放在地上,再用脚使劲跺踩,这样不容易被扇过去。乙方拿出一个,用力朝地上那个拍去。如果借助冲击力能让面儿翻过来,那么甲方算输,地上那个 piaji 就此易主。

　　piaji 还有两个兄弟,分别叫"三角"和"画片",同样风靡。

　　三角由各种烟壳或废纸叠成。香烟品种不同,按照约定俗成的标准,有档次之分。与自制的两位哥哥不同,画片必须买现成的。学校门口的小板车上，画片跻身一堆弹珠、文具、小零食当中，任别人如何花花绿绿，它一大张一大张地摞在一起，很醒目。五颜六色，有的图案清晰，有的相互叠印，模糊不清。回家后要自己剪开。

画片有各种主题：动画人物、三国水浒之类、小人书角色等。我认得许多人物的绰号、诨名，也是拜小画片所赐。

三角和画片玩法相似：双方各取出一员"战将"后，将手藏在身后。喊"一二三"共同亮出。分儿高的有资格先打，打翻个儿就算赢。

每个孩子手里都珍藏着最宝贵的那几张，不舍得早早拿出来。一旦输了，就成为对方的战利品，想想都肉疼。

上述被扇族"三兄弟"的制胜窍门其实一样。不拼蛮力，而是靠眼力和巧劲定胜负。对着哪个角度、用多大劲儿，需要积累长期实战经验后才能加以正确判断。经常能看到高手用单薄的 piaji 轻松将厚重的对手扇得翻身，或以小博大，将高分三角或画片收入囊中，赢得身边观战者一片啧啧称赞与羡妒。

大地作战场

下面这俩货也以大地作战场,展开双方或多方混战。一个天生挨抽、一个活该被挑。

抽陀螺是我小时候在老家时常玩的游戏,那里叫"嘎嘎"。将木头削成下尖上圆的一坨儿,底部装上滚珠。玩时先用双手轻轻将陀螺转动,再用小鞭使劲抽打它中间略靠下的部位,使之能保持快速旋转。谁坚持的时间长,谁就赢了。陀螺在任何光滑的表面都能玩。我认为冰面还是比水泥地效果要好。因为摩擦力小,转得又快又久,一点儿都不费力。

挑冰糕棍儿也是普及性很强的一项游戏,这里要注意两点:第一,挑,不是"挑选"的第一声,读第三声,指拨拉到一边去。第二,冰糕棍儿,不是冰棒的棍儿。听上去拗口吧?两者在形状、操作性、方便度上都有差异:前者扁宽,后者则多是圆棍儿。

约好几位小朋友,聚拢一圈。将手里一大把冰糕棍儿"哗啦"一声撒在地上——都是自家积攒或捡到的,已洗净晾干——地上局面复杂:有独自躺着、不合群的;有扎堆儿、相互牵扯的。规则这样:谁也不挨谁的,你先收着。之后你选一根棍儿去挑剩下七七八八搭缠在一起的。必须选准角度、拿捏好力度，禁止触到别的棍儿，否则算输，换对手来。

两个菜鸟 PK（对决），相互不嫌弃。如果对方棋逢对手，那么游戏品质就上层次了。一个屏息挑，旁边无数看客跟着提心吊胆。如果你实在技术不行，那就凭下苦功，多攒些棍儿，靠数量占据发起游戏的主动权和话语权。有如兵团作战，来个气势如虹的"棍"海战术，弄不"死"也能吓对手一跳。

蹦蹦和跳跳

比起吆吆喝喝的臭小子，女生爱玩的游戏要斯文得多。比如，掷沙包、跳皮筋等。既能丰富在校及放学后的业余生活，还可以强身健体、融洽感情。有时凑不齐人，偶尔开恩，让一两个男生凑数。经过长期合作形成的默契，"谁和谁是一帮的"形成固定观念，分拨儿时很容易各自为战。

担任游戏道具的沙包、毽子大多自制，商店里没现成品卖。如果父母和你都没这手好针线，就别怪玩时当观众了。

沙包可以自己抛着玩，或是一人踢、多人转成圈儿踢，比起鸡毛毽，它还有一项特殊玩法：zāng 包儿。zāng 是郑州话，应该和"掷"同义。

甲队分成两拨，隔开一段距离相对而站，中间则是乙方的几个人。开始后，甲队需要从这边投向中间乙队"人墙"，另一边捡起后再掷回来，反复数次。乙队要前转后转来躲避"袭击"。如果有人不幸被砸中，就得换人直至剩下最后一员。每队都有一两个灵魂人物，集投掷、抓取、跳跃功夫于一身。她胆大心细，能瞅准沙包的轨迹、方向和力度，掌握时机，敏捷地跳起，拦截并抓牢半空中飞过的沙包，且保证不掉在地上。这样就得分或者让一个已下场的队友"满血复活"。

　　我自知没有半空拦截的金刚钻，但投人还颇有心得。作为甲队一边的选手，我高高地将沙包扔过中间乙队的头顶，远距离直接扔向对面的战友。她快速接住后，马上投向还没来得及转身的乙队人员。配合得当的情况下，命中率一般都在95%以上。

　　下课铃一响，"谁 zāng 包儿"的召集声最受欢迎。

　　再说毽子。两三枚铜钱、一支短管、几根鸡毛或撕扯成丝状的尼龙绳，足够！当初找不到合适的鸡毛，我从壁橱里翻出搁置许久的掸子。揪下最长的几根，但实际使用效果并不好，和那种短鸡毛存在脚感差别。

　　正踢、反踢、内侧踢、外侧踢、交叉踢、拿脚尖锛或单腿打高，都难不住我。后来出了一种毽球，是毽子的集体玩法。先前的基础打得好，接受起来并不费力。

　　一身汗、一场笑、一阵闹，掷的不是沙包，踢的也不是毽子，而是一颗颗放飞的心。

猴皮筋和猴没关系

和连城总也放飞不起来的风筝一样,跳猴皮筋是我绕不开的伤心史。

猴皮筋由一个个单独的橡胶皮圈相互套结而成,也可以只是一根长的松紧带。我甚至还见过用自行车内胎剪的,呈肉粉色,边缘匀称,没有出现断环。

猴皮筋,也叫"橡皮筋",或简称"皮筋"。不过为了区别于绑头发、扎小辫用的那种,我们一般都叫猴皮筋。这是一种流传下来的俗名,并不是"度娘"上瞎扯的那种"在古代用猴子皮和筋加工而成"。纯属望文生义,和并非铅做的铅笔、没有老婆的老婆饼一样。

您想啊,跳的皮筋就得弹性十足,哪种动物的"皮"和"筋"干燥脱水后都会板结,又硬又脆,根本不符合要求。

俗话说:"爹矬矬一个,娘矬矬一窝。"我们兄妹可谓这一理论的真实写照。爸爸个头只能算中等。"不高不低,1 米 67;不胖不瘦,106"的妈妈是难得的高个,我们因而受惠。

可当初,无论我还是哥哥,上小学、初中时都是排在前面的小矬子。我更是长年保持 155 厘米。快上高中时才发力猛蹿到 161 厘米,再到固定的 165 厘米。

我上二十三中时，每天长时间步行四趟。带的饭也不怎么样，根本补充不了营养。再加上比同学普遍小两三岁，发育迟缓。难怪我妈说我居然是黄瘦的！

可惜，长晚了。谁十五六还跳皮筋啊？多幼稚，该思考人生了！

个低、四肢短、步子小，别说跳花样了，就是当抻皮筋的也不够格。还问为什么？您想啊，"大举"是尽量把手臂往高处伸直，这才能给对方跳过设置障碍。我这身高，就算踮起脚，都不及人家随随便便的一举。

但是，先天不足，咱可以后天发奋啊！放学后，我会找两棵树当"陪练"，但水平提高不多。尤其大家扯开圈跳时，要灵活无间断地跳过一段段的间距，这时的我就特别吃力。尤其闯"空跳"关时，也就是腿和脚都不能触碰到皮筋，那我简直次次犯规"死掉"，灰溜溜地等队友多跳一次来救活。十足的小累赘。

不管哪种原料做成的猴皮筋都保留着橡胶质地，时间一长，"猴"就不思进取，变得皮松肉懒。被拉细扯长后失去弹性，一副死相。不仅如此呢，它还成了一只有潜在危险的"害人猴"。跳时，紧绷的皮筋特别容易把人勾住、绊倒。轻则崴脚，重则来个大马趴。

小小银球

乒乓球也是兄妹游戏过程中学会的。先是对着墙，一下一下地打，再后来地上画线或饭桌上对战。其实我记忆中最早的乒乓球不是用来玩的，而是充当了体现智慧结晶的道具。我拿它和短铁丝做了一个袖珍地球仪。除了晃荡点、画工拙劣点，自我感觉创意相当棒。唉，和泥巴机器人一样，难逃落选结局。比起那些有红有绿、粘粘贴贴的大号地球仪作品，我这个确实过于简陋。可敝帚自珍嘛！

三中上学那两年是乒乓球技术提升的关键时期。课间抢球台也成了一项颇带刺激性的活动。

教室和前面的楼之间，空地有限，见缝插针地安放着三张水泥球台，中间垒上废砖头充当球网。

多人合用的球拍也很简陋：薄薄的木板上，一层薄薄的海绵。时间长了，原本规整的海绵像被狗啃的，到处是不规则的豁。手柄处被汗液、污渍染成暗黑色，甚至还有几道蓝色圆珠笔道。谁有乒乓球，那可厉害了。不用风风火火地冲出教室抢球台。在一众人等眼巴巴的企盼目光中，只需不紧不慢地"闪亮"出场即可，还有资格优先打一盘。

水泥球台反弹力很大，表面极硬。救球时，情况紧急，考虑不了那么多，毫不犹豫地将上半身"啪"地砸在球台上，使劲伸长胳膊。有时还得使出"摔拍子"这一耍赖法宝。这样一来，蹭破皮的情况常有，但玩美了，并不觉得疼。

两个人对打时，周围一圈等着上场的观众。球到了哪儿，大家都主动去捡球。我曾见过一位同学，居然用窄窄的黑板擦那个光面来接发球，稳坐擂台好几轮。

想必走出校门，民间处处隐藏着像他那样名不见经传的高手。

要不说咱们是"乒乓王国"呢，名头果然不是白来的。

游戏也有文艺"范儿"

秋风吹得渐紧。三角公园里,金黄的杨树叶飘落一地。这是天赐的好玩具。

首先,它能折成勺子。随手捡起一枚,沿中间的叶柄先对折,反向将折角窝回到起点处。之后将两边分别搭住最近的边缘,用力一压,再小心地将整片叶子打开,就是一把有棱有角的勺子。

从小坑里抠点积存的雨水,将两只小青虾放进去。虾是刚才从顺城街一个驮柳条筐的商贩处讨要的。怕它们离水时间太久,赶紧做把勺子,让它们暂且栖身。

我把"对"虾小心翼翼地捧回家,想当宠物养大。找了一个暖瓶盖,接上清水。毫无经验的我,不知道水要提前晒两天,还需增氧。好景不长,没两天,虾就在浑浊的臭水里翻了肚皮。但比起当天下油锅来说,好歹多活了一些时间嘛。我开始自我安慰。

按照书上介绍的方法,杨树叶还能做书签。要形状完整、自然脱落的那种。洗净后放在铝制暖瓶盖里,泡上浓碱水。过了几天,原本鲜亮油润的叶子发黑变软,水闻起来也有点怪味。

拿稍硬的刷子把叶面上的腐烂组织刷掉,直到出现脉络清晰、轮廓分明的网状薄膜。用水洗净、晾干，尾端系一段彩线。一柄别致的天然书签就完成了。如果你还想再来点创意，可以用水粉，像画画那样给它涂上喜欢的颜色，就是令人欣羡无比的升级彩色版。

杨树叶柄还是"拔根儿"的首选道具。挑选略呈褐色的老叶柄，这样的才韧劲十足。颜色鲜亮的，太脆，容易断。上阵之前，你可以用左右手互搏，以检验一下它们的战斗力。为了提高柔韧度，有时还要放在鞋壳篓里沤沤。不知这是哪位高人传下来的妙招儿。前些年我还在北京电视台见过这种推荐做法，不禁暗笑。

几番淘汰后，留下的就是久经战火洗礼的老将。您拿着它，放心大胆地四处找别人比试吧。届时，双方把"武器"搭成十字交叉状，用力拽住两端，往自己的方向薅。真不是看谁力气大。关键还是掌握时机和手法，才能把对方的树根拽断。

比起那些杀气腾腾的塑料或木制刀棍剑、硬铁丝窝的弹弓子，咱的杨树叶可文艺多了吧！

能吹响的春天

　　每年三四月份，春姑娘慢条斯理地来到人间。她登场亮相的声势很浩大：雷是探路者、雨是急先锋，而风则是最佳的助攻力量。它吹醒了河上的浮冰，吹软了僵硬一冬的土地，吹开了厚厚的云层。

　　除了明面上的部队，聪明的春姑娘还知道提前埋伏内线。除了枝条纷披、小花灿黄的迎春，最早与它暗通款曲的，应该就是随之飘摇的柳丝。柔软、轻佻，每根枝上都鼓突出鹅黄的苞芽，密密软软的。然后长出短穗，带着新生命特有的嫩绒。

　　杨树晚了一步，索性在样貌上变得狰狞一些。长长的、软塌塌的"吊死鬼"，一串串垂悬着。被春雨掠下梢头后，索性卷曲起身体，躺在湿泞的地上耍起无赖。

　　在部队住地附近的村落游玩或转业后下区县指导工作时，经常吃到凉拌的杨树叶和柳芽。不是新鲜时的嫩黄鲜绿，而是被盐、糖、醋、蒜共同作用后，呈现出的暗色。但小时候柳树留下的记忆对应的不是脑回路中的食物，而是娱乐。

　　柳枝能编帽子。先套在脑门上量好长短，然后用指甲在皮上使劲一掐，有了记号。编的动作并不复杂。围绕着最早绷好的那个圆圈，一下一下的，穿进穿出即可。

戴上后还要略作加工，微调松紧，再将挡住眼睛的枝枝叶叶揪掉，其他地方的留着就行。一来不影响视线，二来随着身体的蹦跳走动，叶子一颤一颤的，有了活力。那时候的电影里面，侦察员还有潜伏起来准备突袭坏人的战士都戴这个。一顶别致的柳条帽，让我立刻感觉和荧屏人物建立了直接联系。

哥哥领我们去紫荆山公园游泳时，没少戴这样的天然草帽。当然，那会儿环保意识还不太强。孩童们折一两根柳枝玩儿、摘朵小花儿，没人当事地上纲上线或口诛笔伐。它是一颗纯洁的童心了解并触摸大自然的直观方式。

杏花烟雨天里，悠然骑在牛背上，一管竹笛横握、一身短衣打扮的牧童形象，在城里是看不到的。能吹响春之曲的乐器只有柳笛。

柳笛的制作方法很简单：随便截段柳枝，粗细均匀、长短都行。先将一端用手剥开表皮。再一手握紧，另一手反力扭搓，将枝干与表皮弄得松动。不可大力，否则薄薄的那层外皮很容易出现裂纹。再小的纹也兜不住气息，只能报废。

你要有耐心，缓着劲儿，一段一段搓松。最后从一端就能将白色的硬芯整条拉出。距离端面5毫米左右，拿小刀将树皮环圈刮薄，露出的颜色是浅绿。捏扁，吹气。柳笛的长短和粗细影响声效。书上讲有人能用柳笛吹出歌，我这种只能发出"呜呜呜"声音的菜鸟简直佩服得五体投地。

冬青叶也可以做笛子。选择柔软的新叶，从柄到梢的方向，卷成细细的筒。也是捏扁了,衔在口中。一样的"呜呜呜",那又如何?

　　春风过耳,春花入眼,自然吹出了那份明媚好心情。

金水依旧

20世纪80年代，郑州市区没太多公园。人们没有私家车，行动范围有限。所以，给城市带来灵气的金水河两岸自然成了备受青睐的休闲游玩场所。

"金水河"，您别被这个名字蒙骗了。20世纪有很长一段时间，它都名不副实。大量垃圾污水倾倒其中，浊腻暗黑，臭气熏天。连城回忆说，当年在信息工程学院读书时，大家经常被抓公差，号称支援地方搞城市建设。他们就曾在紫荆山公园挖过臭泥塘。后来政府花大力气清淤治污，同时大费周章地种花植草。由此，金水河才真正为百姓的生活点缀了金色，成为代表城市形象的幸福河。

春季繁花铺锦，夏日绿柳织荫，秋天落叶熔金，冬时白雪入画。河堤两岸，种植着密密的杨树、柳树、桃树。水泥砌成的台阶整齐匀滑，绿草地中还伫立着供行人驻足纳凉休憩的小亭子。

洁净平坦的水泥小路笔直地延伸向远方。随处匠心独具地摆放着一座座石雕作品：或是恰逢雨后茁壮生长的蘑菇丛，或是娴静读书的少女头像，等等，不一而足，可堪赏鉴。中段还能看到可能是省军区警卫班的战士宿舍，一双双胶鞋晾在低矮的窗台上。高中时老师还让我们提前半天放学,专门去河堤实地游览,为了……写作文!

金水河给我们带来了更多除吃之外玩的记忆。四所、人民路14号院,都属"亲水景观"住宅。离河太近了,迈腿就到。河的东段流过紫荆山公园。节假日自不必说。每天晚饭后,爸妈也会带着我们从关不严的大门中进去散步。往西倒溯,离人民路的家步行三四分钟就到。

它是我们户外活动的唯一天堂。

哥哥和妹妹都曾仿效环卫工人,点过枯黄的落叶。我可是规矩的乖小孩,只有一次"贼不打三年自招"的冒险行为。

有天放学,我照旧沿河堤回家。正走到处于紫荆山公园中门和人民路这段的中央部分,无意中看到一处别人家搭的窝棚,很低矮。不由技痒难耐。

我拿出在家属院爬墙头练就的灵活身手,踩着边上的圆木棍走"平衡木"。结果脚一滑,"刺溜"栽歪进去。黑暗中,借着光一看,妈呀,好像是鸡窝。地上一堆乱草。三四只鸡吓得扑棱翅膀,"咕咕"乱叫。安静下来后和我"大眼对小眼"。我担心主人闻声赶到,再误解我有什么不良动机。万一通知家长或学校,那可惨透了。

在危急状态中,人自身能激发无限潜能。我很快就找到一根稍粗的木棍,颤悠颤悠地踏上去,赶紧爬了出来。

那份惊险刺激,简直成了现实版的"越狱"。

辑四

乐

过大年

说起乐，传统的春节必须置顶推荐。

辞旧迎新的春节被寄予了多少祝福与憧憬。对于妈妈和我两代人来说，都是一场长久的企盼。欢天喜地的情绪穿越几十载光阴，亲密地汇聚一处。

过年是奶奶家操持一年的劳作大剧的热烈尾声。她要提前盘算好，哪一天干什么、不干什么，很有讲究。过了腊月十五，爷爷就去牛心台镇买回写对联用的红纸、挂贴、鞭炮和祭灶用的麻糖、苹果以及糖块、白面、大米等所需东西。挂贴是一种十六开的镂空剪纸，各种颜色都有，贴在老祖宗的牌位、佛龛或窗户上。

最重要的风俗当属请灶王爷和买年画。腊月二十三那天，爷爷把旧灶王爷从佛龛里请下来，再糊上新的。佛龛两边写的是"上天言好事，下界保平安"，横批是"一家之主"。对联呢，内容不同，贴的地方也不一样：如将"出门见喜"贴在大门外，"四季平安"贴在手推车上，"四畜兴旺"贴在鸡窠、猪圈或牛栏处。当中属门旁贴得最多，有门必贴。

除了装饰门楣外，每家还忙碌着做豆腐、蒸馒头。馒头上要点缀红枣或用朱砂画红点，图个喜兴。除夕夜供在祖先像前，过了正月十五才拿下来。受人们一脸喜庆的影响，馒头也乐呵呵地咧开了大口子。孩子们每人分到一块，高兴得不行。还故意舔着红点，咂咂得津津有味。家里老老小小每人至少换一件新衣服。再困难，也要穿双新袜子。

我的过年回忆同样装满了欢乐。

在平顶山时，当地风俗只吃饺子，不放鞭炮。为了让我们感受节日快乐，爸妈用推车带着我们去全市唯一的娱乐场所——文化宫玩耍。那里有小桥无流水，有小亭无人家。

到郑州后，随着生活渐渐安定，过年的内容也变丰富了。

爸妈作为外来户，想趁年轻多干事业，在单位一直谨言慎行，唯恐行差踏错。家庭生活中自然不可能有太多温情和精力。除了照顾我们吃穿，其他都要严格管束。即使有慈爱，也不会轻易流露在外，让我们能感受到。

也许这就是中国传统家庭的模板吧？

这种环境中长大的我们当然不会步入歧途。平时上学放学、吃饭学习睡觉，周而复始。除非老家来亲戚或暑假有外出安排，如同在死寂的一池湖水中投下小石块，打破了刻板。正因为如此，每年春节对于我们的重要性才不言而喻。

穿新衣、放鞭炮、逛街之外，平时难得露脸的食物统统登场。爸妈精神欢愉、面带慈祥。即使对我们无意犯的小错，也是宽容以待。欢笑、爆竹、电视、拜年、街头的喧闹，声声入耳，都能见证难得的团圆和喜庆。关键是爸妈同意我们初五之前不用学习和写作业，大喜过望啊！短暂几天的快乐足够抵得上其余三百多天积累的渴望。

爸妈绝不会为了要准备年货而请假，一般都是快到三十了才开始忙活：洗的洗、涮的涮、煎的煎、炸的炸。新衣服是必须准备的。没有全身一套，单件也行。

除夕全家围坐一起，先吃顿有冷有热、荤素齐备的丰盛年夜饭，之后一人不落地转战到爸妈房间，收看春节联欢晚会。等零点钟声响起时，我们也跑到阳台上，在全城震耳欲聋的鞭炮齐鸣中，不甘落后地添上一份热闹。

这时厨房的妈妈要高声喊，让每人报饺子数，然后下锅煮。我们放完炮，正赶上吃热乎乎的饺子。不知是不是身居中原、心系东北的缘故，每次过年，厨房里那个摆满生饺子的盖帘上必有一个"小福星"。爸妈会包一个钱币、花生或糖块为馅的饺子，混煮在锅里。谁吃到它，就会有一年的好运气。由此这般，平时最普通的吃饺子也添了几分猜谜般的期待和神秘，变成了"寻宝"。

有唱有跳、节目内容多样的晚会结束后，爸妈赶紧休息，因为次日一早还要参加家属院的"团拜"。它不是电视上那种，在富丽堂皇的大厅里觥筹交错、言笑晏晏，而是自发的群体行为。不用组织，全凭带动。同事们住在一个大院里，用妈妈的话说："先是一个人起得早，路上碰到另两个，越聚人就越多，索性就挨家上门了。"

我们发誓要守岁。晚会结束后，调到别的电视频道，看一些平时没时间去影院观赏的故事片。可惜每回都没成功过。熬到后半夜,实在困得不行,打开被窝歪三四个小时。头脑仍很亢奋,睡不沉。

初一早晨,天刚蒙蒙亮。远远近近,鞭炮开始炸响,迅速把人叫醒。很难再继续入睡。况且饭桌上香喷喷的饺子已经冒着热气,早想勾引你了。还有压岁钱,还有新衣服,还有逛街买东西,还有省人民大会堂举办的猜谜、套圈等迎新活动,还有……等什么呀,立马起床!

爸妈在外应酬完毕,早已换好一身干净衣服,端坐在沙发上,等我们拜年。即使后来长大成家,我家仍保留着跪拜的传统,新添入的家庭成员也不例外。朝父母下跪,感谢他们的养育之恩,不算逾礼守旧。

之后就是完全的自由时间,在家、外出都行。

噼里啪啦震天响

过年也是最能名正言顺发笔小财的利好期。

比起平时的零打碎敲的节省，压岁钱明显多多了。衣兜和存钱小罐顿时如开春的河水，被胀得鼓鼓的。上街时心情笃定，无比愉悦。因为有条件从容面对各种摊贩。

好吃好穿的，归爸妈准备。鞭炮等小玩意儿，自己当家作主。

最常买的是鞭炮。带回家和哥哥妹妹的两份放在一起，种类花色就显得更多。基本的电光炮、挂鞭、二踢脚得来点，小蜜蜂、花蝴蝶、钻天猴、彩花弹等烟花才是主角。有些造型漂亮新颖的花炮放了后，空壳还能当成艺术品保存下来。挂在桌前的竹竿上，与吊兰做伴，衬着纷垂的绿色枝条和米粒般的小白花。尽管捻线处或炮筒被烟熏得发黑，仍不失斑斓美感。室外寒意瑟瑟，斗室却盛满了整个春天。

一些小土鞭能带给我们更长时间的快乐，这是500响、1000响的成挂鞭炮所不能比的。后者不过惊天动地、痛快几分钟的事。

耐心、细心、费心地将最前端绑束着炮捻的白细线解开，原本整齐对应排好队的粉色或红色小炮仗便自由脱离了羁绊。

你可以一个个地放,也可以将三四个捻到一起,快速挨个点燃,要的就是手忙脚乱的刺激。

有些没响的小哑炮绝不能扔掉,另有用处:从中间撅开,点火后"刺"的一下,瞬间闪亮。不小心还会灼痛手指尖。也可将黑色的火药集中倒在一张纸上,从边沿处的燃烧便开始屏息等待高潮时的火花四射。

整个春节期间,初五之前,天天都能听到鞭炮此起彼伏地响起。之后稍微沉静几天,等到了正月十五元宵节,再次掀起高潮。可能是想一次性把积存的炮仗全都燃放了,所以这天的炮声一点也不逊色于除夕夜。

最吸引人的元宵灯会也应时登场。人潮从各个方向朝着举办灯会的地方汇来,说是倾城出动,丝毫也不夸张。男女老幼,人挤人、人挨人。"我把腿抬起来,别人 wěng(方言'推'的意思)着都能走。"只有亲身感觉,才能如此发自肺腑地感慨并感言。

受好奇心驱使,爱读书的我居然还买过一次玩具。

2020 年 4 月,耐不住连城的数次念叨,终于被怂恿得再次翻开刘心武老师的《钟鼓楼》。多年以后,人数、故事情节仍历历在目。书里有一小段文字说的正是"小喇叭"。我以前看时没留意,这才叫温故而知新。

　　他曾吹制发卖过"呔呔噔"——这是一种劣质玻璃做的儿童玩具,呈喇叭形或葫芦形。儿童把类似瓶口的一头含入嘴中,一呼一吸地吹气,因那容器的底部很薄,所以能随气流的冲击"吓吓"作声；当然，这种玩具很容易吹破，对儿童的呼吸道有弊无利，弄不好还会割破儿童的手，所以早已被淘汰。

噢，原来它叫"吓吓噔"啊！或许是根据发出的声音才起的名？

同样年代，北京淘汰的玩具在郑州街头仍在亮相，可见地域差别多明显。

我手里新买的"小喇叭"呈古铜色，玻璃质地，薄得吓人。含住细管部分，间错着吹气吸气。看到前面椭圆形的"喇叭口"一鼓一瘪，"吓吓"有声。这玩意儿确实很脆弱，玩不了几次，前头就破了一个小洞。呼呼漏风，也发不出声音，只能扔掉。

吃亏上当就一次。再遇到卖这东西的推车，径自走过。哪怕小贩子黏在身后、嘴里紧着吹响招揽生意，也绝不旁顾。

1979年5月，我妈带妹妹先期来省计委报到时，看到这样的花园村："街道两行全是水产、副食、小饭店等，环境脏污、杂乱无章。"好几年过去，还是老样子。

只有过年时才清净不少。

国营的花园路商场也关门休息。它是一长趟纵深的平房。平时熙来攘往的，热闹着呢！

收款台略高，半空中架着几条交错的铁丝。戴着套袖的售货员脸上看不到过年的笑脸，比甲院的"上帝"更像神。想买什么，鼓足勇气请他们拿给你。给你哪个，你就得买哪个。想挑三拣四，没人搭理你。

　　售货员将顾客交的钱和小票卷成一条,用铁夹子夹好,然后沿着一条铁丝,朝收款台方向用力一打。"嗖"的一下,小卷就滑到了收银员手里。"噼噼啪啪",一阵拨拉算盘珠子的声响之后,"刺溜",找回的零钱和盖好收讫章的小票又顺原路,准确无误地发还回来。有时劲儿使大发了,售货员还得伸长了胳膊够回来。

　　那时人员流动慢,大家在同一家商场里工作,都是十几年或几十年的老同事了,默契度多少有点。

　　这种售货场景从来不主动想起,但永远难忘。

　　一种蒙尘的生动和鲜活。

声音的世界

经济条件略有好转时，家里买过一台"红灯"牌收音机。中午吃饭时、晚上写完作业后，我们根本不用家长操心，都乖乖坐在桌边，屏住呼吸，听评书连播、少儿节目。

"嗒嘀嗒、嗒嘀嗒、嗒嘀嗒——嗒——嘀；小朋友们，《小喇叭》节目开始广播啦!"曲一响，一位大腕人物随之出场。

谁呢?

"鸡蛋壳小帽白光光，橘子皮做我的红衣裳，绿辣椒做我的灯笼裤，蚕豆皮鞋咔咔响。你要问我是哪一个? 我是小木偶，名字就叫小叮当!"

我们不仅和它一起朗诵，还抢着学它和邮递员叔叔的那段经典对话:

"我是小叮当，工作特别忙，小朋友来信我全管，我给小喇叭开信箱。"此处需要节奏顿挫、热情俏皮。

接下来，一段节奏明快的音乐过后，轮到邮递员出场，声音明显沉稳得多。"叮叮当、叮叮当，自行车也会把歌唱，我是人民的邮递员，为小喇叭送信我跑得忙。"再高声喊一句:"信。"

"请进。"

"嗯儿。"(模拟的开门声,每次必备)

之后,吧啦吧啦,就可以介绍今天为小朋友准备的节目了。有孙敬修爷爷、曹灿叔叔讲的《西游记》《洋葱头历险记》,有旋律优美的儿歌,有我们都最喜欢的电影剪辑……

听过电影后,即使总把《冷酷的心》中魔鬼胡安听成"魔鬼欢",也不会弄错剧情。还有娇俏脆生的那句"当兵的",嗯,接下来准是《叶塞尼亚》里河边相会的经典桥段。

多年以后,擅长一年送 365 个祝福的蔡国庆本人回忆说,这段开始曲中甜美的童声是他录制的。我大觉意外,也因之减少了对某位奶油小生的反感。

读过叶广芩的《去年天气旧亭台》,其中也提到这个节目。在物质贫乏的年代,这档开播于 1956 年的儿童节目为孩子们推开了一扇认知世界的神秘之门,成为几代人的共同记忆。

曾在一本书上看过:有些孩子好奇小匣子里装着什么人呢,能又唱又跳?为此还专门拆开看。嘿嘿,我也做过傻事:将眼睛贴近上下拨动的开关钮,从缝隙处使劲往里看,到底有没有别人诓我的红衣报幕小姑娘。

后来听连播小说《夜幕下的哈尔滨》《红楼梦》等。我对姚锡娟这个名字简直佩服得五体投地。她是幸子的配音,还能一人演绎多角。几十个性格不同的角色:黛玉、宝钗、贾母、袭人……有老有少、有小姐有丫鬟,一人一声。能听出用心设计的那种差异性。简直神了!

学校里用的是大广播喇叭,用于播放课间操音乐和通知、校领导讲话什么的。班级作为接收分站,墙上都有一个方方正正的话匣子，上面镂刻着红色的五角星。

上初中时发生过一件趣事：有天下午，全体同学正在收听时代英雄张海迪的事迹报告。大家面色严肃。有的正襟危坐，有的伏案做笔记。班主任老师则像巡海夜叉般在过道中来回穿行，炯炯有神的双眼四周探测着。

目标出现喽！只见她悄无声息地站到一位陈姓女生桌旁，伸手从她手里夺过一个巴掌大的小本。看了看，用略带几分讥讽的口吻说："你也不怕把她砸死？"女生的脸"唰"地红了。等下课后我们才弄明白缘由。原来，那个女生看似认真做记录，实则抄写朱明瑛的《回娘家》。她平时就爱打扮，学习不好再加上"做贼心虚"，把原本"豆"大的雨点随手升格成了"斗"大，这才被抓了现形的老师好好调侃了一把。

耳朵怀了孕

　　能怀孕的，除了传统的肚子，还有时下网络流行语中的耳朵。

　　好听的音乐就好像带有难以抗拒的魔性，环绕着、侵入着耳朵，一遍又一遍。你会不自觉地沉浸其中，无法自拔，非常享受。同时充满抵死缠绵般的快感，很快就要珠胎暗结。

　　如果累了，不要紧，还有一首歌：《把耳朵叫醒》。

　　所以，耳朵和周杰伦歌中的牛仔一样，很忙。

　　小时候的我们，耳朵也很忙，忙着追赶流行的声音。

　　在人民路 14 号院时，家里又添了新鲜物——录音机。双喇叭，长长的黑色机身，气派地摆在客厅靠近厨房的那张桌子上。我们争着录音，再倒带回放，听略微有些走样的声音。轮到我时，即兴来了一句"我要录音机"，惹得全家哄堂大笑。

　　凭借它，我们与流行歌曲有了第一次亲密接触。录音机旁边摆着高胜美的专辑。一位长发飘飘、圆脸大眼的台湾布农族姑娘。什么《阿里山的姑娘》《杆歌》《高岗上》啦，每天都循环无数遍。后来也听别人唱过，有的更有技巧、更传神，我却不怎么欣赏，因为少了对高姑娘那种自然融入的亲近感。

　　还有一盒几位歌星的合集，叫什么《九州歌会》。里面有

《老祖母》《夜色阑珊》，十余首歌吧。当时磁带少得可怜，每天翻来覆去的就是这些。即使到现在，"沿着青青的山路、披着淡淡的晨雾，我从远方回到故乡看望亲爱的老祖母"，还有"晚风吹过来，多么地清爽。深圳的夜色，绚丽明亮"，歌词和旋律张口就来。

演唱者的名字，现在记不太清了。上网也很难搜到。不知步入老年的他们是否安好？如果他们知道当初演唱的歌曾为一个平凡的家庭增添了许多生活乐趣，一定能感怀于心吧？

2019年年初，我回了一趟娘家。来去匆匆，竟还利用无处不在的网络科技为爸妈解开了陈年谜团：我们一直不明其义却能张嘴就来的"瓦次克、瓦次克只爱喳喳"，居然出自当年一名很火爆的女歌手的代表作，其歌词原本是"我此刻、我此刻只爱恰恰"。嘻，我们的耳朵被她夸张的唱法带沟里去了，合着就对了两个字，难怪找不到北呢！宣布正确答案之后，爸妈被逗得乐不可支。随后两三天，只要一提这个梗，家里就引燃了欢乐。

那位女歌手在2022年还参加了一档很火的真人秀节目。仍是热辣辣的嗓音和标志性爆炸头。看了，恍如隔世。

能让耳朵怀孕的，还有电视。

"昏睡百年，国人渐已醒……"这是风靡一时的香港电视剧《大侠霍元甲》的粤语主题曲。听的次数多了，我们也能像模像样地哼唱着。

为了不耽误剧情，我一下晚自习，立马驱动双腿，连跑带颠儿地往家奔。那会儿没有机顶盒、没有回放，错过了就只能等着电视台重播。

时值春末,妈妈给我新买了一件朱红色衬衣,上面有精致的绣花。我最不喜欢红色,但那件衬衣不是艳俗的红,而是偏几分亮橙,温润明媚。

快到工人新村的街边,有一长溜花坛。我很多次被吐露芬芳的硕大月季花吸引,想偷偷摘几朵,搁家用清水养着。天黑看不清,采花贼的小手被枝上的尖刺扎得疼,只能放弃。从此霍元甲、夏初的月季形成了密不可分的关联词语,无论在哪儿,只要一听到熟悉的旋律,马上就能回想起那个夜黑无风、顺脖子流汗的肉疼之夜。

《外婆的澎湖湾》《走在乡间的小路上》《兰花草》等节奏或明快或忧伤的台湾校园歌曲如同一泓清泉,缓缓注入我们干涸已久的心田。不止这些清雅范的,基本任何类型的流行歌曲都能快速蹿红。每个学生的书包里大概都藏着抄歌词的小本,互相传来传去,绝不能让老师和家长发现。谁要是有一首新歌词,立马全班都传着抄。

费翔大帅哥的歌曲开始流行时,我已经上高中了。为了翻录他的盒带,有一天午后,我特意避开一街之隔的"固定哨"(人民路 14 号院 125 号楼最西头的阳台,常年哨兵只有一位——我妈),利用梧桐树的阴影,躲闪着行踪,偷偷跑到某同学家取货。《恼人的秋风》《故乡的云》,细腻缠绵,略带感伤的歌词暗合了花季少女的懵懂心事。比起总被调侃的《一把火》,更能照亮我的青春。

反复听的结果,只能是烂熟于耳、于心。

你方演罢我登场

2021 年 4 月，仍处于疫情中。

二人照旧闲聊。突然想起一事，向同时代的小伙伴连城求证："哎，刀片从下往上威胁割鼻子的是《桥》还是《瓦尔特保卫萨拉热窝》呢？"他不假思索地纠正："你说的那俩都是南斯拉夫电影，割鼻子是罗马尼亚的《复仇》。"他说还看过《橡树，十万火急》，我都没听说过。我们顺势延展了这个话题。

说起《流浪者》。"对对对，简直就是印度版的《雷雨》啊！"还有"阿巴拉古"的《大篷车》……

越说越热乎，窗外的盎然春意好像都想挤进来旁听呢！

是啊，从 1978 年开始，来自南斯拉夫、罗马尼亚、印度、墨西哥、日本、美国等国的译制片大量引入，绝对是电影市场的黄金主角。

而吃得不好、穿戴一般的我们很幸运，赶上了这波精神盛会。

从印系的《流浪者》《大篷车》《奴里》《哑女》到日系的《砂器》《追捕》《人证》《啊，野麦岭》《远山的呼唤》《华丽的家族》《阿西们的街》《寅次郎的故事》等，再到各有一派的《尼罗河上的惨案》《未来世界》《佐罗》《叶塞尼娅》《卡桑德拉大桥》《走向深渊》《英俊少年》《虎口脱险》《苔丝》《除霸雪恨》《王中王》《霹雳舞》《茜茜公主》《蛇》等,部部经典、片片精彩,那叫人看得眼花缭乱、心旌摇荡。

你不用担心会得"选择困难症"。只要影院上映,看就是了,保证不会失望。

南斯拉夫,曾经的主流社会主义国家。它的名字影响了几代中国人。现在早已从地球上消失。可是,《啊,朋友再见》的优美旋律和瓦尔特的英勇形象却深植于我们幼小的心灵,永远不会褪色。

荧屏上百看不厌、广播剧里屡听不烦,也因此熟知了每部影片末尾必有的上海电影译制厂。比起长春电影译制厂,这里简直群星璀璨。童自荣、丁建华、乔榛、邱岳峰、简肇强等名字吸粉无数,丝毫不逊色于当今所谓的"顶流"。

当时年纪小,有些剧情看得不是很懂。

但是,"小偷的儿子还是小偷""杜丘,往前走,不要往两边看""Mama, do you remember?""鸳鸯茶鸳鸯茶,我爱你来你爱我"等在记忆深处很难磨灭。杜丘带着真由美骑马逃奔时的"啦、啦、啦"那段旋律后来还被一个关于下棋的相声段子借用,配以"车没啦、车没啦",充分表达出幸灾乐祸和打趣。

"荧幕经典五坏人"之一的刘江老师于2020年5月1日凌晨在梦中辞世。这个话题让我想起当年国产片也是百花齐放,赶上了繁荣的好时代。生活片、谍战片、侦破片、喜剧片、战争片,也是让人记忆犹新。

《瞧这一家子》里的刘晓庆还是小配角,《红牡丹》中姜黎黎和汪宝生是一对金童玉女，《今天我休息》里的马天民——仲星火真帅!《野火春风斗古城》里王晓棠演的金环银环，是传统审美观中的漂亮角色，她演的女特务阿兰也是风情万种。前些天这位德艺双馨的老艺术家又因谦逊与热诚再次成为网上话题。《牧马人》里那锅大米粥的香气被郭骗子——牛犇的短棍"筷子"一搅和，好像钻出了屏幕，每次看了我都觉得饿。可是马上又被"老许，你要老婆不要?"逗乐了。

那时，浓眉大眼的朱时茂老师还没有和《瞧这一家子》里的陈佩斯搭档演小品。他们仍然在光影世界里孜孜不倦地塑造一个个角色。

《405谋杀案》《神女峰的迷雾》让我吓得直捂眼睛，却忍不住在紧张的配乐声中，从指头缝里偷偷看。《黑三角》里的"卖冰棍"老太太——凌圆老师早已仙逝，但当年她那双突然出现的三角肿泡眼给我造成多年的心理阴影。

我记得当时正片之前的加演都是新闻电影制片厂的纪录短片，包括外国元首来访、防治血吸虫病等。

连城对此有质疑，说他在养马营俱乐部看过《国王与小鸟》，也是加片。

可能当时差不多的大环境中，还是存在地域差异的吧?

不管怎么说，是电影，让年幼的我们看到了另外一个陌生的世界，了解到人间复杂的情感生活。

贫瘠的精神世界，因为它们的出现，而变得丰盈。

我们，不遗憾。

生活的余音

有部电影叫《生活的颤音》，我暂且改来用用。想说什么呢？电影不是在影院看过就算，它还能产生许多衍生品。

比如，家里固定订阅有《大众电影》杂志。每期封面上写的书法体"众"看起来和简体"家"很像。我们也故意淘气，念成《大家电影》。大家、大众，意思差不多嘛！后来真出来一个叫大众的，《大众电视》。可能因为电视在中国家庭的普及时间相对滞后，加上只限家庭内传播，远远追不上电影院的脚步。人家放一部片子，马上街知巷闻。所以连累得这本杂志在我家的受欢迎程度明显不如前者。

曾读过一些讲述国人思想开放历史的理论文章。其中提过一期"特殊"的《大众电影》。封底刊登了英国电影《水晶鞋与玫瑰花》的剧照：英俊的王子与美丽的公主拥吻。在当时整体社会观念还比较落后的情况下，"一石激起千层浪"，引发热议。甚至还有义愤填膺、看不过眼的读者给编辑部写信，谴责他们受到了资产阶级腐朽堕落思想影响。后来迫于压力，编辑部公开发表了致歉信。

可是，那对 CP（配对）真的很养眼啊！

刘晓庆、陈冲、方舒、潘虹、赵静、龚雪、张瑜、李秀明、林芳兵、黄梅莹、张伟欣……还有同名不同姓的宋晓英和程晓英，不管来自长影、北影、珠影、潇影还是西影；哪怕眼睛有点鼓的"星二代"——张闽，都是个顶个的美女。当时那么粗劣的拍摄条件和化妆水平都无法掩盖她们的美。或雅秀端庄，或妩媚柔和，根本不是现在这些靠修图、滤镜、修片才能露脸的能比的。

提起金鸡奖、百花奖，现已风光不再。当年可有过全民热情参与投票的辉煌时期。在老百姓心中，绝对是对质量与演技最高层次的认可及褒奖。

每年投票活动开始时，我们一家人坐在一起，拿出刊有选票的那期杂志。对照各电影厂出品的序号，反复商量，认真选出最佳故事片、最佳男女主角等各奖项，再仔细填写并核对选票，最后还要不厌其烦地去邮局寄送。

当年长影和北影拍过一部同名电影，周克芹的《许茂和他的女儿们》。我们逐个对比演员表，尤其是那几位姐妹们，最终得出结论：北影的阵容更强大、更合我意。

二十多年后，仿佛命运之手早有安排，将我拨拉到一家市级单位，离北影和新闻电影制片厂都很近。

没有远离的，还有那些熟悉多年的电影人。他们中，有的早已息影隐退，有的还偶尔活跃在荧幕上。

"牧马人"朱时茂成了我们单位的保护知识产权形象大使之一，在扮嫩路上屡败屡战的刘晓庆情路坎坷，龚雪、陈冲去了美国，温柔的"陆文婷"大夫潘虹成了恶婆婆专业户，黄梅莹演起了鸡皮鹤发、嘴周发皱的"囧妈"。

美人迟暮，曾经的美丽并未褪色。

这可是我当初看电影时绝对想不到的。

单位没搬之前，我经常和同事散步到北影厂。它在郊区已有了新址，但门口仍然聚集着不少渴望一演成名的群众演员。他们或老或少、或高或矮、或卧或坐，眼光无一不是期盼、焦灼的，指望成为第二个"王宝强"。

大门西侧有家我光顾过几次的老北京涮肉店，名"北飘香"。或许是为了让"北漂"们吃得香？菜品味道倒挺正宗，可惜价格就未必让他们觉得香了。后来店铺装修后，老板换来换去，最终鼓捣关张了。

一进大门，高耸的工农兵雕塑仍立在原处。它曾频繁出现在小时候看过的电影片头，只是不再熠熠生辉，放射出无限光芒。仿佛随着岁月更迭，那种佳作频出、星光璀璨的热烈场面也决然消逝。

四五座楼房默默伫立在院子深处，显得很陈旧。几处影视培训招生的广告牌被风雨洗涤得掉了色。仍能看到一两处搭好的仿古建筑，早已弃用，满眼凋敝。

金黄的杨树叶被风无声吹落，缓缓地坠落地上。

秋日午后的阳光，也是金黄的。

时空交错，徒留感伤。

一方小荧屏，谁看谁闪亮

对于爸妈这两个小知识分子组建的家庭来说，"四大件"是刚性需求。别人没有的，我家要有。别人有的，我家要早。

我们刚搬到郑州后没多久，电视这种奢侈品就出现在我家了——一台9英寸黑白电视机。当时一些厅局长家还都没呢！特别要脸面的我妈对此极为自豪。233元，一笔巨款，得从我们身上省多少肉、蛋和新衣服。呜呜呜！

小黑白后来也入住甲院。我们挤在客厅里，仰脖收看各种电视节目，全是它的功劳。

爸妈始终如一的节俭家风很快吹开了硕果。乔迁人民路新居后，又换了一台17英寸彩电："东芝"牌、1700元。我妈轻描淡写地说，之所以记这么准确，只是因为当时一英寸等于100元。

爸妈的卧室最邻西，和外面的大自然只隔一层砖墙。向南有块长条凹处，就是新电视的"私宅"。春节时，妈妈在地上放个暖水瓶，再拿出些花生、瓜子、糖块什么的。一家人坐在床上看电视。我们兄妹在前，都把双腿从木床头的分隔处伸出去，胳膊挂在上面。同样仰着脖子，因为摆电视的位置比视线要高。

"实行三包、代办托运"，听多了，张口就来，但从来没认真分辨过意思。"偷西巴、偷西巴，新时代的东芝""燕舞、燕舞，一曲歌来一片情""我们是害虫、我们是害虫！正义的来福灵，一定要把害虫杀死、杀死"，这都是当时耳熟能详、红极一时的广告语。

后来我有机会在中国人民大学充电。讲广告学的年轻老师曾拿它们为例。当他说到"估计你们这个岁数的都不知道"时，混迹于一帮"80后"甚至"85后"孩子堆中的我，暗暗地笑了。

广告都不舍得不看，更别说电视剧、电影和晚会了。只要是爸妈许可的观看时间，绝对不肯错过一分一秒。

《敌营十八年》《傲蕾·一兰》《济公》《射雕英雄传》《大侠霍元甲》《陈真》《再向虎山行》等，还有舶来的《大西洋底来的人》《加里森敢死队》《女奴》《水晶鞋与玫瑰花》……古今中外，没有不吸引人的。

改这段时，截图发给现在仍有联系的那位老师。

"哈哈，《加里森敢死队》，我特别喜欢这个。还拿手术刀做过飞镖。"他很快回复道。

遇到电视上男女亲热一些的镜头，思想传统的爸妈会严厉要求我们闭上眼睛。早已训练有素的我们迅速照办，可耳朵还能用，辨别着任何可疑的声音。过了一会儿，"可以了"，我们再继续看。

爸妈不一定事先看过这些节目，只是凭感觉和故事发展的进度，预判到"有伤风化"的场景即将出现。包括电视剧《红楼梦》中出现的贾琏和多姑娘厮会的镜头。读小说时才发现，原著远比电视更露骨、更"诲淫诲盗"。哈哈，防不胜防啊！

　　长大后，偶尔和同龄朋友闲聊，才知道在那个年代的绝大多数中国家庭里，都上演过这出"闭眼"剧目。

　　较之当下两性关系的随意和开放，我还是怀念那时的保守。看似老土、不解风情，实则是矜持下的自律、道德中的体面。

　　婉约之美如不凋的花，没被时光摧残，静静地开在心间。

动画真的不是动漫

　　即使到现在,只要我和连城聊起彼此的童年和少年事,动画片都是绕不开的话题。

　　有个理论广而告之,动漫包括动画和漫画。因为动漫受众不限年龄,制作手法更先进,也更具思想性和深度。比起似乎只针对低龄儿童的动画来说,明显高大上。所以有资格统领一切。

　　可是对于我们那代人来说,动画片才是无可取代的唯一。它真的不是动漫。

　　喏,2022 年 7 月,为了给术后不久的我调养身体,连城炖了一只小土鸡。"闻到了没有? 香味是鸡的一部分。"他模仿着巴依的台词和动作。可惜他的五指修长,因而学不来后者香肠般短胖手的搞笑精髓。

　　两个过期的半百儿童,又开始双双进入"没正形"模式。

　　"那个大脑里特乱,用扫帚哗啦啦清理干净的,是《爱丽丝奇遇记》?""不是,是《唐老鸭漫游数学奇境》,我看了一遍又一遍。"

　　还有话题永不会过时的阿凡提和巴依老爷。"沙子一屋子,金子一袋子"老爷哼唧着在算账;他的老婆蠢得好笑还带点可爱；小毛驴可聪明多了，"嗯啊嗯啊"，时不时地附和着主人。这些木偶做得很精美，惟妙惟肖，连衣服上的布纹都清晰可见。

"鱼盆是我滴（的），是从我们国家带来的""可怜的老头""做人要诚实，诚实的好"，神父怪里怪气的腔调特别逗，我们抢着模仿。

相信在每位"70后"心中，动画片的地位无可撼动。

家住平顶山时，有次旁边的市电影院加演美术片《等明天》。说小猴盖房子，总偷懒找借口，"等明天"成了挂在嘴边的口头禅。傻气的我误以为真要等到明天才放电影，失望地出来。正好遇到刚要进场的哥哥。他得知事情原委后，一个劲地笑我。

家里有了电视后，占时短、播放频的动画片是我们的熟面孔。

《渔童》《过猴山》《没头脑和不高兴》《骄傲的将军》《熊猫百货商店》《猪八戒吃西瓜》《老猪选猫》《老狼请客》《大闹天宫》《哪吒》《三个和尚》……国产动画几乎全是经典佳作。情节的引人入胜、台词的强大感染力让我们完全忽视了简单的场景和画风，只顾沉浸其中，百看不厌。

继之，万氏三兄弟也是我们追忆童年的重要话题。

后来日本动画片异军突起，如东瀛的海风迅速笼罩小小荧屏。像《灌篮高手》《数码宝贝》《宠物小精灵》《龙珠》这些应该属于"80后""90后"，我们的呢？《铁臂阿童木》《尼尔斯骑鹅旅行记》《聪明的一休》《花仙子》《星仔走天涯》……哪种类型的片子都能受到孩子们的衷心喜爱。

尤其是寓教于乐的《聪明的一休》，每一集都兼具故事性、趣味性和知识性。

"到这里，就到这里吧。"我们都学会了一休思索时的标志动作和片尾这句话。长大后，了解到历史上真实的一休。这位被迫在京都安国寺出家的皇子，一生际遇坎坷。可是丝毫也没有冲淡动画片留给我们的美好与感动。心灵深处，他永远是那么机智勇敢、那么聪明热心。

美国动画片也有，数量不多。像《米老鼠和唐老鸭》《蓝精灵》。

啊，不得不提很特别的一部：《鼹鼠的故事》。全程只有音乐，没有一句对白。顶多几个单音节的感叹词，"哇、噢"之类的。

可以说，通过这部动画片，我才知道在遥远的欧洲，有个国家，叫捷克斯洛伐克。

除了主角，配角们也都活灵活现，让人难忘。茶水博士、新佑卫门、小叶子、长老、娜娜小姐、格格巫……真的是满满的回忆啊！

我们跟着电视，无师自通地就学会了动画片里的插曲。

"鱼盆鱼盆摇摇，清水清水漂漂！清水清水流流，金鱼金鱼游游！""老虎张牙舞爪，真吓人啊，我们齐心协力把它打跑。""在山的那边，海的那边，有一群蓝精灵。噢，可爱的蓝精灵。"

还有，"落雨不怕，落雪也不怕，就算寒冷大风雪落下，能够见到他，可以日日见到他面，如何大风雪也不怕。我要我要找我爸爸，去到哪里也要找我爸爸"……每次听都心酸难忍，情绪随着星仔的命运起伏而变化。因为这首歌，我还记住了演唱者的名字——孙佳星，甚至试着学起蹩脚的粤语版。

至于日文，咱也没怕的。不信，请听"格滴格滴，格滴格滴，阿依希太鲁。格滴格滴，格滴格滴，一休桑"，都是用汉字标出似是而非的读音，再比葫芦画瓢，自学成才。

越来越丰富多彩的电视节目还带动了一项副业：贴画。它们开始在校园内外流行。每张大小接近现在的 16 开纸，上面印着米雪、翁美玲、黄日华等港台明星的剧照、写真，也有一些动画片人物。他们彼此挨得很近，亲密无间。

买回家后，需要耐心地一张张剪下来。修好边，分门别类。墩整齐了，用皮筋扎好。是课间或课后彼此炫耀或交换的资本。

"时光就像一把无形刻刀，改变了你我模样。"

它是不公平的，因为只让我青丝变了白发。

而那些鲜活的动画人物仍保持着几十年前的模样。隔着岁月，和我相见不相识。

被定格的光影

2020 年清明节假期。

想起连城前些天无意中提到一事,再次向他证实:当年堂姐夫李岩海两口子的结婚照被放大后,摆在南礼士路照相馆。男的一身标准军装,女的绿色仿军装上衣,没有领章。"为什么选他们的照片啊?""好看呗!"

我妈年轻时,是十里八村、远亲近邻公认的美人。遗传自亲姥姥的容貌加上重点大学学生的身份无疑让她拥有了极高的知名度。妈妈就曾享受过明星待遇。在不知情的情况下,靓照被一家出名的照相馆放大成半米高、一尺宽,摆在玻璃窗里展览。后被姥爷索回。

可惜到了我们这一代,进照相馆的次数极为有限。

大女儿的首张相片拍于盛夏来临前的一个星期天。当时她半岁大,穿着一件纯棉上下身连体短服。领子呈深绿色,其他地方均为浅绿色。

在每家尚不能完全解决温饱的年代,照相机实在是一件不合时宜的稀罕物。别管定义为先见还是犯傻,反正爸妈铁了心,要买照相机。

知易行难。

1972年秋，当公司采购员奔赴东、西、南、北四大方向进货时，妈妈将"兑汇"中积攒的200元钱交给主角：前往全国购物中心——上海的赵同志，请他帮忙买照相机，同时也委托其他配角了解行情。

谁知我妈判断失误。上海只有135型"海鸥"牌相机出售，去柳州的同事倒提前带回来一个黑白相机：广州产、120型"珠江"牌。

一手交货，另一手就要交钱哪！可妈妈的钱还在赵同志手里，报销规定又不允许拖延，于是家庭史上第一次也是唯一一次借钱场景上演了。爸妈鼓足勇气开口，却难堪地没借到分毫。

有了这件时髦武器，家里的文化生活被调剂得丰富多彩。虽说不能像照相馆那样美名扬，但胜在够方便！

最受益的孩子是大女儿。那时儿子已于1972年年底跟爷爷回东北老家了。孩子们的爸爸在次年春节给我们母女俩照了不少相片。大女儿更是当仁不让的主角：床上、车里，爸抱、妈搂，戴紫色毛线帽子、穿天蓝色罩袄或紫红色外衣，各式各样，十几张吧？很奇怪，大女儿绝大多数的照片都不笑，而且大眼睛总爱眯着。

几十本厚厚的家庭影集中，母女每年在金水河的相片都有。经典的包括：1979年夏天，我身穿白花旗袍、小女儿披散着浓密的黑发，躺在河边绿草丛间做读书状；冬天姐妹俩在河畔飞跑或坐在石头上摆"pose"（造型），小女儿身穿紫色羽绒服在雪地里摸爬打雪仗；最美的还属春暖繁花时，小女儿蹲在树下或调皮地骑在树上。

妈妈送我回老家后，俨然成了手艺娴熟的摄影师。我则化身为称职的童模。不管是和太爷太奶、爷奶的全家照，和姑姑叔叔的合影，还是兄妹俩的单独或合照，必不可少。

乐享夕阳红的我妈至今仍拍得一手好照片。比不上那些业余摄影发烧友的"长枪短炮"，她只有一部使用多年的旧相机。我们想给她换更先进、更便利、更高级的，恋旧的她却拒绝了，说老伙计使得顺手。

和前文说的饺子一样，"工欲善其事，必先利其器"这话搁我妈身上也没用。凭借简陋的"器"，我妈拍出的照片因为视角独特、立意新颖，经常被选中送展。其中一幅参加了2015年河南省"纪念中国人民抗日战争暨世界反法西斯战争胜利70周年"作品展。

很长一段时间，照相都是我妈的一厢情愿，我们压根不喜欢。一则耽误时间，二来还要按妈妈的要求摆一些很"二"的造型——头上披条纱巾、点个红点、别个发卡，反正妈妈既当导演，又是下手凶狠的"化妆师"。执意把我们一个个抓过来，摆弄来摆弄去。

现在再看，多亏有了妈妈的强制，才让美好的瞬间躲过时光粉碎机，永远定格在泛黄的相纸上。

时间无语，却能回答一切问题。

在光影世界更是如此。

澡不易

小时候，洗澡可是一个困扰多年的大问题，延续的时间还不短。都 20 世纪 90 年代了，我在部队还洗大澡堂呢！哪儿像现在方便？家家都装热水器，想洗分分钟的事。

即使一岁多时，经历了最惨痛的"面汤事件"，我仍然是痴心不改的"亲水"分子。我妈可证：

> 送大女儿走之前，我抱她去机电公司的澡堂洗澡。人特别多，费了半天劲，我才勉强抢了一个盛水用的四方木斗。应该说，这个木斗是最脏的。但是当时真不知道。
>
> 把大女儿放入木斗后，她玩得很开心、不亦乐乎。两只小手一边拍水，一边调皮地把溅到脸上、头上的水吸进嘴里。现在想想多脏啊！她还把小毛巾当成玩具，乱拍乱打着水。当我想把她抱出来，看吧，她开始闹腾了。身子立刻往后硬挺，小脚一个劲地乱踢，还摇着脑袋哭叫，特别有脾气。

最早住四所时，那里作为省政府招待机构，设施很齐备，有大浴池供客人使用。我们也能趁机沾沾光。但是一旦遇到不对外开放的时候就麻烦了。都是住家户，管理者也就得懒且懒。

当时，社会上仅有的几个大众化浴池鱼龙混杂。这样一来，我们唯一能洗澡的地方就是爸妈的工作单位。

妈妈作为持家主妇，要绞尽脑汁筹划时间合理安排。如果上幼儿园的妹妹也洗，那就选择我下午放学后洗，如果单独带我洗，则利用中午。

省计委的澡堂周六中午开放，一直到晚上十点钟。除了服务于在三号楼上班的同志们，还包括大量家属。为了抢到位置好的小柜、看上去还干净的公用木拖鞋，吵嘴甚至动手打架的事屡有发生。

这是一场声势浩大的人民"战争"。

正式开门前，已经聚集了不少人。大家都想洗第一炉烧的热水，干净啊！如果你不紧不慢地晚来，就别抱怨大池子里的水略混浊、略发乌、略那什么了。

妈妈老早就让我们把里面的衣扣全解开，以缩短脱衣时间。受益于此，我们经常是头几个闯进水汽蒸腾、空空荡荡的内室的。

很快，澡堂里黑压压的脑袋就多得数不清。人声鼎沸，巨大的噪声混着热乎乎的水蒸气几乎能把房顶掀开。

淋浴头也靠抢。如果娘儿仨能占住一个，那么别人就甭想插足了。妈妈怕我们冻着，总是快手快脚地先给我们洗。之后身体冷一块、热一块的她才忙活自己。

特别喜欢爸妈外出开会。他们不仅能省下好吃的拿回家，我们还能带上干净衣服，溜进黄河宾馆这类高级场所。到爸妈入住的房间，不受任何外人干扰，美美地洗个澡。

为解决洗澡难题，我妈还顺应潮流，买过一个透明的塑料浴帘。人在盆里坐好，浴帘由上罩下，像个密不透风的圆柱体。洗澡时只要有点微风，凉冰冰、黏糊糊的塑料布就和身体亲密接触了，很不舒服。

到了冬天，屋里冷，更不爱洗澡。

家里有自制的御寒武器——医院那种葡萄糖输液瓶。灌好热水后，将软橡皮塞塞好，再往下折一圈边。放在被窝里，钻进去就不会太冷。

睡到后半夜，水变凉了，瓶子就难逃失宠被踹的命运，夜的宁静也被清脆的破裂声打碎而变得喧闹起来。

这玩意儿也有危险。妹妹有次睡得太熟，连脚面被烫出大水泡都不知道。

有了暖气后，土暖瓶也知趣地退出历史舞台。打开屋门，一股暖烘烘的热气扑面而来。我们有时实在太热，索性换上一身短打扮。也不再闻"澡"色变。

后来还买过电淋浴喷头。据说容易漏电，又弃用了。

直到在家属院率先安装了热水器，爱操心的妈妈终于卸下了重担，让它随着"哗哗"声响，流向远方。

游戏之"戏"

"暑天无君子",这是我爸每年必说的口头禅。和"宁可撑死人,也别占着盆"一样,都可列入李氏家训。

大当家的发了话,就等于定调,自然都要响应。没人穿得"周武郑王"。老爸光着大膀子,一身白肉坦荡荡。我妈则是松快的跨栏背心和大短裤。这时候最不希望家里来人拜访。因为那样,爸妈就得着装整齐。脸上挂着礼貌敷衍的笑,身上粘着溻湿的衣物,心里恐怕早焦躁得直拱火,迫切盼着客人早点离开。

兄妹三人更是一身能省则省的露肉装,这为表演授衔戏提供了便利条件。

和所有小男孩一样,哥哥喜欢看《战上海》《小兵张嘎》《南征北战》一类的打仗片。"这人好的坏的?"每当我们发问,我哥总会给出权威答案。电影里,正义的解放军这边军装实在简朴老套,远不及坏人身上的挺括帅气。从白手套到马靴到披风,一应俱全,还有胸前锃亮的配饰。

这个,我们也可以有。

一张张长方形的白纸被涂上花花绿绿、长短不一的小块,权作"勋表"。写着"上将、中将、少将"这些级别高得吓人的字样,再加上两条画五角星的"肩章"。

　　我哥召集两个小兵。现在万事俱备，开始上演授衔仪式。我哥当仁不让地首选主持人，手握大权，发号施令。小兵们挺胸抬头、立正站好。

　　"授予××同志中将军衔。"哥哥一脸严肃地宣布完后，拿出事先抹了糨糊或胶水的纸，往××同志胸前和肩膀上裸露的肉皮处一贴，用力拍牢。互相敬礼，完成！如果轮到他时，则由我来提纲主持。

　　当然，我们军衔大小一般是根据年岁排行来的。哥哥不知从哪里学的，还发明出"大将"一职，专供本人使用。那时我俩也自动提升一级。"一荣俱荣"嘛！

　　粘上军衔后，顿感荣誉加身。一脸得意地去照镜子。别说，形象新鲜又威风。可往下撕时，就痛苦了。皮肤被扯得红红一片。有时胶水干透了，还得用水浸湿再搓掉纸屑。

　　我们还会即兴模仿电影中的某段情节。一人扮演国民党军官，另一人是来送机密文件的秘书。此时必须请出一件不可或缺的重要道具：爸妈单位发的一本文件壳夹，绿色硬革面、内脊装有活动弹簧夹。一摁最底端的椭圆片，上面一溜儿四个放打孔纸的铁环就如同螃蟹钳子，啪的一声向两边分开。

　　"咚咚咚"敲门。紧接着说："报告。"

　　"进来。"军官很威严。

　　秘书立正站好，打开"文件夹"，开始宣读"南京来电"。之后吧啦吧啦，随你自由发挥吧，瞎说一气。

　　有次，我哥扮演秘书，妹妹扮演军官。刚一"报告"，没想到听到的却是"出去"。没按套路出牌啊！愕然过后，大家笑倒一片。

于无声处

三人完全可以组成游玩小分队，有队长、副队长和小兵。捉迷藏、楼下翻墙、玩沙子，总有花样。不用特意买什么玩具，在一起嬉笑打闹最能引燃快乐。

"单刀、双刀、清水、臭水。"看不懂什么意思吧？不是什么密电码，而是拖鞋大战的专有名词。

双脚同时起跳，借力将拖鞋甩向远处。如果一只侧立、一只向上，是单刀；两只冲上，是清水；冲下则为臭水；至于两只鞋都侧立住，是最难遇到的"双刀"。轮流用自己的拖鞋砸，累积得到不同的分值。

偶尔赶上停电，少了平时晚上白炽灯明晃晃的照射，家里平添了几分宁静和安然。千载难逢的玩乐机会来到了。

借着蜡烛摇曳而微弱的淡黄火苗，我们一边看着墙面，一边比画手影：大灰狼、小兔子、小狗、猎枪……将十指灵活曲张，能拼出不同造型。我们还要乐此不疲地玩一种游戏：将食指伸平，快速地穿过火苗而毫发无伤。如果动作慢，肯定会烫着。我们轮流来冒险，要的就是一种刺激和快乐。

我们也喜欢把焰心四周受热变软的部分往中间挤靠，看着它们变成蜡油。越汪越多，直到溢出来。故意滴到手上，冷却后结成一层厚厚的白壳，之后就能享剥落的奇妙感觉。这有点像往手心里倒上胶水，再相对挤压、拉丝。等一会儿糊上的胶水变成薄而均匀的皮，用手揪扯掉，有一种麻酥酥的快感，最后看谁的最大最完整。

暖暖的光晕里，平时总板着脸孔的爸爸妈妈看起来温柔了不少。他们也趁机从厨房的劳作中腾出手来。一家人坐在桌旁，随意谈天说地。除了光源聚焦地，其他各屋都充斥着一团黑暗，好像在沉默地倾听身边发生的一切。

隐约有东西在汩汩流淌，那是无处不在的平淡幸福与恬适。

快乐的阳台

除了各个房间，人民路的南北阳台也是我们游戏的最佳场所。

北阳台比较小，仅有三四平方米，是我妈每年春节堆放年货的地方。

学习结束后，兄妹三人会来几把"包子、剪子、锤"。输者要偷偷跑进厨房或阳台上，用刀切一块熟牛肉。得手后以肉丝为计量标准，平均分配。

过年放炮，我们还在这里搞场恶作剧。随意找前面那栋楼的一户人家，远远地瞄准后将火焰弹发射出去，居然还吓过一位阿姨。十几年后，我已经分配到部队工作。无意中得知单位新来的学员中竟然有那位阿姨的女儿。世界真的很小，不知她是否还记得当年的事。

南阳台很大，主要用作我妈的晾晒场。收拾干净的鸡呀，鱼呀，用小棍儿撑开鱼腹，系好细绳，吊挂在横架上通风、晾透。我们岂能错过良机？将拆下来的小鞭插进鱼眼。我哥胆大，拿香头点燃。只听"叭"的一声闷响，鱼眼都炸出汤了，三人得意地拍手大笑。

阳台左手边是爸妈砌的长条水泥池，种过丝瓜和花之类的。

家里曾养过一只小乌龟，它死了后也埋在那里。老家寄来的蕨菜、萝卜条、桔梗搁存在右手边的高处。有一种黑乎乎的熟咸菜，清水洗净泡软，还是特别齁。

那些干货时多时少，不停发生着变化。最后，和时光一样也无声消失了。

有一年中秋，我们一边吃着葡萄、鸭梨、月饼，一边收看电视里播放的故事片《夕照街》。稍晚些，突然有了赏月的念头。穿过没点灯的大房间，走到南阳台。月色正好，水银般泼洒了一地皎洁。薄如纱的轻雾轻轻围绕在它周围，像透明的飘带。丝瓜叶被映得发亮。弯曲而纤弱的蔓儿衬着无星的天空，宛如剪影一般。

转业后来到新单位，才知道一位财务大姐居然是《夕照街》小说作者苏叔阳的儿媳，不免再次感叹。

世界真的很小。

姊妹淘

"姊妹淘"是一个当下流行词，从江浙传到台湾又传回的，意即知心好友、闺密。几位女性关系要好，能无拘无束地聊天，互相关心。

我和妹妹才是本义的姊妹淘，因为真的是一起淘气。

哥哥毕竟是男生，又比我们大好几岁，很快就进入了青春期。本就生性腼腆，这下成了半大小伙子，更不怎么爱搭理我们俩丫头。只有实在无聊或开发什么新游戏缺人手，才赏赐我们一个机会。

大女儿很清楚自己在兄妹之中的地位，一般家里家外从不主动惹事。但如果出主意的是哥哥或者妹妹，那么她一定会扮演推波助澜、起哄的角色。

瞧，妈妈对我的评价，这可是亲妈啊！反正她老人家不知怎么就认定我属于人家偷驴我拔橛、起哄架秧子的角色。

当哥的指望不上，那就姐妹俩玩呗！这下我自然占据主导地位。山中无老虎，猴子称大王嘛！妹妹从小就老实，给个不挂肉丝的骨头都能安静地啃半天，当然乖乖服从。

搬到人民路之后，一年四季，上学放学，我和妹妹总有意无意地走河边，省路省力，还兼顾玩耍。

我俩通常从人民路这边的桥上下去，灵巧地钻过别人扒开的铁丝网，顺着水泥抹的河堤斜坡朝东走。再上来就到了紫荆山公园中门处。那会儿公园要收门票，对背书包的学生倒破例不管。之后沿着金水河的另一段柳岸，从公园北门出去，穿过几条马路，直奔学校。西进北出或北进西出，这样走能避开马路上行驶的车辆，环境安静，也有了贪玩的条件。

夏秋时，近水处生长着一丛一丛的灌木，开着粉红色的穗状花。还有摇曳生姿的雏菊、水菖蒲之类，河水仿佛都有了生机。我们捡拾些花草、树叶，回家后按照《儿童时代》上讲授的方法，修剪后粘在纸上，就是一幅幅别致脱俗的贴画。

路熟了，胆子也大起来。寻常"正道"太没挑战性，于是我们开始不安分，跃跃欲试地蹚野路。有次我们合力想拉开人家装上的铁丝网护栏，结果妹妹收不住脚，一下就蹿进水里。湿着鞋回家，自然被火眼金睛的妈妈逮个正着。

对门邻居最早是一位毕业于山西财经学院（现山西财经大学）的张姓单身青年。有年他的父亲前来探亲时，我俩可找到"开心玩偶"了。

那位爷爷喜欢在阳台上看报。阳光正好，错过岂不可惜？我们站在自家阳台上，人手一小镜。对着毒辣的太阳，将反射光瞄准老人的脸上、报纸上乱晃一气。老人只觉得光线刺眼，也不知来自何方，心怀蹊跷地左寻右找，有时正好晃到眼睛上，那就真成闭眼瞎了，只好收拾报纸进屋。

2020 年 4 月 29 日,难得偷闲的小倩又开始"控诉"。

　　咱们不是甲院 148 号楼吗,楼下和政七街是个丁字路口,路口就是老民政厅,咱俩老在那里玩。

　　你啊你啊都忘了?!我憋不住了,就地尿。你往尿水上泼沙子,边尿边盖,一下子把沙子……

我还以为她指在河堤沙堆里捡到一毛钱那事呢!噢噢,想起来了。当时我手劲过大,本想给小倩掩盖现场,结果把一些细沙扬到她的私密处。只能匆忙回家清洗。

佩服佩服,妹妹这记性。

再看看,我犯过的"罪行"啊,简直罄竹难书。

可是,一对中年妇女事先未经约定地来怀旧,里面怎么都是甜蜜和快乐的感觉呢?

俯瞰的风景

被称为"格格作家"的叶广芩，本姓叶赫那拉，实打实的皇族后裔。无意中接触到她那手流畅高贵的文字，自此大爱。连我妈都深受影响，说她的作品确实自成一体，让人读后唏嘘不止。

"我上房的时候要夹个破凉席，带一壶凉开水，捎几本小人书，在房顶的树荫下一躺，小凉风一吹，翻着小人书，那舒坦，甭提了！"叶老在一本类似随笔的书里自述。

看到此处，我不禁暗叹。继萧红的菜园子之后，我与名作家之间又找到一处契合点：上房。

和揭瓦无关，单说它本身，就是每个小孩都喜欢的事。惊险刺激，眼界大开。虽说一个蹿上平房，一个从楼里登顶。小人书和凉白开也换成了易拉罐装绿豆汤和作业本。但享受那份自在、俯瞰风景所带来的快乐都是一样的。

我家搬到人民路 14 号院，住房在顶层五楼。家门外的墙边搁着一架短木梯，不知什么人留下的。做工简陋，歪七扭八。

暑假一到，它就成了宝贝。顺着它翻出一扇小天窗，就能到达整栋楼的平顶。木梯有些摇晃，爬的过程中我们也不敢回头或往下看，怕一失足跌疼了。但这丝毫不影响我们撑开伞、在烈日下写作业的"热情"。在火热的夏天，这份热情更让人挥汗如雨。那又如何？

如果忘带哪个本或补充"饮品"，没关系，爬上爬下、动作娴熟得很！天上飘来五个字——那都不叫事。

楼顶铺着沥青和油毛毡，显得黑乎乎的，很平坦。走十几步，就会来到居民楼的边缘。透过法国梧桐探过来的浓密枝叶，壮着胆往下看，是粮店和人来车往的人民路。冷不丁地一个"吊死鬼"会悬荡下来，吓我们一跳。"吊死鬼"是一种将身体包裹在卷曲叶子里的黑色肉虫子，身上还有细毛刺，难看得要命。

我一直认为，人民路的梧桐树是全郑州最美的风景。它们高大挺拔，神气地伫立在道路两侧。壮实的枝丫，你搭着我、我攀着你，拱起穹庐一般的枝繁叶茂。夏天提供人们遮天蔽日的阴凉。即使万物凋零的冬天，也能展示出别样的景致：几个仅存的球果悬垂下来，在北风中摇曳，衬着瓦蓝瓦蓝的天，韵味十足。

前些年故地重游，梧桐依旧苗壮，只是腰身显得更粗了。仰头看去，一大片的繁密似乎沉甸甸地压下来。奇怪的是，马路倒比我印象中的狭窄，就连三角公园都变成了微缩版。记得以前在里面疯跑疯玩、打马车轱辘（侧手翻）、偷摘那尖耸一柱的白色剑麻花时，觉得空地大着呢，跑几圈都没问题，就连对面母校十一中的大门也没了曾经的气势。

一切依旧，只是我长大了而已。

从少女到人妻、人母，中间阻隔着几十年人生的沧桑风雨。

这是一道被时间撕开的巨大伤口，永难愈合。

清谈兴家

渐入老境的爸妈越来越喜欢闲聊往事，他们称之为"清谈"。哪怕子女们都没陪在身边当听众，哪怕一个聋得厉害、一个眉目低垂。

来到河南后养成的爱好，久而久之，成了习惯。

妈妈说，每逢此时，精神最为放松、愉悦。对于他们老两口，这种方式既是滋养生命的良品，又是灌溉常青树的清泉。几十年的人生经历、当年一起吃过的苦、拉扯孩子们的艰辛、单位的熟人往事、东北老家的师生亲戚现状等都能成为扯不完的话题。

尤其绕不开故乡、故土、故人。大到"牛矿"当年的瓦斯爆炸、下放干部落水，小到楸树沟的一路杏花、响山东沟山上的榛子，老两口津津乐道，翻来覆去地说上多少遍也不厌倦。客厅、卧室、厨房、公园、绿地、景区，不拘地点，乐此不疲。

"46块5""42块5"，二老经常挂在嘴边，这是当年爸妈这两位重点大学毕业生每月领到的工资数。他们被不济的时运分别拨拉到五交化商店和六中工作，微薄的收入是养家糊口的唯一来源。一个个数字，无疑是艰难日子中结出的苦果，很多年没变过，自然记得牢。

当初一家人在平顶山生活时，正赶上对知识分子缺乏善意的年代。经济条件窘迫，政治地位低下。承受方方面面压力的爸妈考虑不到自身，而是想方设法让我们的生活多些仪式感：送进正规托幼机构接受教育，尽量买漂亮合身的成衣，别人有的、穿的也力所能及地一样不缺。每逢节假日，都要给我们的伙食换换花样。周末一家人还去唯一的湛河公园游玩、拍照。

妈妈将简陋的家收拾得干净整洁。用白纸和铁丝糊挡上难看的屋脊，墙上再贴上她自学的花鸟绘画作品。水泥地也被擦得乌黑锃亮，能照出人影。

作为知识分子，他们一直延续着对书的痴迷与喜好。这也是他们至今清谈的重要话题。

我爸喜读书，说遍览群书一点儿也不夸张。他老人家启蒙时旁听过私塾，小学期间已读了四大名著。大学时又阅遍欧洲文艺复兴时期的世界名著、国内多年来出版发行的各省文艺期刊以及公开面世的小说、文献等，阅读的作品十来个等身吧。

正因如此，博学多识的他居然还成为古汉语老师的"一字师"。

那是1962年8月底，爸爸正在吉林大学经济系新生宿舍整理床铺，准备迎接开学。班长等人簇拥着一位气宇轩昂的年轻人进来，并介绍说："这位就是我们的古汉语老师孙维张，想和大家认识一下。孙老师是北大中文系58届毕业生，也是《汉语成语小辞典》的编撰者之一。"

爸爸一听，肃然起敬。

孙老师翻着学生花名册，随口问爸爸："这个字念什么？我居然不认识。""筻（音达），一种用粗竹篾编成的形状像席的东西。"孙老师笑着说："哈哈，幸亏我没读成'旦'，否则明天在课堂上要出洋相了。"

爸爸说："以后遇到学生姓名里有怪僻、生涩的字，您点名时故意漏下，之后再问全班还有谁没点到。这时肯定有人自报，您再恍然大悟，你叫什么名字啊？这样，就窘迫全无了！"孙老师被逗乐了，之后他若有所思地说："你真是我的一字之师！"

后来家里经济条件好转，买书便成了爸爸理所当然的嗜好。妈妈说，多少年来，你爸的工资除家用外，几乎都交给书店了。图书馆是爸爸经常光顾之地，看书、休息两不误。

即使在卫生间我爸也手不释卷。妈妈专门放个简易书架。记得住在人民路的省政府家属院时，我家总是第一个亮灯。爸爸最先起来忙碌，生火、烧水、做饭，就连看锅的间隙还不忘捧本书来读。

到了现在，我家最大的房间被妈妈辟为书房。几排高大的木柜里，藏书近万册。爸妈喜好不同。一个偏重军事、历史，一个则专情于文学。

爸爸尤其喜欢对照军事战争史，在地图上圈圈画画，让每次大战来个"情景重现"。仿佛一位指挥若定的将军，调兵遣将、排兵布阵；又像一位满腹经纶的评论家，不时加以分析、指点。

上午、下午的大半时间，两位老人或端坐在客厅的沙发上，或安卧在书房的躺椅，将身体交给暖阳，将思想交给书本。

那时,没有清谈。却有比清谈更美妙、更神圣的东西,盈满室内。

是书香。

文字恒久远

书读得多了，自然就要舞文弄墨一番。

我觉得爸爸可能是一位被仕途耽误的诗人。他写诗不会闭门造车，或为了写而写，往往是触景生情、有感而发。半截小纸、一张饭票、景区门票、旅游说明，甚至火车票、登机牌，都能及时留存他的随思随想。

妈妈在整理爸爸退休后的书籍、杂志、工作笔记、文具用品、工作和生活照片时，经常能发现背面有即景写出的佳作。仅1993年一个《中国消费者报》的采访本上就有100多首长短诗。

我回娘家时见过这个小本。扉页，由上而下是我爸手书的五个漂亮大字：河南工商局。在每个字的横竖撇捺钩里，还俏皮地嵌入他的名字和记录时间。翻开来看，每页字体秀丽工整、力透纸背。熟悉的笔迹，曾出现在我的书皮、作业本、卷子上，也留迹在数不清的文件、记录、论文、报告、发言稿上。

至于内容，基本一处一诗。写景写物写人、有思有悟有情。细数一下，不得了。我爸的足迹可谓遍布大江南北，还去美国、缅甸、澳洲和欧洲考察学习过。除了传统的五言、七言律诗，也有新诗。就连观棋、在北环绿地放风筝都能信手写就。有的还附有几句创作小札或简单明了的手绘行程图。

诗风清新隽永、雅俗共赏。现随意撷取几首，以为证。

作于 1993 年 7 月 26 日的《大雨》：

久旱甘霖到，顿作少年狂。
恨不飞万里，醉卧温柔乡。

同日，还有一首《遥寄内子》：

凭栏远眺月如钩，良机不再何解愁？
红尘滚滚过隙去，莫负秋日好时候！

作于 2008 年 3 月 11 日的《野趣》：

春风暖，柳丝长，玉兰如雪飘暗香。
吹箫牧童跃白马，最快富景好时光。

作于 2012 年 5 月 21 日的《洞庭行》：

寻常扬子江心水，难觅君山顶上茶。
鱼贯舟楫北行远，八百洞庭连天涯。
登楼低吟范公句，岳阳邓州本一家*。
挥汗如雨不忍去，美景蒸蔚二奇葩。

* 范仲淹任邓州太守时写下千古佳作《岳阳楼记》，楼遂以诗名。岳阳古为巴陵郡。

就连即兴创作一首打油诗，也不失风趣。比如 2010 年 7 月 10 日所写的《室韦》。每次读，我都被三言两语勾勒出的画面逗得忍俊不禁。

> 湿地远东第一家，北上车行入图画。
> 鹅黄地毯铺天际，绿草繁花漫天涯。
> 内子频呼停车急，目不暇接怨数码。
> 更喜中俄界河游，翩跹起舞 девочка（姑娘）。

出身根正苗红的工人家庭、基本没接触过什么文化人的妈妈，比起家里那几个一看书就头疼的弟妹们，绝对属于另类。

妈妈很爱写东西。特别是退休后，大多数时间笔耕不辍。她还时不时地给杂志投稿呢！《断桥随想》等多篇随笔被省级刊物登载。

撰写日记和回忆录也是妈妈的日常。

她独自坐在书桌旁，将厚积在心底的沧桑往事逐一打捞出来，拂去尘埃，再铺陈于纸上，努力还原其旧日模样。

妈妈的文字纯朴自然，不事雕琢，却有一种无法比拟的美。比如这篇她最钟情的《小杏花》：

> 2016 年，一个春天，满目花影盈动。突然想起了故乡

的杏花，才思泉涌，下笔如注，写了一篇小文，可以体现出我对杏花的特殊情结。那里，似乎浓缩了我的人生写照。

小杏花出生在春寒料峭、杏花正开的杏花沟。爹的外号叫老杏树，爹的女儿没有理由不叫小杏花。

小杏花想写杏花由来已久，这和名字无关。但是，几十年转瞬即逝，她却始终没有提笔，心中柔肠百结。是啊，一朵不起眼、无名无分的小杏花，即便几十朵姐妹相拥，紫红色花托也衬托不出它的艳丽，依然是淡淡惨惨的白。百花园中姹紫嫣红，它既没有牡丹的雍容华贵，更缺少菊花的绰约风姿，就算是春来满山堆如雪，也营造不出"花开时节动京城"的氛围。可是，还是想写小杏花，因为它是杏花沟、特别是小杏花心中的报春花。

打小杏花记事起，脑海中只有两种白，一是半年之久的冰封雪裹，漫山遍野的皑皑白雪；二是积雪逐渐消瘦，褐色的山野林木还没有披上绿装，又一片"白雪"铺天盖地——坡上崖下，沟沟坎坎，房前屋后的杏花，一夜之间"唰"地全白了。杏花一开，小杏花的春天来了，每天总是心儿颤颤地让爹采一抱杏花回来。看啊闻啊，连饭都不想吃了。

小杏花到沟外上学了。花开时节，她快活得如同小燕子，每天必定采一抱杏花往讲桌上一扔，不分男女同学蜂拥而上。抢到的会说："小杏花，今天你用我的墨水吧。"那是如同现在镍币角钱大小的蓝片片，入水既成墨水。"小杏花，今天你用我的铅笔吧。"那是廉价铅条放在高粱秆中自制的简易笔。没有抢到的同学也会讨好地说："小杏花，你的身上真香啊，明天再采些花吧。"原来，小杏花身上沾的全是金黄色的花粉。

花谢了，消停不了半个月，青杏早已急不可耐地在绿叶下叽叽喳喳。小杏花青布裥的两个口袋里每天塞得满满当当，从花生米大小脆脆的再到果核硬了不能再吃的小青杏，一把又一把地掏放在讲桌上，男女同学又是欢呼雀跃争抢。"今天你用我的橡皮吧"，那是旧马车轱辘上剪下的一块废胶皮；"今天你玩我的皮球吧"，这倒真是拳头大小的皮球，是家境尚可的人家花旧币五千块钱买的……

小杏花即使没有用过同学的东西，也满足极了。当杏儿由绿变黄、由酸变甜，绵绵软软地可以吃时，学校却放假了，小杏花再也无法嘚瑟了。眼看着一树树黄杏任鸟叼鹰啄，大人们一筐筐攒回家喂猪，或落在树下一片片自生自灭，小杏花难受极了。

十几年后，小杏花成了杏花沟第一个走出的女"状元"，到京城读书。得知京城枝条上绿叶间开着小黄花的植物叫迎春花而不是杏花时，小杏花又难过了。

后来，小杏花定居在中州并繁衍子孙后代。每当五一前后春风吹拂的日子，她的杏花情节更加浓烈，会常常梦回故乡：距黄淮大平原三千多里、长白山下，那个小山村是否也山顶白头、一片雪海？那不是雪，而是杏花呢！

每年花开时节，小杏花孝顺的一群儿孙们都会搀扶她去环翠峪。站在杏树下，轻抚一枝杏花，闻闻略带苦涩的清香,看看紫红花托上的五片白瓣,再抬眼望望远山"白雪"又叠印出家乡的幻影,小杏花久久不愿离去。当青杏又悄然拱出枝头时,小杏花也会不文明地摘下一两枚放到口中,咀嚼童年的情趣,品味儿时的欢乐。

当得知杏花沟也对杏儿深加工成杏果脯、杏仁茶、杏果酱、杏仁露、杏仁瓣、壳杏仁等产品时,小杏花释怀了。

弹指间七十多年过去了,昔日的小杏花早已变成杏花奶奶,只能遥远地寄一份祝福。

怀旧,才写。

写毕,了愿。

我每次读都感慨颇多。

如果说这世间真有一种能久远传世的东西,我相信那只会是文字。

你看,字里行间开着的杏花,经历七十多年的风雨,仍然那么美丽。

论 "童女功" 的养成

　　从上小学、中学、军校到毕业、工作、转业直至退休，过半人生路上邂逅远的近的亲朋同事一大堆。经常有好事者推算我的入学年纪。如果我再恶作剧补充一句，"我初中还休了一年学"，那么他们得出结论后的反应大抵如此："哇，这么小啊？"可不！妈妈可证：

　　1976 年春暖花开的季节，奶奶家门前的小河已欢快地流淌了。无忧无虑的大女儿在爷奶的照顾下，过着田园牧歌般的幸福生活，整日里戏鸭逗鹅、上树下河。对一个父母不在身边的孩子，长辈们本就疼惜。再加上她又生得白皙可爱、聪明懂事、口齿伶俐，没法儿不惹人爱。每天除了撵鸡赶鸭、招猫逗狗，根本没别的正经事。绝对的放养，心灵完全自由。

　　奶奶来信说，四岁多的大女儿见小姑到村子的小学读书，也闹着要读。于是奶奶给她买了书本，又缝了一个书包。大家同是本乡本土的邻居，也都知道她爸妈不在身边，所以学校破例让她跟着一年级念书。上课时，由于课桌太高，大女儿往往是站着听讲，跪在长连椅上写作业。放学后再和小姑一起回家。她十分认真地做功课,爷爷不忙时也辅导她。

年纪小小的大女儿居然跟得上当时一年级的功课,奶奶说根本不用参加考试。那会儿她已经显露出了喜爱文科的苗头。家人对她最多的赞叹就是:"小菲的书,背得呱呱的! 小脑袋晃晃着,一个字都不差。"

看吧,最初真不是为了求学才进校门的,纯属闹着玩。后来跟着爸妈换地方,学校也是转来转去。有时差个半学期或几个月的,爸妈做主就往上靠靠。所以不用跳级也升得快。

比起刻板的学校教育,知识分子家庭的典型氛围更是打小就深深影响了我。

爸妈那点可怜的工资除了养活三个儿女,还要贴补老家的长辈们,日子过得很紧巴。但即使如此,他们仍省吃俭用地从牙缝里拿出钱,订杂志读物。可以说,书刊使童年时光充满了乐趣,让我了解到人除了衣食之外,还应该有来自精神层面的愉悦与享受。

说实话,家里订阅的各类杂志,甭管大人小孩的,除了《八小时以外》,我基本爱看。

《八小时以外》文字太多、配图太少,内容多是弘扬理想之类的,不吸引人。

爱看是一方面,有时真不太懂。比如《电影剧本》吧,有些内容带着明显的政治色彩。

有一篇挺长的,好像叫《枫》。讲"文革"中一对青梅竹马的恋人，政见不同，捍卫各自阵营，最后女的好像因武斗丧生。剧本还配了一幅彩色插图：满面硝烟的男主人公悲恸地抱着恋人的尸体，血在女孩的胸膛上浸染成惊心动魄的大片红花，染红了她残破的军装和袖章。

还有一篇写的也是青春的爱情，不过将时间放在了古代。现在想想应该算穿越小说的鼻祖吧？最后女孩被选进宫中殉葬，反正是悲剧。先别提文字的铺陈、结构如何，光是这些情节足够让我印象深刻。

《故事会》应该是我看过最小开本的杂志了，和语文书差不多，更薄。身体小，内容却不少。网上说，它原名《革命故事会》，1979 年 1 月创刊。从双月刊到半月刊再到分红绿版本，几十年了，一直处于发展中。不过我接触它时，它还是简单纯朴的。古今中外长短故事，意义深长。

我还现学现卖，在班级故事会轮到我登台时，将一篇《苦楝树下的悲歌》原样搬到台上。好像有句"宋什么龙亲了她一口"，被我傻乎乎地讲出来，事后才觉不妥。

家里居然还有一期不知从哪里弄来的《苏联妇女》，让我爱不释手。真不是我"崇洋媚外"，一看就和本土那些中规中矩的杂志不一样。内容丰富、图文并茂。里面有介绍电帽烫发的，有菜谱、教做西式点心的，还有复杂的电路图。看铁凝写的《大浴女》，也提过这本杂志。"但她还是记得从北京搬来时，有几本中文版的《苏联妇女》章妩没舍得卖掉也没舍得扔，《苏联妇女》是从前章妩订阅的杂志，《苏联妇女》里介绍各式菜肴、毛衣编织、美容美发和时装展示。"

　　和女主人公尹小跳的感觉一样，这本杂志给从未见识过外面洋世界的我推开了一扇小小的窗。我这才知道，同住在地球上，原来还有与我们截然不同的另外一个群体，过着与我们截然不同的生活。

　　不过，我们最常看的还是《儿童时代》《儿童文学》和《少年文艺》"三姐妹"。岁岁年年书相同。

　　那时的文坛还没受到太多名利的诱惑与污染，可谓纯真无垢。作家把创作当成信仰而非苟活工具。每篇小说、散文、诗歌都是用心创作出的精品，具有长久不衰的魅力，值得反复阅读。它们大多描述了人与人、人与社会、人与动物之间的温情故事，真善美是不变的主题。

　　正是他们笔下的文字给我苍白的少年时期涂抹上一道道绚丽的多彩。我穿着朴素的旧衣，吃着粗粝的食物，玩着简陋的玩具，却可以拥有富庶的内心世界，这是一生的财富。

　　2020年春，疫情防控期间，微信读书使用频率激增。对一部有血有肉、情感波澜起伏的《家人们》，我大加赞赏。从杨云冷淡厌恶长子罗想农的种种举动中，我窥出许多折射的暗痕。想让连城打印出来，给妈妈看看作家代我发声的真心话。可惜被老实人一眼看穿心思，婉拒了。

　　我当时还说，本部书稿里提过沈蓓佳，和《家人们》作者黄蓓佳同名。可是，再校对时，发现记忆有误，就是同一人。难怪文笔如此细腻，难怪我对她的好感从少时一直延续到中年。

　　我永远都会记得这些闪光的名字：张天翼、陈伯吹、任溶溶、秦文军、肖复兴、黄蓓佳、沈石溪……

　　读到他们或细腻或粗犷或简约或繁杂的文章，我喜欢汲取精华，将一些美词妙句抄录在小本上。模仿后应用于作文，总能收获一整段一整段的红波浪线。那是老师评价好文字的标注。遇到生字，就翻《新华字典》。再冷僻点的，可以动用爸妈的法宝——《辞海》和《辞源》。同样精美厚重的大部头，感觉"海"比"源"更实用、易懂。

　　爸爸有一段教书育人的光荣历史。虽从政多年，功力不减当年。他辅导我作文时，原创出一段结尾，锦上添花："雨还在淅淅沥沥地下。一把伞下，我们父女两人的身影在缓缓移动着。"我背得滚瓜烂熟后，逮着合适时机就用上。从日常作文到高考，屡试不爽。

　　好习惯持续至今。家里换了好几茬电脑，功能越来越多。但一旦发现透着优雅馥郁香气的文字，还是习惯拿起笔抄录在小本上。手写，肯定比打字费时间，但更走脑子。

　　由衷地喜欢被书香浸染。

　　时间久了，哪怕从女童变为老妪，却一样是世间最美的女子。

小人书，大魔力

除了家里有限的藏书外，街头小人书摊也是我主要的阅读场所，放学路上我在此流连的时间往往长一些。

记得顺城街口就有一家：两块类似抽屉的大木板，再用窄木条隔成一层一层的，上面摆放着封皮冲外的小人书，每一层的两端还拉着线绳，起到固定作用。两分钱、三分钱，根据厚度和走俏程度，摊主自行定价。

为方便查找，有些聪明摊主还按照小人书的内容分类摆放，再四散扔着几个小板凳，供客人坐着阅读。碰到生意好时，站着看的人也不少，但远远近近都在摊子不远处。

看小人书需要技巧。如果遇到上下册或连续十几本、几十本那种，手里的钱也充足，一次拿下好几本当然是最惬意的事，可以放在身边，悠闲地看。得学会未雨绸缪，否则等你看了上集急不可待地去找下集结局时，画书没准儿正在别人手里呢，只能眼巴巴地等着或改天再说，那就影响阅读的快乐。就像饿了很久的人，面对着皮薄馅大的韭菜猪肉饺子，吃得正来劲，刚想来第二盘，却被店主抱歉地通知卖完了。这种情绪，怎一个遗憾、扫兴能形容？

摆在街头小人书摊上的，再好再吸引人，也只是一种消费品。你花了钱，才换得短时间的临时主人当当。只有家里柜子里省吃俭用后积攒的一本本成果，那才让人有一种踏实的归属感。我们兄妹一般都是用零花钱买，也有同学之间互相换回来的。

记忆当中，小人书画法分几大类，但最常见的还是简单白描线条的，下方或旁边再配合关键说明性文字，或是将两人对话各配在旁，也有将电影镜头直接印出来的。

我人生中的第一本小人书，是色彩极其艳丽、画风极其夸张的"批孔"内容。孔子的形象是一个干瘪又猥琐、举着幡儿的小鬼，长长的胡子、陈腐的服饰，弓腰驼背，四处被驱赶，惶惶然如丧家犬。每一页当然要配以浓眉大眼的正义者，振臂高呼，用大号铁拳将"孔老二"打倒在地。文字不多，多含触目惊心的"反动""粉碎"字眼。年幼的我看了一遍，就没兴趣再瞅第二眼，也不知这本小人书是打哪儿来的。

同样风格的还有一本，《放学以后》。讲的好像是地主坏分子伪装成善良的好人，意欲用彩色糖果来拉拢、腐蚀小学生。最后肯定被合格的革命事业接班人——"红小兵"识破阴谋，被灰溜溜地带到公安局之类的地方去了。我之所以印象深刻，是因为这本书居然是纯英文的。许多单词对于小学三年级才学英语的我来说，根本看不明白，但图画简单易懂，所以大体意思也能猜出来。反正，好人不分男女老少，都是彻头彻尾的大义凛然、高大无比，而坏人，一律造型丑陋，阴森可怖。

还有一本，名字忘记了，但故事内容到现在还能记个大概。好像是讲一个城里小姑娘去农村的奶奶家玩。她结识了新朋友——本村一个年纪相仿的男孩子。对方比她要成熟、稳重多了,带她四处熟悉环境,两人还经常去照顾生产队刚下的小牛犊。

一天下雨之前,她去给小牛割嫩草,结果遇到一个类似富农还是被打倒的老地主。对方贼心不死,装出慈祥的模样,利用小姑娘的无知,诓骗她用蓖麻叶喂小牛。小姑娘上当了,听信了坏人说的话,于是割了好多蓖麻叶回来。

小牛吃得很香,没多久便生病了。新朋友询问了事情经过,帮着她揪出了坏分子。在老爷爷的帮助下,大家一起治好了小牛。总之,小姑娘经过了农村生活后,长高了、结实了、变黑了,尤其是心灵经受了洗礼。

这本画书和前面说的那两本不同,描绘田园生活的细节时,用笔很生动。线条清晰、层次感强,无论是野花、房屋,还是小路、篱笆,都惟妙惟肖。这和我一直刻在心底的童年老家生活画面很吻合,所以喜欢看它,反复看得滚瓜烂熟。

"模范不模范,从东往西看。东头吃烙饼,西头喝稀饭。"这是一本网上只能买到珍本而无任何信息的连环画里的打油诗,现在我仍记得滚瓜烂熟。

内容很富戏剧冲突。新政策之风吹到农村,一个曾深受极左思想戕害的干部想找到当初被自己伤害过的大婶,进行忏悔。后来还编成电视剧,大婶好像是一个挺面熟的马姓中年演员扮演的。大脸盘大眼睛,有一种笑呵呵的爽朗。

在物质和文化双重贫乏的年代,薄薄的一册小人书是无声的好朋友和陪伴者。

特殊的年货

头些年为了练手兼给朋友帮忙，校对过一套俄罗斯少儿百科，叫《我的第一本书》。内容涉及面很广，是引领小朋友认知这个世界的工具。不知怎么，想起我的第一本书了。第一本，不是指最初接触的，而是自行购买，产权真正属于个人的。

忘了具体哪一年，还住在甲院。过年了，我的腰包和时间都处于富裕状态。走十几分钟就上了花园路。行人不多，几架平放的板车上有橘子、花生等吃食，鞭炮摊照旧吸引了最多的关注。

按照以往习惯，我肯定被这些地方绊住腿脚。但奇怪了，这次我的消费观念开始发生质的转变，头脑冷静地抗拒种种诱惑。从庸俗的物质追求升华为精神文明建设，上了层次。

斥"巨资"，好像四毛六吧，我买了一份特殊年货：一本《聊斋故事》。要知道我的压岁钱也就一块。墨绿色的封面上，画着一位古装美女，罗襦长裙，含情脉脉，坐姿优雅。中等厚度，里面是几十个改编成白话文的故事。这真是我的第一本书啊！不舍得很快看完，认真地、反复地读。哪儿还是字啊？感觉都是一分一分的钱。

后来兄妹都提出要借。我心里有小小的不情愿：凭什么呀？

你们的钱都买别的了,再来白蹭书,也不给点磨损费?我可是省下嘴里的口福才得来的。话虽如此,为了搞好骨肉团结,我还是借了。书不在的那几天,我是反复唠叨归还时间,一天天地催。等最后拿到手里,真有久别重逢的激动。感觉它都变瘦变薄了。哈哈哈!

闲时读闲书

闲时，是指非假期的课间、晚上还有路途中。闲书，是指非主流、非高大上的杂项课外读物。

置身于爸妈望子成龙的严格家教氛围，当然要适应假期不闲的怪现象。免掉了每天往返奔波的腿脚辛苦，但其他一些辛苦马上补位：应付繁多的各科暑假作业，兄妹们绞尽脑汁地四处疯玩瞎跑，偶尔爸妈还要给我们额外加餐——指定书目阅读或写作文。

我们卧室书柜里摆放的图书都属光明正大、不用避人的。不算闲书。

20 世纪 80 年代中期前后，地摊文学迎来了黄金期。这些对学习肯定无所帮助的闲书一般都会起个特正经的名字，比如《古今奇谈》之类，但处处透着可疑，怎么看也脱离不了低俗，属于神情鬼祟的不正经胚子。

地摊杂志的封面通常都是色彩醒目的夸张配图，什么神啦，狐啦，鬼啦；衣着暴露的半裸女人，红唇似火，媚眼如丝，娇媚地冲人浪笑。再印上一些黑体大字号题目，通俗、低俗、庸俗，全占！绝对比知音体更博人眼球，更让人提神来劲儿。我们这帮正十几岁的学生，好奇心爆棚加上意志力薄弱，无从鉴别与抵挡。那些粗糙不堪、花花绿绿的大开本劣质出版物顺势进入了看似澄净无波的校园,成了增进友谊、搞好关系的新载体。同学们之间当稀罕物互相传看。我也偷偷借过,课间时找个没人的地方粗略看过。

为什么是课间呢?那么短,顶多十几分钟。废话,这类书能且敢往家带吗?书包,是妈妈有意或无意例行检查的重点对象。这要让她看到闲书堂而皇之地躺在课本和作业本里,还能不火冒三丈,给我来顿雷霆霹雳?幸好本姑娘阅读速度快,一目十行。加上这类杂志一般都不需要太专注、太强的逻辑思维能力。里面瞎编的故事内容脚趾动动就能看懂。

记得最清楚的一篇是讲:某个小村位于山脚下,与世隔绝。山洞里的狐狸吸收天地日月精华,成了妖。它化身英俊青年,晚上专门勾引良家女子。郎情妾意,不免进入云雨环节。肉体缠绵时,狐狸精趁机将口涎抹到女子嘴上,以吸取魂魄和精气。后来村民们请来能人出马。一番厮杀,终于降伏了妖怪。

倒不是我的记忆力有多出众,没忘却的原因不外两点:第一,虽说内容不怎么正能量,还透着封建糟粕的意思。但作者笔头功夫不错,能将故事讲得引人入胜、骇人听闻。第二,20世纪80年代,中学生的精神世界有多枯燥贫乏?"考考考——老师的法宝,分分分——学生的命根儿",很形象。一代代人迫于应试教育体制的重压,只能埋头读书。没有互联网、没有手机和iPad。打外面随便吹进点邪风,就能在一池心水上荡起点点涟漪。

再加上随着年龄增长,发育正常的我势必开始有了青春期的心事。家里那些不涉及一字一句爱恋的纯净故事似乎失去了原有的吸引力。哪个少女不怀春？我也渴望那种来自异性的温暖与爱恋，期待稚嫩浪漫的感情。一张字条、一个眼神、一句含义隐晦的话语，无疑都让我为之怦然心动。家庭严厉管束、课业负担繁重，种种早恋萌芽势必被无情地扼杀在摇篮中。但是对于心思萌动的我而言，描写男女感情纠葛的文字仍然"海"得正合其时。

言情类、武侠类书籍纷纷登场亮相，点缀我们的头脑。当时琼瑶小说四处风行，有条件购买或弄到这类畅销书的同学也成了热门抢手人物。像我这种兜里没一分余钱、家长铁令学习至上的"好学生"，既然没骨气做到目不斜视，那就必须张嘴向同学借。

这类书行情紧俏，留在手的时间不能过长。一般一个晚上就要看完还掉，无奈只能斗胆将小说带回家。但不管怎么说，我这个"好学生"也要先完成作业。之后将书桌的抽屉半开着，把小说塞进去，上面再竖起课本当幌子。同时眼观六路、耳听八方，严密监视外面的动静。一觉不妙，立刻将抽屉合上，假装认真学习。

妈妈的耳聪目明、脑瓜灵在内在外尽人皆知。她经常戏谑般夸口"小猴哪儿有老猴精"。即使如此，小猴我利用这种瞒天过海的方式，读过琼瑶的好几本小说。还有一本《心有千千结》，属意外发现。夹在桌旁一摞子歪七扭八的书本间，不知是谁借回忘记还的。经我分析，妹妹的可能性更大。我哥是那种粗线条的人，估计对这些悱恻缠绵的内容不感兴趣。

　　实践证明:特殊环境中,人的阅读效率极高,记忆力极惊人。多年以后,仍思之如新。

　　至于《萍踪侠影》《射雕英雄传》之类的经典武侠小说,除了偷摸挤出时间看,居然很大一部分是在上学或放学路上读完的。经过工人新村的那个菜市场,捧着不知经过多少人之手的卷边儿书,走在不平整的人行道上,耳朵里灌入的都是小贩们的吆喝声。就这样,竟然没摔跟头、没碰到东西。聪明人嘛,就是这么牛。一心二用!

　　公正地讲,这些闲书充盈了我的少年时光,给枯燥单调的生活吹进了一股清新的晨风。开阔了眼界,见识了别样文字,却没被花花世界迷乱心性。去了粗,取了精,赚了!

压力无所不在

　　家里兄妹三个，一母同胞。很不幸，我处于中间那个不利的"夹杠"位置。妈疼哥哥，爸宠妹妹。对我最好的爷奶都已仙逝，他们给我的甜蜜童年时光，短暂却足以温暖一生。我妈总标榜一碗水端平，但如人饮水，冷暖自知。

　　长大后我更不愿就此争辩，没意思。平不平的，心里都清楚。有时爸妈批评、斥责我的某些缺点，我也不再有最初的惭愧。原生家庭带来的伤害如附骨之疽，很难消弭。

　　幸好遇到连城。

　　2020 年 4 月，看到侄女转发的那篇傅首尔的长文。一句"好的伴侣，真的能治愈原生家庭的痛"，一箭穿心。

　　不管怎样，我依旧感谢爸妈的生养之恩。否则我怎么能有机会，坐在这里从容地回想从前？

　　不讨喜、不受宠的我却是遗传父母学习因子最多的小孩。尤其高二后，不待扬鞭自奋蹄。对我来说，学业真的不是一件痛苦事。从懵然无知到茅塞顿开、醍醐灌顶，最终涤荡心灵，大有身居斗室、心行天下的真实快乐。

　　20 世纪 80 年代，社会上的兴趣班、课外班、提升班"一对一"远没有遍地开花，教育引发的商机尚未处处可见。只有个别老师会利用业余时间招揽学生辅导学习,冠以补课之名,实则挣点辛苦钱。爸妈两个重点大学毕业生的招牌堵住了我们加"外挂"的可能性。

初中后,我学习完全靠自己。课堂跟上老师讲的,课外巩固复习。《中学生学习报》《辅导与练习》成了我无言的好帮手。后者的封面上,那只淡黄色啄木鸟图案让我第一次知道了北京市海淀区这个地方。

我学习成绩的突飞猛进,发生在关键的高三那年。

各门功课中,我最打怵的就是立体几何。

照我妈的说法,因为我上学太早,年纪总是班里最小的,所以逻辑思维能力还没发育成熟,学不好几何也很正常。好吧,我也就坡下"猪",尽力即可。幸运的是立体几何在数学卷子中所占的分值并不算太多,再加上有时也能瞎蒙对一两道题,并没对整体总分造成重大影响。

总之,我就像一台上足发条的小马达,不管大考、小考,每次都牢牢占据第一名的位置,任后面的名次如何轮转,始终遥遥领先。就连一向对我很严厉的妈妈都由衷感慨:"最喜欢参加小菲的家长会了,特别扬眉吐气。"那时,她听到我的大名频繁出现在总分、单科前几的名单上,总能自豪地享受绝大多数家长对她教女有方的艳羡。

"解禁"之后

高考连考三天，自我感觉发挥正常，心情无比放松。认真估完分后，感觉肯定在文史类重点线之上。顿时如释重负，获得彻底的解脱。

从此开始一猛子扎进了电视和书堆里。爸妈慷慨允诺，可以去他们房间的书柜里任意挑选，这才是真正大快我心的英明决定。

要知道以往，即使期末考出好成绩，他们也不过奖励我读早已中意的那套《优秀中篇小说选》。里面有汪浙成、温小钰夫妇的《苦夏》、孔捷生的《普通女工》、王安忆的《流逝》、张承志的《黑骏马》……每一篇都是绝对的精品。

那时不像现在有这么多的书可读，毫不夸张地说，我对小说选里面的文字描写、情节冲突记忆犹新。无论是《流逝》中红烧肉里搁煮好的剥皮鸡蛋，排队时在衣服上用粉笔写号码；还是《苦夏》中父母的三个孩子同时中考、高考的忙乱窘迫，过目不忘。

后来《流逝》《黑骏马》还拍成了电影。但我始终认为，一字一句营造的氛围是多层次的，值得反复品味。深邃、厚重，经得起岁月的推敲，耐得住时间的琢磨，这才是文学的魅力所在。直观浅白的银幕镜头根本无法描摹穷尽。

爸妈的禁区终于对我开放喽!柜里以我国古今名著居多,也有苏联、日本等一些外国小说,都包着牛皮纸,上面用钢笔端端正正地写着书名。长期搁在柜子里,拿出来带着一股明显发酸的木头气味,倒把真正的书香掩盖了。

为了满足我的需求,爸爸还不时从单位借书回来。

读书时光,惬意而难忘。

琴棋书画

　　至于音乐、美术、体育这些课程，几十年如一日地安守于从属地位，点缀着我的校园生活。到现在为止，我虽然唱歌从不跑调，却并不识简谱。听讲时，我对音乐书上画的小牵牛花之类的配图倒挺感兴趣。至于老师教的什么，基本没听进耳朵。

　　画画儿这方面还靠点谱。有一年，我对着家里一本竖排版繁体《唐诗三百首》上的插图，埋头许久，"吭哧吭哧"地临摹出一张铅笔画。自己满意得不行，把它卷成小轴。依照着古人将书画作品插入某个青花瓷瓮的做法，找个大口瓶，将我搞得"手酸眼花"的力作放了进去，可惜后来不知所终。

　　学水彩画时，书包里装着一盒块状水彩和白色的塑料调色盘。这种水彩块初用时颜色比较鲜艳，时间一长，干裂易碎，用水和时半天也化不开。有时一跑动，碎块就脱离了下面各自托着的小方铁盒，自由自在地混合在一起，甚至跳入书本中间，和你玩起了捉迷藏。

　　我画过仅有红黄两色的天安门城楼、葡萄等，没得到"良"以上的成绩。我觉得问题出在"器"上。我真羡慕有些同学用的那种盒装管状颜料啊！品种多、分类细，甚至名字我都没听说过。随时用随时盖，颜色鲜亮，岂是只有八种颜色的块状水彩可比的？但它的价格也贵，我只能眼红心热。

在三中上学时，还遇到过两次与亚运会有关的大事：一是我们的美术老师，一位文文静静、爱抿嘴的年轻女孩，设计出的亚运会会标居然中选，在学校引起了不小轰动；二是学校为参加全市的一次活动，组织大家练习背景板。我们手里各拿一朵皱纹纸做成的红花，听指挥口令，一会儿举起一会儿放下。在新通桥的某个地方正式演出，要求统一穿带白金属花扣的天蓝色校服。我是插班生，没有发，一直很羡慕。这次老师帮忙借了一套。

活动散场后，正赶上暴雨。我和一位女生打着家里那把木柄黄油纸伞，步行回去。可能伞顶有漏处，再加上雨很大，木柄上方铁丝挂着的纸花被泅湿、掉了色，弄得身上的校服染了一点点的红。回家后洗了半天，才干净。

"书"嘛，上学时描过字帖。蹭一手黑，闻一鼻子臭墨，结果得不了几个红圈儿。

再来说"棋"。在省政府四所住时，家里有许多爸妈单位作废的橡皮圆图章。在顶端粘上写有"兵""车"等的小纸片就能拿来作象棋。两军对垒时，高低大小一致的棋子威风凛凛地林立着。棋盘不够大，有时还得互相挤着点。先不论水平如何，就这配置，堪称豪华版吧。

家里还有一盒军棋，我们也很喜欢玩。军棋分明、暗两种玩法，我个人更喜欢暗棋。按自己的作战计划和布局来摆放兵力，还要揣摩对方的习惯。知己，更要知彼。一种更高层次的掌控。

学习下棋，不为修身养性、不为输赢，而是享受隐藏在一招半式的计较、脸红与争执的背后，那些兄妹共同成长的快乐时光。

被"污染"的"历史"

高中时，厕所离教室很远，基本上位于校园的最东边。要穿过整个操场。课间短，小解都要连跑带颠，更别想痛快地长蹲了。班里我最小，发育得晚。由己及人，很同情那些早已进入生理期的女同学们。真难想象她们如何藏着掖着"秘密文件"，穿过操场上闹腾的人群，一路狂奔而去解决急迫的问题。

有次放学后突感内急。出教室之前顺手拿起新发的历史书。记得很清楚，是一本《中国近代史》。这个行动并非证明自己是一个爱学习的好学生，懂得抓紧分分秒秒，连上厕所的时间都不放过，而是受老爸的家传影响。蹲在那里不看书，总感觉差点什么。大脑进知识，下边出泄物。有进有出，仿佛才维持了平衡。

厕所很简陋。头顶左右搭起的横梁上，铺的有油毛毡之类的，算是遮拦。可时间久了，这儿少一角那儿缺一块，和露天无异。几排水泥坑，面对面。一个个长条的坑位相互挨着。没有隐私，方便聊天。起来时提裤子，将书夹在脖子下面。结果一用力，糟糕，有些光滑的新书"刺溜"一下，不当不正地掉入前面凿通的一条窄槽子。情急之下，我顾不得脏，赶紧捡出来。鼓足勇气一看：完了，这纸张的吸"水"性也好得过分了吧？几乎每页的大部分都被脏污泡湿、浸透。

我捂住口鼻，拿两根指头捏着正滴滴答答的书。另一手勉强提好裤子，跑到教学楼西边停放自行车那里的一排水管处。拧开水龙头，哗哗冲洗。再一看，好嘛，打湿的书页贴得那叫一个紧、一个密，彻底粘成软不拉叽的大厚片。小心翼翼地试着拿手揪起一张，用力稍大，直滴答水的薄纸上便出现裂纹。

回家搁到暖气上烤干。丝丝缕缕的异味开始在室内流淌。早晨把书拿下来。好嘛，纸张全打卷儿了，处处淡黄的印渍。我原本最喜欢闻书的油墨味。贴在鼻端，用力嗅。为此还怀疑过肚里是不是有虫。如果有，也是书虫吧？淡淡的，让人上瘾。这下好了，离老远都能闻到刺鼻的臊臭味。这可怎么办？不敢告诉爸妈。即使被责骂，未必能再掏买一本新书的钱。再说，好像课本是按人头来的，哪里再弄？

没辙了，我找出高一年级的哥哥用过的旧书，对照着改。版本不一样。刚开始还是零星修正，后来整页整页都对不上，内容章节大幅调整。怎么办？不可能上课不带书啊。和同桌伙着看一本，写作业还要用。

于是我趁大人不在家，从他们卧室的梳妆台上拿到妈妈的花露水，冲上面一通淋。我去，那叫一个怪味道。香里带臭，臭里有香。赶紧打开阳台门一通扇。

对于这本被污染的历史书，我厌恶又甩不掉。每次装书包之前，都要先找张报纸，再屏住呼吸，快速把它包好，省得蹭到其他书本。为了尽量缩短与它面对面的时间，我只能自我加码：预习快、复习快、记得快、背得快。平时多抄笔记，把那些"五四运动""北伐""共产党的成立"等标出的知识点迅速转移到脑中。至于课后练习,也是往前赶着做完。

通过此次实践,我发现一个事实:强烈的外部刺激能激活大脑的特殊能量,快速提升学习效率。

终于,将知识全部"消灭",书被一扔了事。脑袋沉甸甸,手头轻松松。

没了书,记下的东西反复循环。不敢忘,不能忘。

面目浑污的历史书却教会我最清晰的知识。

辑五

衣住行

人靠衣装

上中学前，总感觉家里的生活就像搁坛子里腌了好久的萝卜条——盐渍缩水后，皱巴巴的发紧。爸妈精打细算，省下一点家用闲钱，也是优先拿来给儿女买衣服。隔些天，孩子们的个头就蹿一截，这点爸妈必须入眼、走心。

衣服是反映家境如何的重要载体，也是知识分子的脸面。太破太小、缝缝补补，肯定会招致别人明里暗里的笑话。

我们在平顶山这座小煤城生活的时间并不长。爸妈这对小夫妻在此团聚后，陆续添丁进口，开始在异乡相依为命。可以说，那个十几户人家混居的大杂院就是我们的第一个家，所以意义非凡。

我妈那会就经常给我们买成衣。比起周遭一个传一个、轮流捡剩的绝大多数家庭来说，此举那是相当与众不同。也是我妈时不时挂在嘴边、至今引以为荣的事。

抛开价格不谈，商店里卖的童装肯定款式新颖、漂亮。

1973 年初春，窗外的院子里，大女儿仰躺在我托采购员从广西买回来的竹躺椅上。身穿一件衣服：浅藕荷色底、红细道，绘有不太标准的白玉兰花图案。头戴一顶溜白毛毛边的尖尖小红帽，是我春节时买的。

1973 年 7 月初，送大女儿回老家。她穿着我请人从北京捎的连体短衫短裤。这套小童装非常耐看。它由桃红和漂白的两色布拼成衣身、袖子、领子和袖边。胸前白布上绣着一朵红色的小牡丹花。等到村庄下边，我又给她换上一套，也是簇新的：纯桃红色的长袖上衣，胸前绣有花花草草，里边是白色跨栏背心，下面则是白底蓝叶粉花的开裆长裤，光脚穿了粉色塑料凉鞋。

1974 年夏末初秋，刚刚下过雨。我带小女儿去公司开会。她身上分体式纯白绒布的套装，在平顶山还没有第二个娃娃穿过。这是天津蔡同学买的：由上到下，全是小毛笔尖状的红花骨朵图案，裤子能包住小脚，头戴相同图案的荷叶边小帽。

1974 年 12 月长春开会结束，我给大女儿买了黑红格直贡呢上衣和蓝黑格松紧带长裤。儿子的则是前胸有只白绒毛兔的深咖啡色条绒上衣，外加浅蓝色的卡其布裤。

1976 年夏，在武汉的全国五交化供货会上，我遇到了本溪代表。忙不迭地套老乡，请他帮忙捎两斤糖果，还有给大女儿买的一身新衣服：桃红色上衣，纽扣两边是从脖口直垂下摆的网扣花边，裤子是黑格、松紧腰。可惜爷爷没收到货。

1979 年春节，女儿们统一穿着玫瑰色底、粉白条竖道的裤子和黑白条上衣。

为人父母者，普天之下都一样。宁可自己节省，也不愿让孩子们受委屈。更主要的："足以让同院的孩子妈妈们羡慕不已，这是脸面。"

全家人搬到郑州后，我妈"买买买"的消费热情被省城更发达的商业氛围刺激得水涨船高。

1980 年春节，姐妹俩一律是玫瑰色底、白花绿叶的上衣，黑白相间的长裤。

后来，大女儿在十一中上学，小女儿就读于较远的实验小学。我分别给她们买了新衣服：领口和袖口饰以黄底带黑点图案、类似假虎皮的红色棉上衣，那会儿叫滑雪衫。还有一件天蓝色的腈纶棉外套。当年春节，大女儿穿着桃红色对襟黑盘扣，小女儿的则是黑底桃紫绒。每人还有一条深蓝色的确良成裤。全是新买的。

1988 年夏，大女儿参加高考。三天，她一直穿着那件素雅漂亮的深蓝色涤纶"幸运裙"：领口和袖口缀上细白边，脖颈下方还有长条形的白色褶皱，上面有几粒晶晶亮的装饰扣。

20 世纪 70 年代，社会上很流行一种类似储蓄的民间集钱办法，叫"兑汇"。即几个好姐妹在开支时，每人拿出 20 元钱汇集一起，轮流买大件。

1974 年夏，通过这种方式，我家花 176 元钱买了一台上海产"飞人"牌缝纫机。

有了新"装备"，胆大心细的妈妈开始变身为裁缝。

　　我先试着做内裤，不久又大胆地比照着裁剪书，用当地风靡一时的便宜减价布做衣服。记得儿子的是一条浅咖啡色的长裤，大女儿的是一件红底黑点的小短坎肩儿。

　　奶奶给小兄妹俩照了一张合影，还特意让他们换上新衣服。结果儿子的裤脚挽起了一寸多长。大女儿在小坎肩儿外又套了件鹅黄色连衣裙，露出两个短袖筒。

　　1979年暑假，大女儿穿了一件极为合体的连衣裙，也是我亲手缝制的。深蓝底上，缀满黄、白、红色的小碎花。星星点点，像开满了春天。我还用红毛线点缀了一朵小胸花。

以上文字皆来自妈妈百万余字的回忆录。这还没算上等着我录入电脑的那部分。

　　经年累月，汇聚起来的手稿数量惊人。一沓沓、一摞摞，码放在书房、卧室、桌上、台下，看似随意，却无比用心。因为，每张纸都用手理得整整齐齐，按厚薄拿不同的夹子夹好、别上小条备注，有的外面还包上几层塑料袋后再扎上细绳。

　　每每看到，不禁感念她老人家的辛苦与执着。

　　"没人看，但总要给你们留下点什么吧？万一以后想查证，也有个出处。曾经发生的不能被忘却。只当成一种心灵的倾诉和对话吧！"

　　我相信，妈妈就是这样想的。不图别人赏识，只是为儿女们补充、校准幼年的模糊记忆，给后代留下一点精神财富。

纸上流淌的，是最可贵的不二母爱。

"虽然我入党那么早，却没像你爸那样获得厅局实职，但我一点儿也不后悔。毕竟对女性来说，家庭最重要。我要让你爸安心工作，还要照顾儿女们。夫妻俩不可能都齐头并进，总有一人要做出牺牲。"

言犹在耳，我们穿过的衣、戴过的帽，足以证明，她确实爱了、爱着。

鞋子那点事儿

一说起小时候的我，妈妈总要不吝表扬。"小菲和丢三落四的妹妹不一样，特别护东西。"最有代表性的事例就体现在鞋上。我十五个月大时，正逢阳春三月，刚脱厚棉袄的时节，我开始独立迈出人生第一步。步子很稳当，不太爱摔跤。等到了一岁半时，自己就能穿脱鞋。

故事发生了。

不知大女儿什么时候养成的怪癖，每次总要把鞋子脱了后放在枕头底下，再爬进睡觉的小竹车。偶尔老阿姨帮着脱鞋。大女儿说话还不囫囵完整呢，固执地指着地上："要鞋要鞋。"叫个不停。其间老阿姨直劝："鞋有土，不能放在枕头下边。"根本没用，谁说也不听。直到她一岁七个月回老家都没扳过来。我也曾在小竹车前示范，教她放在地上。结果她一个劲地哭着嚷嚷："那不行、那不行。"问她原因，她也不说。

哈哈，我那么小就对鞋如此亲近了？

妈妈作为持家主妇，在考虑日常开销时，明显厚此薄彼、顾身不顾脚。比起把我们打扮得整洁时尚，她对鞋真的挺漠视。

我们穿的鞋小点、大点，松点、紧点，能对付就对付，能凑合就凑合，尽量多穿些时候。除非鞋面顶破、大脚趾若隐若现，或鞋底断成两半，趿拉都费劲，才能彻底报销。

夏天穿塑料凉鞋时，襻带或者接头处容易断。根本不用劳驾街上的修鞋师傅，爸妈在家就能搞定。拿火钳子烧红，将两断头一烫，再趁热叠到一起，用力捏几秒后松开。于是，粉红色或白色的透明凉鞋上新添了一道明显的黑色焦印。丑陋得像蜈蚣，不，更像屎壳郎。不耽误走路就行，没那么多讲究。

如果不是过年或爸妈出差，我们平时基本没什么穿新鞋的机会。即使有，也是妈妈揣度着大小买回家。课业繁忙的我们倒省了现场试穿的麻烦。至于上脚后是否合适又舒服，全凭运气。

印象里，让胖脚丫尽享奢侈呵护的是一双天蓝色的豪华小鞋。妹妹那双则是金黄色。妈妈出差时同时买回来的。不管是我那双前边绑带的，还是妹妹横挂带的，式样都很漂亮秀气。像成人鞋，处处透着时尚。

质地嘛，应该为人造革。可是柔软得像真皮。最难得的是脚感很好，轻快贴合。

那会儿全家人刚搬到郑州。妈妈领我们去四所附近的紫荆山公园玩。乐极生悲，穿上新鞋的妹妹兴奋得往河边跑。还没显摆够呢，误踩中一堆被隐蔽得很好的排泄物。妈妈让她在地上用力蹭，还掬点河水，清洗了好半天。虽说没有半途打道回府，可心情无疑被破坏殆尽。

　　打那以后,我实打实地有了心理阴影。再看到这双"殃及池鱼"的小皮鞋,很是别扭。颜色还是水亮亮的天蓝,却再也没有那份让我目不能移的美丽。

　　幸亏现在家里房子够大,妈妈有宽裕空间保留一些老古董。包括这两双早已退出家庭舞台的小皮鞋。我想,就像哥哥那条接了一茬儿又一茬儿的彩色毛裤一样,它们都承载了再也回不去的童年和喜怒哀愁的亲情记忆。

瞪着鸡眼，脚生气了

从鞋自然过渡到脚。

可怜的脚，整天憋屈地缩在鞋子里，与汗渍异味一起等待夜晚放风前的黑暗。它们的与世无争自然让爸妈疏于满足我们的足部需求。长大后，爸妈基本不再帮着洗脚。因此，脚长得快与慢，真的只有左右两小只最清楚。

一年到头，日益增长的对新鞋的需要与不及时更换之间的矛盾，终于让我娇嫩的脚长了鸡眼。

迟早的事。

鸡眼，听说过没见过，更不知道它的来龙去脉，完全是实践出真知。某一日放学路上，突然觉得脚剧痛无比，踩在地上，一戳一戳地疼。前两天走路也有隐隐不适，但咬牙忍忍就过去了。今天可真是劲儿大发了。

一拐一拐、一扭一扭，勉强挪到家。赶紧脱下袜子，把右脚凑近脸前，挨个儿看脚趾。哈哈，一目了然。罪魁祸首找到了！大脚趾当中有一块泛白的长圆突起，黄豆粒大小。中央低陷，呈浅黄色，旁边颜色略深。猛一看，就像鸡的眼睛在瞪着你。莫非这就是传说中的鸡眼？摸一摸，硬。摁一摁，痛！怪模怪样的，看着不舒服。怎么去掉呢？爸妈应该不会同意请假耽误上课，去医院解决这点小问题。从文具盒里找出削铅笔刀，左比画右比画，没敢下手。因为中间是凹陷的，就像尖儿扎进去了。对了，隐约有点印象，有一种鸡眼膏能治。

赶紧去衣柜下面那两个装药的小拉门里翻腾，果然看到一个小纸袋。白色的外包装已变黄，上面写的正是"鸡眼膏"。显然过期很久了，带着古早气息。但聊胜于无，暂且试试。

鸡眼膏长得像纽扣，圆圆的凹陷呈粉红色。我看清楚使用说明。先洗净脚，擦干。将那块粉红对准"眼睛"，贴好。仍然走路上学放学。只觉大脚趾的患处有点热、有点痛，但比鸡眼肆虐时好多了。过一天揭开一看，周围皮肤变软、发白。那个一看就心理不适的鸡眼被顺势连根拔出，没怎么出血。过几天，那里就长出了新肉。自我诊治大功告成！事后我当一件趣事告诉妈妈，她才知情。

后来我了解到，鸡眼是一种角质增生，多由鞋子穿得不合适引起的。想起老爸出差住地市政府宾馆时，不像妈妈那么讲究，浴缸泡澡、毛巾拖鞋乱用一气，现在想想，除了脚气，没被传染上其他病真是万幸。

再说脚气。2020年春节前，连城说起同屋那个战士出身的江西老表很不文明，总是在办公室当众晾他那双抹了药的烂脚丫，弄得连城叫苦不迭。碍于同事之间的面子，又不好直说。

想起当年坚强的老爸被折磨得坐立不安的样子，我可是亲眼看到的。"又疼又痒，破皮流水，看着恶心。"妈妈数落他不讲卫生时顺便描述了症状。

后来老爸用了一种名叫"玛奇卡"的药，贵州神奇出的。

当时广告打得响，要不我怎么能记住这个并没什么特点的名字。老爸得意地向我们宣布，难怪叫脚癣一次净。真是，一次就好。

效果如此明显，估计药里含有强劲的酸性腐蚀成分。否则怎么能威力无比，一下子克制病菌？果然，老爸的脚被"杀"得颜色黑白斑驳，花花的，很诡异。好一阵子才恢复正常肤色。十几年后，每次在咖啡馆或面包店看到焦糖玛奇朵的挂牌，总感觉怪怪的。照说我这人对焦糖系列一向来者不拒，可一联想到和它如此神似的那种药名，顿时就没了选择的冲动。

除内脏之外的人体器官，脚应该算最干净也是最大的功臣。比起庞大的身躯，它短小得不起眼，却能稳稳地撑起所有的动作。平时，它沉默地躲在鞋子里，不抛头露面，不用化妆品。每天一盆清水加一双舒适吸汗的棉袜就够。

即使脚后跟干裂，只要不影响行走，它绝对不闹罢工。它从来不会刚发现苗头，就满世界嚷嚷。除非出现脚气或鸡眼这类折磨人的小毛病，它才缓慢地以痛痒提醒你，还有点惭愧。好像没顶住病菌的进攻，全是它的责任。

脚为人体接踩着地气。它舒服了，上面承载的所有内设外挂自然变得轻松愉悦，尤其心情。

挨打

棍棒底下出孝子，这话绝对有毛病。骨肉亲情，越打越仇恨，尤其对于青少年而言，是一生无法治愈的伤害。

爸妈都有点暴脾气，可毕竟是知识分子，看重脸面。连两个人拌嘴，我爸还怕声音传出去，被旁人听了笑话，赶紧关门，所以打孩子纯属无奈之举。

我妈统计过，哥哥和妹妹各挨打两次。我只有一次，好像还挺庆幸。

为了什么呢？抠手。我最先出现这个毛病是在三中上学时。看看我妈是怎么描述的。

起初吃饭时，我偶然发现大女儿的手指上有点血迹。接下来的几天又看到有剥皮儿或剪过后的血点。一问大女儿，她说用指甲刀时不小心弄的。天天如此，而且有更严重的趋势。她的指甲也被啃得、咬得快钻进肉里了。

我先是和颜悦色地教育大女儿，说上课时光做啃指甲这项"功课"，肯定要分心，那怎么认真听老师讲课、多影响学习呀？她爸爸也耐心地给她分析道理。

后来我觉察到大女儿依旧故我，根本不听话。中午回家吃饭时，我必定要先检查手指；一检查，必定见到剪过或啃咬过后的新痕；一看到新痕，必定特别生气；一生气，必定还得说教甚至训一番。天天如此地恶性循环，我对答应改却不照办的大女儿特别生气，甚至还用过措辞难听的激将法："过去的旧社会，只有卖肉的女人得了脏病，手才烂成这个德行，你和她们一样吗？"

听了这话，我觉得很伤自尊心。这是当妈的该说的话吗？我到底是不是亲生的孩子？

　　她爸爸曾劝过我："别在吃饭时吵孩子，她累了一上午。"可是不利用中午吵，什么时候合适呢？

　　早晨起床后时间很紧，每个人都忙于上班上学。等儿女们上了晚自习再回到家，已是晚上九点多，临睡前发火也不行。这样一来，就剩下中午这段时间。

　　我能明显地感到大女儿背负着沉重的心理负担。恐惧、担心的她度日如年，每天中午回家如过鬼门关。小小个子、清瘦黑黄的她心虚地坐在饭桌前，未曾动筷先喘一口闷气。吃饭时她无精打采，通常不敢伸手，把不拿筷子的那只手放在桌子下，这总让我联想到旧社会受公婆责骂、挨打的小媳妇形象。

　　彻底失去耐心的我已经形成条件反射了：只要看到大女儿的手上破皮，马上就训斥。母女俩谁都不痛快。

　　事情发展到一个星期六，姐妹俩正在合住的卧室里学习。她爸爸无意间发现大女儿没写作业,而是漫不经心地抠着手。气恼万分的爸爸一把薅过她,照脸上打了一巴掌。本来对大女儿这个坏习惯最深恶痛绝的我反倒很生她爸爸的气:"女孩子不能打脸,往身上打两下吓唬吓唬得了,怎么能打脸呢?"几天我都没理睬她爸爸。

是啊,为什么我明知不对,还中了邪一样抠手或是揪倒刺,直到流血?俗语道:"十指连心。"我自己不痛吗?我爸甚至拿钳子夹过我的手。我写过保证书,贴在室内过冬花草搭起的架子上。

统统无济于事。

我变得特别害怕吃饭。一坐在饭桌旁,就得伸手接受检查。爸妈的记性好得惊人。哪怕出现家里来客人、上自习回来晚了等异常情况,都不能幸免。那一阵子我活脱脱就像天天生活在猫的势力范围里的小老鼠,内心害怕又躲不开,终日惶惶然。

记得有次放学后,我和同学去百货大楼买东西时,我又咬指甲了。结果用力过猛,弄得指尖特别秃,露出粉红的肉。想到回家后势必面临的一场风暴,我情急之下,做出了很愚蠢的举动:在指头上用胶水粘一个白纸条卷的筒,把咬下的指甲又"复位"了,小心翼翼地就那么伸着。也许妈妈那天心情不错,我居然蒙混过关。那种如释重负的轻松和幸福感别人是体会不到的。

我一直无法解释自己的怪癖,它就像个如影相随的魔鬼,纠缠着青春期的我。成年后在一本杂志中读到,原来这是一种极度缺乏安全感的下意识动作，靠它舒缓焦虑情绪。更准确地说，是特殊的童年经历留下的后遗症。

后来结婚成家，为人妻为人母，过上幸福的日子。

在不知不觉中，那双手竟完好无损。伸出来，雪白匀称。

原来，爱，确实能打败一切心魔！

安居

1979 年 5 月，我妈带着妹妹先期来到郑州。她们最早的居住环境是这样的：

第一天晚上，母女俩住在省计委由防空洞改成的地下招待所。这种安排没有针对性，一视同仁。即使是地市计委来办事的人，也必须住这里。

地下室通风设施不太好，空气混浊。小女儿在床上怎么也不睡，折腾到半夜才勉强合上眼睛。她睡得很不踏实，一会儿就醒。心疼小女儿，怎么也不能再住下去了。

第二天晚上，我请省计委出面，安排到省政府第一招待所居住。那里条件也不好，四人一屋。起初给我们的床位，是一个带小孩的农村妇女刚刚挪开的，尿湿了一大片。满屋子挂着尿布，我只好找到服务员调换了一个房间。

稍晚些，又被组织安排到省政府第四招待所，简称四所。这是我们在省城的第一个家，一直住到 1980 年 8 月。

四所位于金水大道的北侧，对面是很高级的中州宾馆。所里仅有的两幢大楼已经停止对外营业，全部安排了落实知识分子政策后返回或进入省城的住家户。上至省里的厅局、处级干部，下到普通的平头百姓。

我们刚开始只有一间房，狭小不堪、空气污浊。当省计委的领导调研临时落户的普通干部的生活时，发现我们兄妹每人屁股下面垫块砖头，就着床沿写作业。没等爸妈提出要求，领导就主动又调出一间八九平方米的小屋。虽然这间屋子左边就是厕所，后面紧挨化粪池，但爸妈已经很知足。

后来，我们沾了爸爸的光，分到了甲院一套位于四楼的新房。

甲院也是省政府家属区，一水儿的淡青色大板楼。它身处金水区的黄金地段，贵中之贵。离省政府、省医院、省直各机关、大会堂、饭店、汽车站等都近，出门办事十分方便。

印象中，那套房子有四大间，没有厅，足够宽敞。打从甲院开始，我家的居住面积好像都挺大的。可能大环境如此，沾了机关单位分房的光。

我家所在的 148 号楼东头不远，隔条马路，正对着省法院的大门。所以，经常能看到衣衫褴褛、满面愁苦的上访告状人员。

有个"老猴头"让我们全家记忆犹新。比起"同人"，他不仅模样整洁，举止也文雅，像是读过许多书的。在一干邋遢粗野的"同人"当中，很有几分鹤立鸡群的感觉。

他还送给我们一件自己做的小玩具。只要上下拉扯，木片做的小猴子就能沿着一根线爬动。手工精美，色彩鲜亮，就像真的一样。也不知这位老人现在何处，是沉冤得雪还是带着满腹委屈与不平撒手人寰?

住了一年七个月之后,爸妈因生活的种种不便而不堪其烦,逐渐萌生去意。说句不太中听的话,大板楼实在不是人住的地方。

首先,住房条件实在太糟糕。夏热冬凉,晒就热得透、冻就凉得透。

另外,大板楼的隔音效果极差。玻璃球掉在地上,"当当"作响,邻居家大声说话也听得一清二楚。还有更不方便的一点,屋里的板制墙壁上根本没法钉钉子,也就不能晾晒或悬挂物品。所有东西只能姿势统一,全部平摊着。我妈出差到北京,专门买了几颗水泥钉,结果还是徒劳。

相比于上述诸多不便,有个要命的缺陷甫一出现,其他的迅速退居其次。这点才绝对让人崩溃:停水。尤其越到夏天这种用水高峰,停水越来劲。

有时,凌晨两三点钟,早已打开的水管里慢慢有细细的响声。这时我妈需要马上警醒,开始起床接水。空等一夜的情况经常发生。睡不好觉不说,有时楼上那家在夜间来水时没人,水漫流一通。我家就成了倒霉的"黄泛区"。

哪儿都有个人民路

刚才说了，水往低处流。

接下来，人往高处走。

1982 年春，我家终于改善了居住环境，再次乔迁新居。从甲院搬到以两旁遍植粗壮法国梧桐而闻名的人民路。

真正交房是 1996 年夏天。在这里一直住了将近十四年，才又去了位于红专路的省工商局家属院。

新家的具体位置在人民路中段偏北，是省政府的一处家属院，俗称"苹果园"。之所以得名，是因为人民路还没有开发之前，这里真的有一大片苹果林。

可惜，它只存在于人们的嘴巴里。不只我，连爸妈都没机会见识过。

刚搬来时，从河南饭店拐到大转盘，并向人民路方向来时，路两边比较冷清。除了有个博物馆外，人民路尚且是在建的紫金山百货大楼工地。唯一通过金水河的小桥又窄又脏。

20 世纪 80 年代，郑州商战打响后，曾经的亚细亚、华联、商城、天然等几大商厦拔地而起，形成了一个以二七塔为中心的全国闻名的商业圈，14 号院的位置就更显得金贵了。人民大会堂、紫荆山公园、河南博物馆与之相邻，距离都不远。处处车水马龙。逢节假日，人民路更是装扮得繁花似锦。

对于那条小桥，我有极深的印象。因为搞过一次类似商品展销会的活动。当时，从桥面向四周辐射几十米，方圆之内全是售卖各类生活用品的。人挤人、摊挨摊，搞得好几天我放学后打那路过，被交谈声、吆喝声、人声、喇叭声、自行车铃声汇成的鼎沸热浪深深吸引，不禁放慢脚步，雨露均沾，一个摊一个摊地看。

新生活开始了，爸妈上班很方便，但我们上学都要走远道。几年后，我和哥哥都就读于十一中，这才好些。学校和家，仅隔一条马路。听着打铃儿，再踩着点儿出发都赶得上。这种近距离也着实方便了我妈的监督行为。

新家位于无遮无挡的最高点：五楼。上薄、西晒还临街。但比起大板楼，住房环境简直上了好几级台阶。同样四室，多了一厅。卫生间和厨房也明显亮堂，楼下还有小储藏室和车棚间。

更关键的是，为了安全起见，省计委又垒起了一段围墙，将两栋楼与大院隔开。门口设有单独的值班室。绝对是院中院、楼中楼，隐秘性更佳。

当然，马克思他老人家早说过，看待任何事物都要秉持辩证主义观点。

天堂也有弊端。

人民路不正，斜向西南方。这么一斜不打紧，我家住的12号楼正好被斜得离它最近。从午夜十二点至早上六点，满载货物的大车"轰隆轰隆"地行驶在人民路上，加上不时响起的

"嘀嘀嗒嗒"喇叭声，绝对是噪声干扰。

还有另外一种空气污染，来自下面粮店的油锅。木柴的青烟和滚开的油烟直线上升，直接蹿进家家户户。

瑕不掩瑜，比起我们收获的快乐，这些都不算事。

14号院是我家一个永远重要的驿站，它装满了五口人的生活、学习和工作往事……无论是酸甜苦辣还是飞黄腾达，随便提溜出哪桩哪件都可以书写成文章。

"一次下着大雨，我从十一中跑回14号院，都淋成落汤鸡了。习惯性地一抬头，看到雨水把咱家楼房的红色外砖墙淋成黑色的，当时觉得那么的温暖。"这是我曾经主动讲给妈妈的话。或许那一瞬间夯实了我心目中对家的定义。

2020年在北疆的吉木萨尔、2022年年初在湖州和杭州塘栖古镇，都看过醒目的"人民路"指示牌。

原来，你一直也没有离开过啊！

轱辘里唱出欢乐的歌

说来惭愧,我是兄妹当中最晚学会骑车的。上学或者去哪里,习惯了走来走去。"没有比脚更长的路。"可不?抬腿就走,随意可停。既然没有刚性需求,也就懒得花时间学了。再说家里确实没有富余的自行车。

搬到位于人民路14号的省政府家属院后,正在省实验上小学二年级的妹妹是最辛苦的。学校地处经三路与纬二路的相交口,走路要三四十分钟,一天往返四趟。对于一个七八岁的瘦弱小姑娘来说,辛苦程度不亚于西天取经。

当时我妈骑一辆小巧绿色的女式24型斜梁车,会送她一段。

调皮的小女儿身穿一套双肩、双腿处滚两道白杠的红色校服,坐在车架上没有片刻安稳。一会儿双脚点地,帮妈妈助动前行;一会儿双腿后伸、两手前张,做飞鹰展翅状。偶尔还要搂着我的脖子,站在后架上。阳光灿烂的时候,故意仰脸朝天,被晒得不雅地打几个响亮的喷嚏。

但天一热,下午顶着烈日上学可就不容易了。我只能提前动身,放弃午休。小女儿坐在车后座上,也是眯眯瞪瞪，连眼睛都睁不开。

问题是我工作很繁忙，不可能每天如此。

时势造骑手，妹妹开始自发自愿地学骑车了。她学会后，我还受其恩惠。我初二时转到三中上学，路程实在太远。偶尔妹妹会瞒着爸妈，偷偷先送我到学校门口，她再急忙赶去上课。

两所学校分处金水和管城区，方向截然相反，南辕北辙。

现在想想，仍不免唏嘘。

点滴亲情回忆如骀荡和风，悄无声息地融化了寒冰。

高考结束后，每日有大把时间可挥霍。感到比起同学们来说，不会骑车的我确实是一个"另类"。只是比起学习遥遥领先来说，这个"另类"有点丢面子。

那就学呗，有什么难的？

上午九十点钟和下午三四点钟，都是我精挑细选的练习时间。那时，河堤两侧的人会相对少些。好赖咱也是很要面子的青春美少女嘛！

把车从楼下仓房推到河堤上。滑行、掏腿，一点点地揣摩，再鼓足勇气偏腿骑上。终于能颤颤巍巍、晃晃悠悠地独立骑出第一步，之后一圈又一圈。

胆子大起来，又试着捏捏闸、拐拐把，换换速度和方向。我的妈啊，车子怎么不听使唤，直冲一棵柳树而去？吓得我脑海空白、全身瘫软、手忙脚乱、花容失色。眼看树身越来越近、越来越大，我急中生智，将车把向右一偏，然后双腿挣脱开车。在与树接触的刹那，张开四肢，脸向上一抬，像考拉一样将树紧紧抱住。

还好,有惊无险。下巴只蹭破了一点皮,倒在草丛里的车子也安然无恙。

有时我会好奇地展开联想,幸好高中时离家近,不用学骑车。否则活动半径变大,心变野,还怎么安心读书?如果没考上大学,人生会不会成了另外一种样子?

可惜到了最后,遐想经常成为无用的瞎想。

哪儿那么多的"幸好""否则""如果""会不会"?

后记

言短情长。

都云作者痴，谁解其中味？

我必须承认自己老了，絮叨、操闲心、爱忘事、反应迟钝。既跟不上潮流，也听不懂隔三岔五冒出的网络用语。豁出吃奶的劲儿追赶，仍觉得与少年郎的代沟越来越大。

衰老，更体现在外表。

时间是一位最残忍也最强势的化妆师，根本不顾您的意愿，随便涂抹、胡乱造型。给曾经明澈的双眸强行来个"烟熏妆"，再任性地挑染几十缕刺目的白发。原本饱含胶原蛋白的嫩滑肌肤被粗暴地团起来，一通揉巴后，抻长、抖松、捶扁，成了彻头彻尾的可怜牺牲品。暗黄！松弛！！干涩！！！您以为这就算完了？不——能——够！可恶的它还在上面恣意乱画斑点或让毛孔"扩容"。

肉眼可见的"并发症"还体现在臃肿的体态、不再轻盈的步履、逐渐僵硬的手脚，以及不请自来的小病小痛……一切避无可避。

终有一天，不肯停歇的悠悠岁月会将我无情遗忘。可我相信文字的力量能历久弥新。

因为那是流淌在心间的声音。

想写就写吧,无关他人。

我或许前世就是一个以文为生的人,所以遣词用句真的不算难事。不管是隔几天发在微信朋友圈里的数百字,还是每次旅行回来必写的游记,但凡有一个人爱看,就甘愿动笔。

始终坚信,哪怕心血浇灌的文字之花在山谷寂寞地开落,也有微风、细雨、流云、碧草、浅溪、飞鸟、鸣虫"知道它来过"。

因为,这是另一种崇高的信仰。它不会败给流年,能见证曾经发生的一切。

往后余生,我还拥有这般"利器",可拂去岁月尘埃,可对抗年华老去,可与记忆赛跑。

点滴汇在一起,是我想讲给光阴的故事。

故,值得。

值得,亦无悔。

云在青天水在瓶。那缕风呢?

侧耳静听,它曾轻柔地拂过我童年的山冈,穿行林间、踏遍原野、掠过花丛。

一路无声,却执着地吹走时间累积的尘埃,让往事清晰如昨……

那么多年,无论四季轮回,一直陪着我长大。

真好……

作者

2022 年 11 月 15 日